KB109773

부끄러운 유산

부끄러운 유산

발행일 2021년 6월 28일

지은이 오승재
펴낸이 손형국
펴낸곳 (주)북랩
편집인 선일영
디자인 이현수, 한수희, 김윤주, 허지혜
마케팅 김회란, 박진관
편집 정두철, 윤성아, 배진용, 김현아, 박준
제작 박기성, 황동현, 구성우, 권태련
출판등록 2004. 12. 1(제2012-000051호)
주소 서울특별시 금천구 가산디지털 1로 168, 우림라이온스밸리 B동 B113~114호, C동 B101호
홈페이지 www.book.co.kr
전화번호 (02)2026-5777
팩스 (02)2026-5747

ISBN 979-11-6539-846-0 04810 (종이책) 979-11-6539-847-7 05810 (전자책)
979-11-6539-802-6 04810 (세트)

오승재 문집 **4** 에세이

부끄러운 유산

토기장이가 빚은 질그릇

북랩book Lab

/ 일러두기 /

1. 이 에세이집은 1960년 내가 문학 활동을 시작하면서부터 현재까지를 망라한 내용이다. 청주 방송, 대전일보, 한국 장로신문에 발표한 내용은 그때마다 각주를 붙여 보충 설명을 덧붙였다.
2. 신문이나 청주방송국 등에서 발표한 내용은 원고 끝에 날짜를 명기했다.
3. 오늘날 맞춤법과 띄어쓰기, 외래어 표기 등 규정에 어긋나는 것은 바로잡았다.
4. 제2의 토기장이가 질그릇이 마땅치 않으면 과감하게 부수고 토기장이의 의견에 좋은 대로 버리거나 다시 빚었다.

머리말

살다 보니 어언 90을 바라보는 나이가 되었습니다. 낙엽 질 때가 되면 인간은 누구나 이 세상을 떠날 날을 생각하며 나는 어떻게 살았는가? 하고 뒤돌아보게 됩니다. 하나님께서 나를 창조하시고 나에게 줄로 재어준 구역이 있었을 텐데 나는 그것을 '수학을 가르치며 글을 쓰고 살아라.'라는 것이었다고 믿습니다. 하지만, 이 세상과 제 삶을 회계(會計)하고 떠날 때 너무 하찮은 삶을 살지 않았나 하고 부끄럽습니다. 죽을 때 호랑이는 가죽을 남기고 사람은 이름을 남긴다는데 저는 이름을 남길 만한 업적이 없습니다. 그러나 업적을 남긴다는 생각 자체가 제가 하늘 높이 높아지겠다는 교만입니다. 저는 하나님이 진흙 한 덩이로 빚은 하나의 질그릇에 불과합니다. 천하게 쓰일 그릇으로 빚어졌다 할지라도 그분의 뜻을 따라 얼마나 성실하게 순종하며 살았느냐가 제가 세상과 회계하고 떠날 몫이라고 생각합니다.

저는 바위틈이나 돌담 밑에 자기 생명력을 다해 피어 있는 제비꽃을 봅니다. 하나님이 만드시고 보시기에 아름답다고 칭찬한 야생화 중 하나입니다. 이 꽃의 다른 이름은 일야초(一夜草)라고 합니다. 발로 뭉개고 지나가면 그만인 꽃이지만 일본의 옛 시인 야마베노 아키히토(山部赤人)는 봄 들에 나와 제비꽃을 보고 너무 귀엽고 예뻐서 하룻밤을 새워 가며 바라보았다고 합니다. 그래서 제비꽃의 다른 이름은 일야초(一夜草)이고 이 제목으로 아키히토가 쓴 짧은 시, 와카(和歌)는 일본 나라(奈良)시대에 만든 망요슈(萬葉集)에 실려 있습니다.

저는 일야초 이야기에 힘입어 평생에 쓴 몇 편 안 되는 글을 모두 묶어 『토기장이가 빚은 질그릇』이라는 이름 아래 5권으로 묶어 출판하기로 하였습니다. 각 책을 차별화하기 위해 책등에 그 책에 알맞은 부제를 써넣었습니다.

하나님을 믿는다는 사람들과 섞여 살면서 갈등하고 때로 하나님을 원망했으나 이것은 제가 높아져서 세상을 내 뜻대로 재단(裁斷)하고 싶은 오만 때문이었습니다. 지금은 더 내려갈 수 없는 나락으로 떨어져 나를 살피다가 제 소명은 제가 펼치려고 제 뜻대로 내세울 수 있는 게 아님을 깨달았습니다. 비와 눈이 하늘로부터 내려서 그리로 돌아가지 아니하고 땅을 적셔서 소출을 내게 하는 게 하나님의 섭리입니다. 저도 주님 따라 순리대로 살 것입니다. 토기장이가 빚은 질그릇은 문집의 제목이라기보다 제 존재의식이자 신앙고백이라 말할 수 있습니다. 이 책의 출판을 흔쾌히 허락하신 출판사 사장님께 감사를 드립니다. 또한 디자인으로 도와준 오근재 화백, 그리고 북랩 편집팀 여러분의 수고에 감사합니다.

2021년

계룡산록(鷄龍山麓)에서

오승재

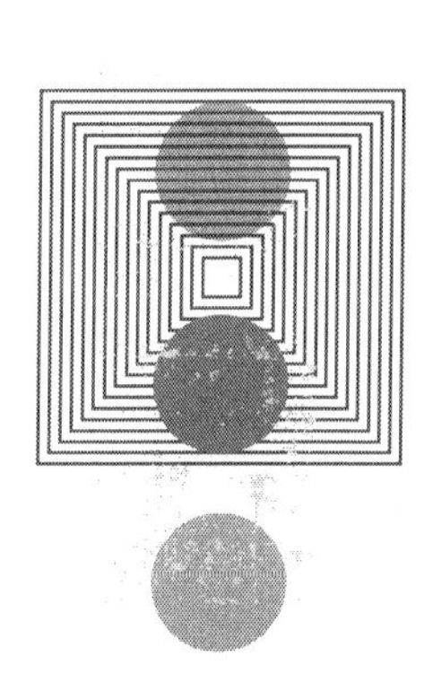

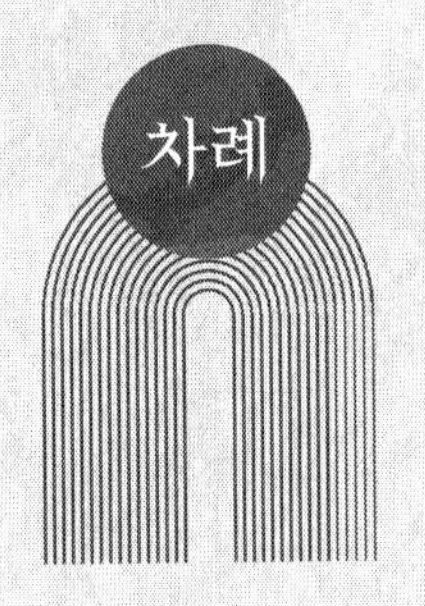
차례

3부 믿음과 말씀

4부 메멘토 모리

5부 나를 변화시킨 분들

6부 칼럼

/ 전체 차례 /

질그릇 1. 단편
(1959 ~ 1971)

질그릇 2. 단편
(1972 ~ 2007)

질그릇 3. 단편
(2009 ~2018)

질그릇 5. 콩트

삶

푸른 초장

치간 칫솔이 주는 교훈

나이가 들면서 걱정거리들이 많이 생긴다. 눈이 침침해지는 것, 귀가 잘 안 들리는 것, 그리고 치아 문제 등이다. 나는 눈과 귀 문제로 많은 어려움은 없는데 이는 계속 골칫거리다. 수시로 아프고 음식을 잘 씹지 못해 맛을 제대로 음미할 수 없어 어디에 대고 불평할 수도 없고 자신에게 신경질이 날 뿐이다. 이것은 누구의 잘못도 아니고 나 자신의 이에 대한 무관심 때문이다. 충치가 생겨 양쪽 어금니 위아래를 다 뺐는데 그래도 나머지 것들이 시리고 아파서 음식을 잘 씹을 수가 없을 때가 많다.

치과에 가면 신경치료를 해주고 잇몸이 나빠서 그러니 관리를 잘해야 한다고 주의해 준다. 입안에는 많은 세균이 살고 있는데 이를 잘 안 닦으면 치아 사이에 음식물이 끼어서 그것이 부패하여 치주염과 충치가 발생하고, 오래되면 치석이 쌓이는데 이것은 세균 덩어리로 세균이 분비하는 독소로 잇몸에 염증을 일으킨다는 것이다. 결국, 내가 그동안 이를 잘 관리하지 않았다는 뜻이다. 사실 그동안 나는 이에 관심이 없었다.

나는 이쑤시개도 잘 쓰지 않았다. 미국에서도 길거리에 나와서 이를 쑤시며 큰소리로 길 건너편에 있는 친구를 부르는 사람은 한국 사람뿐이라고 해서 부끄럽게 생각하던 터였다. 지금도 이쑤시개를 잘 안 쓴다. 이를 쑤시기 시작하면 마지막에는 전봇대로 쑤셔야 한다는 말도 있는데 이 사이가 자꾸 뜨는 것 같기 때문이다. 최근에는 이 사이가 너무 떠서 자신도 보기 흉해 좀 이를 씌워서 사이를 좁게 해줄 수 없느냐고 했더니 치주가 엉킨 상태여서 마음대로 씌울 수가 없다며 양쪽으로 나누어서 씌워 주었다.

그런데 내가 치과에서 들은 가장 충격적인 말은 이가 이렇게 나빠진 것은 치간 칫솔이나 치실(Dental Floss)을 안 썼기 때문이라는 것이다. 치실? 내가 경멸했던 것 중 하나이다. 밥 먹으면 바로 화장실로 가서 칫솔질하고 치실로 거울을 쳐다보며 이물질을 제거하는 미국 사람들을 보면 대단히 위생적인 척하는 꼴이 아니꼬웠다. 내가 어렸을 때 한국에는 치과의사도 별로 없었고 이가 썩어야 치과에 갔다. 스케일링이니 치열교정이니 하는 것을 본 적도 없고 한 적이 없다. 따라서 지금도 교정 장치를 달고 다니는 것을 보면 꼴불견이라 생각했다. 내가 무시했던 이런 것들이 내 무식한 까닭이요, 내 이를 이렇게 나쁘게 한 원인이라는 것이었다.

치과의사의 교화(教化)를 받아 내가 치간 칫솔을 쓰게 된 것은 아주 최근 일이다. 아무리 이를 잘 닦고 관리를 잘해도 치간 칫솔이나 치실을 사용하지 않으면 치아의 30%가 닦이지 않는다는 것을 알았다. 가장 중요한 치아 관리 예방책은 치실로 이 사이를 닦아 내는 것으로 '가장 작으면서도 간단한 일'이라는 말이었다. 이 사소한 일을 내가 어렸을 적부터 하지 않아서 지금 이렇게 고생한다는 것을 알았다. 더 고생하지 않으려면 잇몸이 나빠졌다는 것을 인정하고 잘 달래서 나쁜 잇몸과 함께 사는 일이며, 식사 후마다 이를 닦을 뿐 아니라 치실과 치간 칫솔을 쓰며 더불어 구강청정제를 쓰는 일이었다.

의사는 구강청정제가 민트 향을 넣어서 입을 상큼하게 해주기는 하지만 플라크를 제거하는 데는 아무 효과도 없다고 부정적이었다. 그리고 잇몸 신경치료를 한 뒤 그냥 두면 다시 아파서 플라크를 제거한다는 리스테린을 쓰기로 했다. 그런데 어떤 의사는 이것이 입안의 세균을 죽이면 살아남은 세균이 서로 싸울 일이 사라졌기 때문에 더 기세를 올려 번성한다는 말도 했다. 아무튼, 아픈 데는 약도 많고 말도 많지만 내게 효과가 있는 한 상관하지 않기로 하고 구강청정제도 사용하면서 잇몸 치료제를 먹고 있다.

아무튼, 이 치간 칫솔이 주는 교훈은 사소하고 간단한 일부터 모든 분야에서 성실히 수행해야 한다는 것이고 이것이 이제는 내 생활의 모토가 되었다.

예를 들어 가정사에서 다음과 같은 사소한 일에도 성의를 다한다. 내복이나 양말을 벗어 세탁물 바구니에 집어넣을 때는 뒤집어 벗은 채로 던져 넣지 않고 바르게 해서 넣는다. 변기를 사용하고 나서는 뚜껑을 닫아서, 아내가 멋도 모르고 쭈그려 앉다가 엉덩이가 빠지지 않게 한다. 신발장을 열 때는 반드시 아내에게 무슨 신발을 신을 거냐고 물어서 꺼내 준다. 교회에 갈 때도 무슨 옷을 입고 갔으면 좋겠냐고 아내의 의견을 묻는다(잘 못 입으면 다시 갈아입으라고 할 때 시간을 낭비하니까). TV 채널을 바꿀 때도 먼저 상대의 의견을 묻는다. 살림에 관한 일에는 아내의 의견을 절대 존중한다.

이런 것은 정말 사소한 일이다. 그러나 이런 짓을 잘 못해서 내 이는 이렇게 나빠진 것이 아닌가?

그런데 해서는 안 될 사소한 일도 있다. 정치적인 문제는 토론하지 않는다. 쇼핑한 일에 대해서는 새로 사든, 교환하든 토를 달지 않는다(일주일에 쓸 수 있는 예산만큼 찾아서 봉투에 넣어 놓고 서로 자유롭게 쓰는 것을 허용해야 한다. 자기 분수를 아니까) 여행할 때는 짐을 어떻게 싸라고 잔소리하지 않는다. 운전할 때는 아내의 말을 더 잘 듣고 내비게이션 말을 듣지 않는다. …… 등등이다.

나는 모든 남자다운 꿈은 접고 아내 앞에 기죽은 사내가 된 것인가? 나이가 들면 어쩔 수 없다. 내가 지금 나가 돈을 벌어오겠다고 한들 믿겠는가? 도의원 출마라도 하겠다고 한들 코웃음밖에 더 치겠는가? 작은 일이라도 성실하게 수행해서 큰 사고를 막을 수밖에 없다.

그렇다고 아내의 말을 다 듣는 것은 아니다. 원고를 쓰면 먼저 아내에게 검열을 받지 않는다. 이 원고만 하더라도 검열을 받아야 한다면 거의 다 가위질해 버리고 남은 것은 엉성한 가시밖에 없을 것이기 때문이다.

눈먼 새

새를 잡으려고 그물을 치는데 새가 보는 앞에서 그물을 치면 헛수고다. 그런데도 그물에 걸려든 새가 있다면 그 새는 눈먼 새이거나 불 속에 뛰어드는 불나방같은 존재다.

고속도로를 주행하다 보면 곳곳에 과속단속 카메라가 설치되어 있고 그 지점에 접근하면 여기저기 경고판이 붙어 있다. 이것은 여기 그물이 쳐 있으니 조심하라는 경고다. 또 차에 GPS를 켜고 가면 어김없이 '과속단속' 조심하라는 경고음이 들린다. 그런데도 내가 그 그물에 걸려 경찰서 교통과에서 '위반 사실 및 과태료 부과 사전통지서'를 받았다면 나는 눈먼 새일 것이다. 그렇게 멍청할 수가. 그런데 눈먼 새가 되어 과태료 부과 통지서를 받으면 누구를 원망할 수도 없는데 와락 기분이 나빠지며 심장이 뛰기 시작한다.

나는 이번에 여수의 음악회에 다녀왔다. 3주가 좀 지났는데 범칙금 납부 통지서가 날아왔다. 고속도로에서는 제한속도 100㎞를 고수하고 달릴 수가 없다. 과속 차들이 무섭게 달려와서 꽁무니에 바짝 붙어 헤드라이트를 비추거나 위험하게 노선을 변경하여 비껴가기 때문에 차량의 흐름에 나도 따르지 않으면 위험할 때가 한두 번이 아니다.

나도 노상에 설치된 단속 카메라를 주의한다. 과속단속인가, 교통정보 수집인가, 단순한 CCTV 촬영인가 잘 알아봐서 속도를 줄인다. 과속단속 카메라는 2, 30m씩 거리를 둔 제1 센서와 제2 센서가 있어 마지막 카메라에 도착할 때 평균속도로 과속 여부를 측정한다고 한다. 그래서 적어도 카메라 전 60m부터는 과속을 줄여야 한다는 것을 잘 알고 있다. 처음에는 모든 카메라에 놀라서 속도를 줄였는데 이제는 노란 표지판에 '과속단속'이라고 써진 것 외에는 그렇게 놀라지 않게 되었다.

또 구간에 따라서는 '구간단속'을 하는 곳이 있다. 진입 시의 속도와 구간 평균속도와 종료 시점 속도 중 제일 빠른 것을 기준으로 속도위반을 결정한다니 여간 조심스러운 것이 아니다. 어쩌다 놓쳐서 진입 시의 속도가 높았다면 후회해도 소용없는 일이다. 나는 그렇게 조심했는데도 이번에 걸린 것이다. 이처럼 구간단속은 조심한다고 해도 정말 어렵다.

과속이 10㎞ 미만만 되어도 범칙금 3만 원에 벌점이 없는데 이번에 나는 20㎞(21㎞)를 초과하여 범칙금 6만 원에 벌점 15점이었다. 순천 원주 고속도로를 빠져나와 여수 쪽으로 나가는 17번 국도였었는데 국도가 너무 잘 닦여 있었고 고속도로를 달리던 관성으로 제한속도가 80㎞라는 것을 모르고 101㎞로 달린 모양이었다.

아내는 노인이 왜 과속을 해서 정말 쓸데없는 돈을 무느냐고 짜증을 낸다. 자기도 같이 타고 있었으면서 모든 잘못은 나에게 있다. 아내는 너무 짜증이 나는 모양이었다.

"도대체 그때 내비(GPS)는 무얼 하고 있었대요?"

희생양을 찾기는 찾았는데 나는 그때 내비게이션의 경고음을 못 들었는지 업그레이드를 안 했는지 알 수 없는 일이다.

문제는 벌점이었다. 벌점이 쌓이면 운전면허가 취소된다는데 내가 또 언제 과속단속에 걸릴지 모르는 일이다. 거기다 나는 나이가 많아서 면허가 취소되면 회복이 어려울지도 모르는 일이었다. 지구대에 연락해서 어떻게 벌점만이라고 안 받게 할 수 없느냐고 물었더니 날짜 안에 벌금을 안 내면 된다는 것이었다. 그럼 30일 후에 과태료가 나오는데 10,000원이 더 붙은 70,000원인데 이것을 내면 벌점은 없다는 것이다. 한 번 더 교통법규를 어기면 벌점이 없어진다니 이상한 일도 있다. 벌점을 받더라도 규정을 지키는 것이 하나님 앞에 바른 일이 아닐까? 그러나 나는 한 번 더 법을 어기고 벌점을 면제받기로 했다.

뻐꾸기시계

나와 아내는 시계를 좋아한다. 요즘은 시계를 사는 사람이 별로 없다는데 우리 집에는 두 화장실에도 각각 시계가 있다. 그뿐만 아니라 서재와 침실에도 하나씩, 또 거실에도 두 개가 있다. 지금 몇 시쯤 되었을까 해서 둘러보면 곧 알 수 있게 시계가 보인다. 그중 오래된 것은 둘 다 거실에 있다. 하나는 결혼 20주년에 기념으로 산 것으로 AA 타이프의 건전지 하나를 넣는 쿼츠(quartz) 시계인데 35년이 지났다. 또 하나는 뻐꾸기시계다. 미국에서 그 시계를 보고 신통해서 꼭 사 오고 싶었는데 그러지 못했다. 그런데 한국에 와서 몇 년 되었더니 시계상점에서 그것을 팔고 있었다. 내 것을 사면서 친척이나 지인들에게도 선물로 샀다. 그 뒤에 이 시계가 1989년 말에는 인기 상품이 되었고, 1995년 8월에는 국내 TV 쇼핑몰에서 판매상품 1위가 되기도 했다. 내가 귀국한 것이 1983이니 이 뻐꾸기시계는 벌써 30년이 넘은 셈이다.

한때 이 시계가 고장 난 일이 있다. 그 당시 유성에 있는 한빛아파트에 존경하는 목사님이 계셔서 자주 갔었다. 나오는 길에 그 아파트에 있는 시계 상점을 발견하였다. 그래서 그곳에 시계를 맡겼더니 말끔히 고쳐 주었다. 그전에는 뻐꾸기가 나오다 말고 엉거주춤 서 있거나 엉뚱한 시간을 치거나 해서 한때는 버리고 새 시계를 살까? 하는 생각도 하였다. 우리나라도 그때는 뻐꾸기시계의 유행 기간이 지나서 많은 사람이 분리수거함에 그 시계를 버리곤 하던 때였다. 그러나 나는 그 시계상점 사장에게 많은 전문지식을 얻어 지금까지 별문제 없이 잘 지내고 있다.

그런데 이번에 또 문제가 생겼다. 한 시간을 덜 치는 것이다. 그래서 장침을 한 바퀴 돌리면 제대로 치겠지 하고 돌렸더니 어떻게 된 것인지 장침과 단침이 함께 움직여 주어야 하는데 따로따로 움직여 엉망이 되어버렸다. 이제는 버릴 때가 되지 않았느냐고 아내는 말했다. 그렇지만 30여 년을 같이 살아온 시계인데 쓰레기통에 버릴 생각이 나지 않았다. 우리 몸도 고장이 나서 병원에서 고치면 또 몇 년은 아무 일 없이 잘 지내지 않는가?

오래된 전화번호부를 다 뒤졌는데도 그 시계 수리점이 나오지 않았다. 그러다 생각난 것이 명함을 모아 놓은 수첩이었다. 거기서 나는 <한빛 시계수리 전문점>을 찾아냈다. 전화했더니 <카이저> 제품인 것을 알고 너무 오래돼서 부속품을 찾을 수 있을지 모르겠다고 했다. 설령 찾았다 하더라도 기본 수리비 6만 원은 각오해야 한다는 것이었다. 인터넷을 검색했더니 지금도 그런 제품은 팔고 있는데 18만 4천 원이었다. 값보다도 나는 어떻게 하든지 30년 넘게 지낸 그 시계와 함께하고 싶은 생각이 들었다. 그 시계를 달래서 잘 고쳐 살지 않으면 내 몸도 잘 달래서 살 수 없을 것 같은 생각이 들어서였다. 뻐꾸기가 울지 않으면 어떤가? 시간만 맞으면 그냥 함께 지낼 수 있지 않을까 하는 생각을 하였다.

한번은 내 동생이 와서 자고 갔는데 그 시계의 뻐꾸기 소리 때문에 한숨도 자지 못해 혼났다고 말한 적도 있다. 우리가 뻐꾸기 소리를 어두울 때는 치지 않도록 꺼놓으면 되는데 그리 못 한 것이다. 막내아들 집에는 탁상 차임벨 시계를 사 주고 온 일이 있다. 그 시계는 태엽을 감아 주어야 웨스트민스터 차임이 울리는데 그들은 그 소리를 별로 듣고 싶어 하지 않는다. 그러나 우리가 찾아가면 꼭 태엽을 감고 차임벨을 십오 분마다 듣게 했는데 조금 의무적인 것 같았다. 어쩌면 뻐꾸기시계는 소리를 내지 않는 게 많은 사람에게 유익할지도 모르겠다고 생각했다. 소리를 안 내면 뻐꾸기시계가 아니겠지만.

이 뻐꾸기시계는 배터리를 갈아주면 그때 1시를 친다. 그리고 계속 2시, 3시…. 이렇게 치다가 12시가 되면 스스로 바른 시간을 찾아 치게 된다는 것을 알았다. 그 메커니즘이 어떻게 되어 있는지 모르지만,

시계를 고안한 사람이 참 천재적이란 생각을 한다. 그리고 뻐꾸기가 나오다 서버리는 것은 배터리의 수명이 다했기 때문이다. 그래서 새 배터리로 바꾸어 주면 또 제대로 뻐꾸기가 제구실한다. 또 기계 안에 오토매틱 장치의 스위치를 잘 조정하면 밝은 시간에는 소리를 내고 불을 끄고 어두워지면 소리를 내지 않게 할 수 있다는 것도 알게 되었다. 이것을 잘 이용해서 시계를 달래가며 쓰면 시계를 오래 쓸 수 있다는 것도 알았다. 이제는 수리를 맡기지 않아도 뻐꾸기시계는 나와 사이좋게 잘 지낸다.

얼마 전 아내가 퇴원했다고 장로 몇 분이 부부 동반으로 찾아온 일이 있다. 그때 마침 시간이 되어 뻐꾸기가 소리를 내고 치는 것을 보고 그들은 신기하다는 듯 쳐다보는 것이었다. 그때 한 장로는 손가락을 꼽으며 시간을 알리며 우는 수를 세어보더니 맞게 치는 것을 보고 또 놀랐다. 그도 그럴 것이 이 시계가 사라진 것은 오래되었고 또 그 시계가 제 기능을 바르게 해서 맞게 시간을 치는 것은 너무 놀라운 일인 모양이었다.

이 정교하게 만들어진 시계는 우연의 산물이 아니다. 영혼만 있다면 인간과 마찬가지인데 어떻게 버릴 수가 있는가? 물론 영혼은 없다. 그러나 오래 같이 살다 보니 영혼이 있는 것처럼 교감이 된다. 우리 인간은 하나님께서 창조하신 생명을 가진 영물이다. 그리고 우리는 시계를 고안한 기능공보다 몇 배나 뛰어난 하나님의 창조물이다. 그래도 평소 우리 몸 관리를 잘 못 하면 망가뜨릴 수 있다. 나는 아픈 아내를 보면서 시계보다 더 관리를 잘 못 한 것일까 하고 돌아보게 된다.

모든 일에는 때가 있다. 날 때가 있고 죽을 때가 있다. 그러나 그것은 내 뜻이 아니다. 나는 시계도 아내도 시계를 설계한 고안자나 인간을 창조하신 하나님의 뜻을 살펴 주어진 때까지 함께 사이좋게 갈 생각이다.

장막 집

나는 오랫동안 땅이나 집을 부동산으로 가져 본 적이 없다. 그것을 부러워해 본 적도 없다. 그런데 내가 대학 전임강사로 취직이 되어 대전의 대사동에서 셋방살이하고 있을 때였다. 친구가 자기가 미국 선교사로부터 학교 용지를 불하받아 대지로 전환해 정지해 놓았는데 그곳에 집을 짓지 않겠느냐는 것이었다. 땅값은 되는대로 갚으면 되고 위치는 내가 처음이니 어느 곳이든 마음대로 고르라는 것이었다. 이 말을 들은 또 한 친구는 집을 지으라고 했다. 자기의 친구가 주택은행 대리로 대전에 와 있으니 융자를 알선해 주겠다는 것이었다. 나는 떠밀리는 느낌으로 얼결에 집을 짓게 되었다. 그때 나는 우리 대학의 건축을 주로 맡아 짓고 있던 건축기사를 알고 있었다. 그가 아주 튼튼한 집 설계를 해주었는데, 나는 경험이 없어 설계대금도 낸 것 같지 않다.

어떻든 집을 짓고 나니 흐뭇하였다. 처음으로 내 집이 생긴 것이다. 나는 경사진 서향 땅의 맨 윗자리에 집을 지었는데 그곳은 교회 바로 앞이었다. 이웃에는 돈이 많은 분이 소나무 숲이 우거진 곳에 별장처럼 집을 지어 놓고 한가롭게 살고 있었다.

내 집을 짓고 처음으로 하고 싶었던 일은 내 집 현관에 내 이름이 들어간 문패를 다는 것이었다. 그래서 대리석으로 내 이름과 아내 이름을 나란히 새겨서 달아 놓았다. 부친도 교장으로 관사를 전전해 살아서 우리 가정에서 문패를 달아보기는 내가 처음이었다. 그 뒤로 우리 집을 찾는 사람은 "아, 그 두 사람 이름을 문패로 달아 놓은 집?" 하고 안내하기도 했다. 그것이 1970년 9월, 내가 처음으로 가진 부동산이다.

6년 뒤 내가 미국으로 공부를 하러 떠난 뒤는 은퇴한 부모님이 와 계셨는데 아내는 막내를 데리고 미국으로 오고 부모님이 남은 애들을 돌보며 계셨다. 내가 1983년에 돌아와 보니 그때는 아파트 붐이 일고 있어서 연탄을 때고 있는 이 집은 너무 불편하다고 시내로 나가 보자고 아내는 말했다. 그러나 선불리 나서지 못한 것은 당시에는 아파트 청약예금을 한 사람에게만 당첨된 가격으로 입주가 허락되었기 때문이었다. 그래도 미분양된 집이 있을지 모르니 아파트 섭렵을 해보자는 것이었다. 시내 한복판 시끄러운 마을을 갔었는데 사람들이 소음을 걱정하여 들어오지 않았다고 이층집이 미분양이라는 것이었다. 그래서 1987년 11월에 옮긴 곳이 시내 삼성아파트였다.

그곳에서 21년을 지냈다. 오래 사니 파이프에 구멍이 나서 물이 새기도 하고 여기저기 고칠 곳이 많은 아파트에서 왜 계속 사느냐고, 좀 좋은 곳으로 옮기면 집값도 올라 좋다는데도 나는 옮기지 않았다. 미국에서 셋집 삶에 익숙했던 나에게 아파트는 장막 집에 지나지 않았다. 집을 옮겨가며 재테크하고 싶은 생각은 없었다. 그러는 동안 아내는 친구 따라 아파트 모델하우스를 보고 다니더니 안 옮겨도 되니 한번 모델하우스 구경이라도 가자고 채근하는 것이었다.

그때 따라나섰다가 아파트 하나를 계약하고 돌아왔다. 아내는 그럴 줄 몰랐다고 깜짝 놀랐다. 그렇게 해서 2007년 12월에 옮긴 곳이 대전시에서 떨어진 외곽에 있는 계룡시의 e-편한 세상 아파트다.

어떤 사람은 "이 편한 아파트가 왜 이리 불편해." 하고 불평하는 사람도 있지만 나는 이곳을 좋아한다. 인구는 4만 명밖에 되지 않은 곳에 1동 3면이 있는데 어느 면사무소에 가도 그렇게 한가할 수가 없다. 또 시내에 편의시설은 다 갖추고 있다. 시 보건소에 가면 한 번도 줄 서는 일이 없이 예방접종을 할 수가 있다. 내 아파트 앞에는 <사계 솔바람 길>이라는 3㎞의 산책길이 있다. 율곡 선생의 제자 사계 김장생의 고택에서 시작하여 완만한 왕대산 언덕길을, 사계가 제자들과 함께 걸으며 사색 담소했다는 산책로다.

그러나 이 마지막 아파트에 큰 애정을 가지면 안 될 것 같아, 한때는 주택연금을 신청해 받으면 이 집은 언제든 떠날 수 있는 장막처럼 생각되지 않을까 했는데 아내의 반대로 그만두었다. 어떻든 우리는 유월절의 이스라엘 백성처럼 허리에 띠를 매고 발에 신을 신고 음식을 먹는 기분으로 하나님의 부르심을 기다리며 이곳에서 살 것이다.

쇼핑의 마력

여자들은 스트레스가 쌓이면 백화점에서 쇼핑한다고 한다. 그것은 돈 많은 부자의 이야기이고 돈이 없는 사람은 백화점에 가면 더 스트레스가 쌓일 것 같다.

나는 쇼핑을 좋아하지 않는다. 그러나 아내가 운전하지 않아서 자연 아내의 쇼핑에 따라나설 수밖에 없다. 아내는 백화점이나 시장까지 가는 데는 내가 필요하겠지만 매장을 둘러보는 동안은 내가 주변에서 서성거리는 것을 싫어한다. 마음 놓고 눈 쇼핑을 하고 다닐 수가 없을 뿐 아니라 하나하나 간섭하니 거추장스럽다는 것이다. 그래서 나는 아내를 백화점에 떨어뜨려 놓고 친구를 만나든지 내 볼일을 보아야 한다.

그런데 요즘 아내는 인터넷 쇼핑에 재미를 붙여서 특별한 경우를 빼고는 나를 대동하고 다닐 필요가 없어졌다. 아내는 뇌의 격막하출혈(膈膜下出血)로 입원하고 퇴원한 후로는 쇼핑까지도 의욕을 잃었다. 말이 어눌해지고, 걸음이 불안정했으며 엉뚱한 말을 자주 할 때는 나도 놀란다. 퇴원 후로도 아내가 하던 주방일과 세탁 등 무엇이나 하면서 쾌차해지기만을 기다렸었다. 그러나 몇 개월이 지나자 거짓말처럼 정상 회복이 되었다.

그래서 삼 년 만에 미국에 있는 자녀도 찾아보게 되었다. 우리는 미국에 가면 으레 Joe Ann Fabric에 들러 옷감을 사 와서 아내는 자기가 원하는 드레스를 디자인해서 입곤 했었다. 그런데 이번에는 그런 사치스러운 생각은 할 수가 없었다. 그래도 우리는 참새가 방앗간을 거저 지날 수 없는 것처럼 직물상에 들렀었다. 이번에는 식탁 의자를 씌울 천을 샀다. 의자를 너무 오래 썼기 때문에 식탁까지 새로 바꾸자는 것을 내가 의자 커버만 갈아 끼우자고 한 것이다. 그것은 내가 할 수도 있다고 말하면서.

아내는 귀국하자 완전히 옛 습관이 회복되어 의자 커버를 바꾸는 일을 하자는 것이었다. 내가 한다고 말은 했지만 나는 완전히 자신이 생기지 않아 가구 수리점을 찾아 커버를 씌우는 부분만 떼어 가져가서 말끔하게 만들었다.

그런 다음부터 아내는 홈쇼핑하기 시작했다. 종갓집 김치도 사고, 옥돔, 갈치, 전복, 고등어, 떡갈비, 모시떡, 성심당 대전부르스 떡, 순천 화월당 찹쌀떡, 사과, 두유…. 그러면서 서울에는 일 주일에 두세 번씩 반찬을 만들어 보내주는 매장이 있다는데 그런 곳 좀 수소문해보라고 말하기도 했다. 나는 아내가 의욕을 회복해서 이렇게 쇼핑을 하는 것이 기쁘기만 하다. 외출하기도 싫다, 무엇을 먹어도 맛이 없다, 발이 시리다, 살기가 싫다. 이렇게 말할 때가 제일 싫었다. 그런데 쇼핑을 시작했다니 얼마나 감사한 일인가? 아내는 홈쇼핑의 결제를 내 카드를 써서 하고 있다. 그래서 돈이 나갈 때마다 문자가 온다.

쇼핑은 음식에 국한하지 않는다. 구두도 사고, 옷, 이불, 다리미, 냄비 세트, 주방 세제… 무엇이든 싸고 신기하면 다 산다. 옷이나 구두

같은 것은 백화점에서 사도 마음에 들지 않아 바꾸러 가는 경우가 많은데 제발 안 샀으면 좋겠다고 말하면 받아보고 마음에 안 들면 반품하면 된다고 말한다. 아내는 시력이 약해져서 책을 읽기가 힘들다. 『다락방』도 읽으려면 돋보기가 있어야 한다. 그런데 종일 책도 안 보고 앉아 있을 수만은 없다. TV가 낙이다. 그래서 쇼핑 채널을 보게 되는데 그 선전은 보통이 아니다. 보는 사람 넋을 홀랑 빼버리는 수법으로 선전하며 곧 매진된다고 또 매상을 부추긴다.

세상이나, 세상에 있는 것들을 사랑하지 말라고 성경은 말하지만, 세상에 발을 붙이고 사는데 유혹을 안 받을 수가 있는가? 친구가, 요즘 뜨는 특별자치시로 이사를 해서 집들이를 하러 갔었다. 요즘 새집들은 모두 사람들의 구미에 맞게 만들어 놓는다. 가구를 가지고 옮길 필요가 없이 붙박이로 집 안에 만들어 놓았다. 그런데 그곳을 갔다 오자 아내도 이사하고 싶어 했다. 오래 살다 보면 벽지도 낡아지고 가구들이 마음에 맞지 않는다. 이사를 하지 않고는 버릴 것 버리고 대청소는 할 수 없는 일이다. 아내도 우리 인생의 마지막으로 생각하고 이사 한 번 가면 안 되겠냐고 묻는다. 이사를 할 생각을 한다는 것은 큰 용단이다. 정말 삶에 새 힘이 솟는 것인가 하고 가상하게 생각되지만 나는 이사는 더 하지 않는다고 못 박았다.

아내가 이사를 안 하려면 어질러진 가구를 정리하게 정리할 장이라도 사자고 조른다. 어쩔 수 없이 가구 할인매장에 나가 원하는 것을 사기로 했다. 이제는 헌 가구를 버리는 것도 큰일이다. 아파트에서 헌 가구를 버리는 스티커를 사는 것도 문제지만 버리는 데까지 가지고 나갈 힘이 없다. 관리사무실에 달리(dolly)도 없다. 어렵게 이 일을 처리한다.

우리 부부는 이제는 집안일도 꾀가 나서 쉽게 해보려 한다. 아침에 일어나면 늦게 일어난 사람이 침대 만들기를 해야 하는데 그것이 싫어서 일어나면 한 사람이 침실을 나가기 전에 함께 침대 만들기를 한다. 훨씬 편하기 때문이다.

그런데 하루는 아내가 말한다.

"일생에 삼 분의 일은 침대에서 보내지요?"

"정말이야, 8시간 잘 자는 것도 복이지."

"그런데 우리는 침대를 너무 오래 썼어요. 좀 바꾸면 안 돼요?"

"침대 쇼핑까지?"

나는 아내의 넘치는 새 힘에 깜짝 놀랐다. 순간 얼마 전 세상을 떠난 친구 생각을 했다. 아내에게 잘해주라는 당부였다. 집에 돌아올 때 아내 없는 방에 들어서는 것이 제일 두렵다는 이야기였다.

카톡 공해

휴대전화를 쓰면서 가장 많이 신경이 쓰이는 것이 카톡이다. 요즘은 시도 때도 없이 '카톡, 카톡' 하고 울리는데 안 켜 볼 수가 없다. 대부분은 친구들이나 가족들에게서 오는 것이기 때문이다. 이것은 사람을 '생각하는 갈대'로 만드는 것이 아니라 멍청한 노예나 바보를 만드는 것이라고 나는 생각한다. "또 카톡이야?"라고 처음에는 짜증이 나지만 계속 열어보고 있으면 그 내용에 세뇌되기 시작한다.

나는 노인이라 보수적인 노인들의 카톡을 많이 받게 된다. 그런데 그들은 어디서 그렇게 유식한 말을 많이 듣는지 각종 가십을 물어온다. 자기들의 소식이 아니라 다른 사람들이 보내온 내용을 전달하는 것이다.

박정희 대통령이 얼마나 위대한 분이었나 하는 일화들, 퍼주기를 좋아하던 김대중 대통령이 얼마나 많은 돈을 차명계좌에 넣어 놓고 있었는가 하는 일화들, 종북(從北) 세력들의 음모들…. 그런가 하면 선교사들의 설교와 간증의 유튜브, 각종 암을 어떻게 예방할 수 있는가 하는 건강 소식들, 흘러간 영화 주제가의 유튜브 등, 오락과 만화, 게임방의 초대 등에는 '삭제'나 '나가기'를 해버리면 그만이다. 그러나 거절할 수 없는 친구에게서 온 것은 어쩔 수가 없다. 미안해서 간단한 회신을 하면 '카톡, 카톡' 하고 계속 보내온다.

휴대전화는 문명의 이기이기는 하지만 쓸데없는 데 정력을 낭비하고 인간의 이성을 마비시키는 기계임이 틀림없다. 요즘 젊은 애들이 길거리를 걸어가며 이어폰을 끼고 유튜브를 즐기고 자기만의 세계에 몰입하고 있는 것을 보면, 이건 현대판 우민화(愚民化) 도구가 아닌가 하는 생각이 든다. 일제강점기에는 일본 사람이 한국 사람을 바보로 만들어야 다스리기 쉬웠기 때문에 한국 사람이 교육을 받는 것을 방해했다. 그래서 해방 직후 우리 국민의 문맹률은 90%였다. 그런데 지금은 교육열이 높아 문맹률은 1%라고 한다. 그러나 글을 쓸 줄 안다고 우민이 아니라는 법은 없다. 올바른 가치관을 가지고 자기의 뜻을 제대로 외치고 세상을 바로잡아보겠다는 꿈을 잃은 사람은 현대판 우민이다.

1970년대 TV를 '멍청이 상자(idiot box)'라고 했다. TV에서 오락물이나 연속극만 즐겨 보고 있으면 머리가 텅 빈 멍청이가 되기 때문이다. 따라서 당시 TV는 우민화 장치였다. 제5공화국 때는 쿠데타로 정권을 잡고 국민을 살해한 범죄를 잊게 하려고 우민화 정책을 쓴 일이 있다. 볼거리·먹거리에 관심을 돌리기 위해 아시안게임, 프로 야구, 프로 축구, 프로 씨름, 프로 농구 등 스포츠를 활성화하고, 1982년에는 야간 통행 금지를 해제하고 문란한 행위를 눈감아 주는 등 소위 3S(sports, sex, screen) 정책을 펴기도 했다. 대학생들에게는 독서회나 토론회 등을 금지하고 되도록 야외에서 통기타나 치고 노는 것을 장려했다. 우리는 이렇게 우민화에 익숙해진 국민이다.

그런데 지금은 휴대전화로 우리가 우민이 되어가고 있다고 생각한다. 책 읽기가 싫다. 생각하기가 싫다. 글쓰기가 싫다. 암산하고 기억하고 하는 것이 싫다. 일기를 쓰기 싫다. 왜 그런 짓을 해야 하는가? 골치 아프게 읽고 생각할 필요가 없다. 모르는 것은 인터넷 검색을 해 보면 된다. 필요한 것은 휴대전화에 사진을 찍어 저장해 두면 된다. 매월 스케줄도 플래너(planer)에 기억해 두면 알려 준다.

이것이 우리를 바보로 만드는 길이다. 이제는 3S 시대가 아니고 4S(sports, sex, screen, sns) 시대가 되었다. 내가 누구이며, 어디서 와서 어디로 갈 것인지도 휴대전화가 가르쳐줄 것이라고 믿는다.

그런데 진짜 문제는 휴대전화가 아니고 나 자신이다. 막 잠이 들려는데 머리맡에 놓은 휴대전화에서 '카독, 카톡' 하고 소리가 나면 짜증이 나지만 휴대전화를 켜고 내용을 살펴본다. 혹 여행을 하는 자녀들에게서 무슨 소식이 왔을지도 모른다는 생각에서다. 나는 가족들과는 '그룹 채팅'을 하는데 미국에 세 군데나 흩어져 있는 애들과 소식을 전할 때는 아무래도 그룹 채팅이 유익하다. 그들은 형제들의 가정에 무슨 애경사가 있는지 모르고 지낸다. 조카들의 생일이 언제인지, 입학식 졸업식은 언제인지 서로 모르기도 하고 또 바빠서 잘 잊고 지낼 때가 많다. 그래서 그들 가정을 초청해서 그룹 채팅을 하면서 내가 어느 한 가정의 애경사를 올려놓고 일깨워 주면 서로 기뻐하고 걱정하며 기도도 하고 교제를 하게 된다.

그러면서 나는 휴대전화가 나를 바보로 만드는 현대판 바보상자라는 것을 믿고 있는 것일까? 나는 휴대전화를 아예 없앨 수는 없지만 쓰더라도 멀리 두어야 하는 도구라고 자신에게 타이른다. 그런데도 나는 마법에 걸린 사람처럼 꼭 잘 때는 그것을 멀리 두지 않고 내 머리맡에 놔두고 잔다. 미국과 한국은 시차가 있어 한밤중에 '카톡, 카톡' 하는데도 말이다. 오랜 뒤에 자녀들에게 이 카톡으로 잠을 못 잔다고 했더니 소리를 꺼놓는 방법을 가르쳐 주었다. 그래도 카톡은 역시 공해다.

둘이서 살면 외로운가

우리 교회는 다섯째 주가 있는 달의 마지막 주는 가정주간으로 정해 오후 예배가 없다. 주중 내내 바쁘게 일한 직장인들이 주일에는 더 바쁘게 살기 때문에 한 달에 한 번이라도 쉬면서 지내라는 뜻이다. 그날은 교회에서 점심도 주지 않으니 가족끼리 즐거운 식사를 하라는 뜻이기도 하다. 그러나 시간이 없다고 불평하던 교인들도 쉬라고 막상 자리를 깔아 놓으면 무엇을 할 줄 몰라서 오히려 허전해한다.

우리 부부는 집에 가는 길에 맥도날드에 들러 빅맥과 커피, 콘 아이스크림을 사서 집에 와 먹는다. 먹고 가자고 해도 아내는 노인들이 입을 크게 벌리며 빅맥을 먹고 있는 것을 보이는 것은 꼴사납다고 드라이브스루(Drive-through)로 테이크-아웃 런치를 고집한다. 누군가 우리가 둘이서만 사는 노부부인 것을 알면 불쌍한 표정으로 볼지도 모른다. 그러나 우리는 이런 순간이 행복하다.

우리는 여행도 패키지여행을 즐기지 않고 둘이서 여행할 때가 훨씬 많았다. 미국에서 마지막 학위 과정을 하고 있을 때는 175마일이 넘는 시골길을 주일마다 아침 일찍부터 밤늦게까지 우리 부부는 초등학생인 막내아들을 태우고 교회를 다녔었다. 세 시간이 걸리는 길이었기 때문에 아침 7시에 밥을 먹지 않고 던킨도너츠 가게에 들러 도넛과 커피를 사 들고 먹으며 교회에 출석하면 밤늦게야 귀가했었다.

그때는 내가 시골의 미 침례교 대학(Howard Payne University)에서 학생을 가르치고 있었기 때문이다. 댈러스의 한국장로교회에서는 내가 너무 멀어 시무하기가 힘들다고 했는데도 매주 빠지지 않고 다른 사람보다 더 빨리 교회에 나온다고 나를 장로로 장립 시켜 주기까지 했다.

밤늦게 올 때는 내가 졸리기 때문에 아내는 CCC의 주제별 성경 암송 카드로 나에게 성경 암송 테스트를 하거나 내가 힘들어 못 하면 자기가 찬송을 부르거나 나를 꼬집어서 내 잠을 쫓곤 했었다. 지금은 혼자서 좀처럼 찬송을 부르지 않는다. 그러나 나는 지금도 아내를 태우고 운전하고 있으면 옛날 그때가 연상되어 행복하다.

미국에서도 뉴햄프셔의 아름다운 단풍 길도, 버지니아의 웨인즈보로에서 테네시의 스모키마운틴까지 460마일의 산 정상을 공원화한 블루리지 파크웨이도 둘이서 다녔다. 가는 길에 블랙마운틴의 한국 선교사 촌도 들렀고 한미성(노스캐롤라이나 거주, 전 한남대 교수) 선교사도 만났다. 이것은 다 행복한 순간들이었다.

캐나다를 여행할 때는 차가 갓길에 부딪혀 섰는데 길 가던 행인이 토요일인데 다 문을 닫은 정비소를 찾아다니며 나를 도와주었고, 교회에 오가는 길에 차가 서면 꼭 누군가가 와서 도와주었었다. 결국, 우리는 하나님과 동행하고 있었다. 그래서 하나님과 함께 하는 남이 모르는 기쁨이 있었다.

교회의 꽃 당번일 때는 우리 정원에 핀 붓꽃을 꺾어 물통에 넣어 두었다가 아들이 뒷자리에 앉아 물통채 꽃을 안고 가 교회에 바치기도 했다.

나는 미국 찬송가 작가 마일즈(Charles Austin Miles)가 작곡·작사한 찬송가 <정원에서; 저 장미꽃 위에 이슬>의 가사를 생각한다. 그는 펜실베이니아주 출신으로 약학을 전공하였으나 그만두고 찬송가 작가가 된 사람이다. 평생 398곡이나 찬송가를 썼다는데 우리 찬송가집에는 단 한 곡이 있을 뿐이다. 그는 "나는 찬송가 작가로 알려진 것이 자랑스럽다. 비록 내가 바라던 것만큼 효과적이지는 않았지만 내가 자원해서 기뻐 섬기는 주님에게 이것이 내가 가장 쓰임받는 길이라고 생각하기 때문이다."라고 말하고 있다. 그가 정원에서 주님과 기쁨을 나누었던 것은 우리 두 사람이 살면서 하나님과 함께 남몰래 느끼는 기쁨이기도 하다.

나는 홀로 정원에 온다

아직 장미꽃 위에 이슬이 맺혀 있다

귀에 은은히 주님의 음성을 듣는다

하나님 아들의 음성을

나와 함께 걸으시며 나에게 말씀하신다

나는 그분의 것이라고

함께 머무는 동안 우리는 기쁨으로 교감한다

우리가 서로 나눈 이 기쁨은 누가 알겠는가

우리는 둘이서 살지만, 하나님과 함께 살며 남이 모르는 기쁨을 나누고 산다.

쌀바구미

흔히 남편이 은퇴하고 밖에 나가지도 않으면 아내들은 삼식(三食)이라고 싫어한다. 남자는 직장에서 일에 쫓겨 정신없이 지내다가 은퇴하니 닭 쫓던 개처럼 할 일이 없어져 버린다. 그러나 아내들은 스스로 취미생활을 찾아서 해 오던 터라 남편이 집에 죽치고 앉아 있는 것이 마음에 들지 않는 것이다. 그래서 심한 사람은 황혼이혼까지 한다고 한다. 그런데 나는 아내가 삼식이다. 그런데 조금도 싫지 않다. 삼식이든 사식이든 많이만 먹어주었으면 좋겠다. 병원에서 두 달간이나 입원해 있었기 때문에 식욕을 잃고 소식(小食)을 해 와서 뭘 준비해 주어도 먹지를 않는다. 재활 운동을 더 하고 퇴원해야 하는데 빨리 퇴원하자고 우긴 것은 나였다. 집에 와 있으면 이것저것 맛있는 음식을 포장해 와서 끓여 줄 수 있기 때문이다. 그런데 생각과는 달리 음식을 들지 않는다. 식욕이 돌아오지 않았고, 곧 포만감이 왔고, 음식 냄새를 역겨워해서 두 번 다시 먹고 싶어 하지 않았다. 그래서 평소에 좋아했던 음식을 만들어서 먹을 수밖에 없게 되었다. 그러면서 나는 요즘 쇼핑의 달인이 되어가는 중이다. 마트에 있는 식품 이름들도 익히고 있다. 호박고구마, 총각무, 부추, 꽈리고추, 쌀보리, 찰현미, 서리태, 느타리, 팽이버섯, 한우 중에도 채끝, 등심, 안심 살, 장조림용 아롱사태나 홍

두께살, 건어물 중에도 명태, 동태, 황태, 코다리 구별하기… 등이다. 종이에 쇼핑 리스트를 써서 가져가지만, 모르면 곁에 서 있는 어떤 아주머니라도 붙들고 물어볼 수밖에 없다. 쇼핑 후 집에 오면 아내는 식탁 의자에 앉아 살림 9단이 되고 나는 조수가 되어 반찬을 만든다. 아내가 "고춧가루, 마늘, 파, 참기름." 하면 나는 부지런히 대령하지만 완성된 요리는 아내 마음에 안 드는 모양이다. 간도 아내가 보고, 불 조정도 아내가 시킨 대로 했지만, 제맛이 안 난다고 몇 번 먹어보고 그만둔다. 결국, 만들어 놓고 다 먹을 수가 없으니 늘 음식물은 냉장고만 가뜩 찬다.

아내가 집에 퇴원해 있는 동안 그녀가 교회에 나가지 못하기 때문에 교회 권사들로부터 안부 전화가 온다. 아내 곁에 전화가 없을 때는 내가 받는데 내 음성을 들으면 권사들은 내가 병간호하느라고 얼마나 힘이 드느냐고 안타까워하는 목소리를 낸다. 아픈 사람보다도 병간호하는 사람이 더 힘들다는 것이다. 밥은 제대로 먹느냐, 반찬은 어떻게 하느냐, 가서 청소라도 해 드려야 하는데… 등등. 나는 건강하기 때문에 걱정이 없다고 씩씩하게 말한다. 밥은 전기밥솥이, 세탁은 세탁기가, 청소는 진공청소기가 해주기 때문에 하나도 어렵지 않다고 말한다. 사실 힘들 때가 없는 것은 아니다. 아침 먹고 설거지를 하고 나서 어떨 때 세탁을 하고 세탁물을 빨래 걸이에 말리고, 어질러진 방 안 청소를 하고 나면 점심때가 된다. 인터넷에서 사서 냉동고에 넣어 놓은 갈치나 새끼 굴비의 비늘을 벗기고 손질해서 구워 점심 준비를 하면 집안에 냄새가 진동한다. 그러나 이것은 내가 아내 도움 없이 할 수 있는 유일한 요리다. 요리하는 동안 아내는 TV를 즐긴다. 상을 차리고 먹을 준비를 다 해 놓고 식사하러 오라고 말하면 걸어와 탁자에 앉는데 몇 번 반찬에 젓가락을 대다가 비린내가 나서 그만 먹고 싶다고 밀어 놓는다. 그리고 시원한 물김치는 없느냐고 묻는다. 나도 지금까지 아내가 식사 준비를 하는 동안 신문이나 읽고 있다가 와서 시큰둥하게 밥을 먹을 때가 없지 않았다. 그때 아내는 내게 말했었다. 어떤 남편은 식사 자리에 앉으면 "아, 맛있다. 아, 맛있다."라고 입맛을 다셔가며 먹는다는 이야기를 하며 그 정도는 아니더라도 좀 맛있게 먹어주면 안 되냐고 말했었다. 이제 내가 아내의 노고를 몰라 준 앙갚음을 당하는 것이다.

내가 병간호하느라고 힘든 것을 알고 있는 한 친구는 그동안 자녀들을 낳아 기르고 유학한 남편 뒷바라지하느라고 내 아내가 얼마나 고생했겠느냐고 말하면서 지금은 그때 진 무거운 빚을 이번 기회에 조금이라고 갚는 것이 아니겠냐고 말했었다. 물론 맞는 말이다. 그것보다도 나는 아내가 두 번째의 어려운 수술을 하러 들어갔을 때 이번에 다시 하나님께서 회생시켜 주시면 집에서 내 곁에 앉아 있기만 해도 감사하다면서 그땐 무슨 일이든 하겠다고 기도했던 터였다. 나는 할 말이 없어 감사할 뿐이다.

내가 아내의 간섭 없이 잘할 수 있는 것은 아침 상차림이다. 단호박죽에 오트밀 귀리가루를 넣고 끓여 거기에 견과 가루를 섞어 주식으로 하고 당근, 브로콜리, 파프리카, 반숙 달걀을 곁들인 것이다. 그리고 전기밥솥인 쿠쿠 압력밥솥으로 잡곡밥을 짓는 일이다. 잡곡밥은 백미 1, 쌀보리 ½, 찰 현미 ½, 서리태 한 주먹을 섞어 씻어 만든다. 그런데 어느 날 쌀보리를 꺼내는데 컵에 거미줄 같은 것이 걸리는 것이었다. 아내에게 말했더니 벌레가 생긴 것 같다고 했다. 과연 쌀 속에 작은 벌레가 기어 다니고 있는 것이 보였다. 그런 쌀보리로 지금까지 밥을 해 먹었다. 모조리 꺼내어 햇볕 비추는 마루에 신문을 깔고 쌀을 부어 놓았더니 작은 벌레가 기어 나왔다. 집으려 하자 몸을 둥글게 말아 굴러갔다. 찰현미는 어떤지 가져와 보았다. 거기에도 까만 벌레가 올라왔다. 아내가 쌀바구미라고 했다. 이것은 탁자 위에 신문을 깔고 그 위에 쌀을 부어 놓자 여러 마리가 기어 나왔다. 밖으로 기어 나오는 것을 소름 끼쳐하며 이 잡듯 잡고 있는데 아들에게서 국제전화가 왔다. 우리가 쌀바구미 잡는 이야기를 하면서 이걸 어떻게 하면 좋을지 모르겠다고 했더니 "그냥 밥해 드세요. 그것도 단백질인데요. 뭐." 하는 것이었다. 인터넷을 뒤지자 그걸로 떡을 해먹었다는 사람도 있고, 알코올 함량이 30% 이상인 술에 탈지면을 적셔 접시 위에 올려놓고, 쌀을 담아 둔 용기를 밀봉해서 그 위에 접시를 올려놓으면 2, 3일 이내에 벌레가 다 죽는다는 이야기, 또 화랑곡나방이나 쌀바구미를 죽이는 살충제를 사서 쓰면 된다는 이야기 등이었다.

어떻게 할 것인가? 5kg짜리 잡곡을 샀는데 병원에 오래 있어 그렇게 된 것이었다. 떡 해먹을 생각은 하지 않았다. 알코올을 쓰거나 살충제를 사러 가는 것도 거추장스러웠다. 그렇다고 귀한 곡식을 버릴 수는 없었다. 이 벌레들은 일단 쌀눈부터 먼저 먹어 치우고 나머지를 갉아먹기 때문에 쌀이 부스러지고 쌀에 영양가가 없다고 했다. 그렇지만 버릴 수는 없어서 먼저 쌀벌레 제거부터 하기로 했다. 우리가 취한 방법은 양이 얼마 안 되기 때문에 비닐봉지에 넣어 밀봉해서 냉장고에 넣어 벌레들을 동사(凍死)시키는 방법이었다. 사흘 후부터 나는 잡곡밥을 짓기 시작했다. 먼저 양은광주리에 쌀을 담아 물로 시체를 흘려내리고 다음 쌀과 잡곡을 섞어 쌀을 씻을 때 물 위로 떠 오른 시체는 버리고 몇 번 이렇게 한 뒤 쿠쿠로 밥을 한다. 안 죽은 쌀벌레가 좀 섞였기로서니 문제될 것은 없었다. 아들 말대로 그것도 단백질이니까.

중고차와 중고인생

내 차는 지금 주행거리가 112,000㎞이다. 그래서 중고차다. 10년 이상 탔으니 이제 바꾸는 것이 어떻겠냐고 말하는 사람도 있다. 그러나 멀쩡하게 잘 달리고 있는 정든 차를 어떻게 버리겠는가? 반려견보다 더 정든 차다. 그런데 오래 타다 보니 차체에 여기저기 상처가 나서 보는 사람마다 "차를 험하게 다루셨군요."라는 말을 하는 것을 들을 때가 많다. 그럴 때마다 내가 운전을 잘 못 하는 사람이 되어 속이 상한다. 사실 나는 1978년부터 운전면허를 가지고 미국과 캐나다 등 웬만한 명승지는 안 간 곳이 없이 운전하고 다녔는데 인정을 못 받아 창피하기도 하다. 그것보다도 차주로서 차에 대해 미안한 생각도 있어 좀 외장 수리를 해서 타는 것이 좋을 것 같다는 생각을 하고 있었는데 이래저래 미루고 수리를 못 하고 있었다.

그런데 얼마 전에 접촉사고가 났다. 아내가 다리가 불편해서 내가 집에 빨리 가 점심 수발을 해야 했다. 교회에서 예배를 끝내고 귀가하는데 차들이 좌회전 신호를 기다리느라고 너무 길게 늘어서 있어 빨리 갈 수가 없었다. 반대쪽으로 우회해서 가는 다른 길을 찾았는데 그곳은 신호등이 없고 사각지대가 되어 좌우 측에서 오는 차를 잘 살펴서 나가야 하는 곳이었다. 시야가 잘 뚫려 있다고 생각해서 전진했는데 오른쪽에서 급하게 달려오는 차를 잘 못 본 것 같았다. "꽝" 해서 정신을 차리고 보니 달려온 차의 운전대 쪽을 들이받고 있었다. 급할수록 돌아가야 하는데 내가 너무 서둘렀다.

상대방에는 운전자를 포함, 네 사람이 타고 있었는데 어디 다친 데는 없느냐고 물었더니 너무 놀라서 지금은 알 수 없다는 것이었다. 나이 든 아버지는 시간이 없다고 먼저 일 보러 걸어갔고, 어머니는 망설이고 있었으며, 어린 초등학생은 순진해서 자기는 멀쩡하다고 말했는데 그의 아버지인 운전자는 교통사고 후유증은 시간이 지나 봐야 한다고 입을 다물라고 주의시켰다. 보험회사 직원이 왔다. 내가 보험금을 걱정했더니 걱정하지 말고 그냥 가라고 했다. 자기들이 처리하겠다는 것이었다. 다행히 상대 차가 외제 차가 아니고 폐차 직전의 차이기 때문에 크게 문제 되지는 않을 것이라고 말했다. 정말이지 요즘은 외제 차가 많아서 만일 내가 외제 차를 받았다면 어쩔 뻔했는지 아찔하였다.

그 뒤로 보험회사에서 여러 번 전화가 왔었다. 나도 교통 후유증은 없느냐는 것이었다. 상대방 보험회사의 대인관계 책임자가 문의한 것이었다. 사실 나는 아무런 정신적인 충격을 처음에는 느끼지 못했으나 여러 번 양쪽 보험회사의 상담사로부터 전화를 받자 그것 때문에 운전에 두려움이 생기는 것이었다. 요즘 노인 운전자의 교통사고가 늘고 있어서 노인들에게는 운전을 그만두도록 종용하고 있었다. 그러나 나는 아내와 둘이 살고 있고, 또 대전에서는 떨어져 있는 지역에 살고 있어 운전은 필수였다. 우리 쪽 보험회사에서도 전화가 왔었다. 상대방 탑승자 전원이 교통 후유증을 호소해 와서 한 사람당 50만 원씩

지급하고 합의하기로 했는데 동의하겠느냐는 것이었다. 아프다는데 내가 어떻게 하겠는가? 사고를 낸 것이 후회스러울 뿐이었다. 대신 나는 내 차의 충돌 부분을 자차 수리비 20만 원을 지급하고 수리하고 다른 흠집 난 모든 부분도 추가 수리비를 내서 수리해서 내 차의 깨끗한 외형을 회복하였다. 내가 차 수리를 너무 미루고 있어서 하나님께서 그렇게 차 사고까지 나게 했다면 하나님이 너무 짓궂다는 생각을 했다.

그 뒤, 차를 달리고 있는데 "끼익, 끼익" 하고 마찰음이 나서 차 정비소에 갔더니 후방 브레이크 패드가 다 자손되었다는 것이었다. 양쪽을 꽤 돈을 들여 교환하였다. 한 달도 못 되어 또 이상한 소음 때문에 자동차 정비소에 갔다. 전방 브레이크 패드뿐 아니라 주행거리 십만이 넘었기 때문에 타이밍 체인도 갈아야 하며 오일펌프, 커버 어셈블리를 갈아야 하며 이 기회에 팬벨트도 갈아야 하고, 파워스티어링 기름도 갈아야 한다는 것이었다. 이 차는 보험회사 감정가격이 400만 원 좀 넘는데 100여만 원을 들여 엔진을 다 들어내고 6시간이 더 걸리는, 대수리를 해야겠느냐고 물었더니 사람은 중고 인생이 되면 내장이 나빠질 때 잘 달래서 사는 데까지 살다 죽지만 중고차는 겉이 낡아도 내부만 새 기계로 고치면 새 차가 된다는 것이었다. 20만 아니라 45만까지 문제없이 잘 굴리고 있는 차가 있다고 말했다. 차를 새로 살 것인가, 고쳐서 새 차처럼 쓸 것인가를 결정할 때가 된 것 같았다.

이제는 일 년에 10,000㎞도 채 안 달리는데 고쳐 쓰면 우리보다 차가 더 오래 살 것 같아 100여만 원이 넘는 수리비를 내고 맡기기로 하였다. 집에 와서 기다리고 있는데 조수석 웨이스트라인 몰딩 어셈블리가 다 닳았는데 어떻게 하겠느냐는 것이었다. 당장 문제 되는 것은 아닌데 결정해 달라는 것이다. 새것으로 다 바꾸라고 일렀다. 이제 우리는 중고 인생이지만 차는 새 차가 되는 것으로 생각하며.

아내는 대퇴골 골절로 3개월간 병실과 재활병실을 전전하고 있다가 퇴원하였다. 그러나 다리 통증 때문에 또 계속 진통제를 먹고 있다. 이제 겨우 실내를 걸어 다니며 식자재를 준비해 주면 음식을 만들 수가 있게 되었다. 그런데 얼마 전에는 안구건조증인지 눈에 눈곱이 낀다고 불만을 호소해 왔다. 병원에 가자고 했더니 이제 죽을 때가 다 되었는데 또 안과병원까지 갈 것이 뭐냐고 말했다. 눈병 그대로 안고 가겠다는 것이다.

나는 아내가 '자기는 곧 죽을 것'이라는 말을 하는 것을 제일 싫어한다. 입원해 있을 때 아내의 간병인이 있었지만 거의 반은 내가 아내를 병간호하며 고생고생하여 그녀를 살렸다고 나는 자부한다. 늙은 할아버지가 간병인이라고 병원 간호사들이 딱하다는 듯 바라보는 눈치를 보면서 나는 심혈을 다 기울여 그녀가 소생되는 것을 기다리며, 또 소생되는 것을 신기하게 보면서 하나님께 감사했던 사람이다. 그런 나를 향해 '자기는 곧 죽을 것'이라는 말을 하는 것이 너무 서운하기 때문이다. 정말 중고 인생은 촛불이 가물가물 꺼져가듯 그렇게 가는 것일까?

나는 최근 기독교적 세계관에 관심을 가지고 생각한 일이 있다. 세계관이란 무엇인가? 세상을 바라보는 관점을 세계관이라 한다. 염세주의자가 바라보는 세계, 쾌락주의자가 인식하는 세계, 공산주의자가 이해하는 세계… 다양한 지각의 틀 속에서 삶을 인지하는 방식은 각양각색일 것이다.

크리스천은 이 세계를 어떻게 바라보는 것일까? 크리스천은 다른 종교인과 다른 눈으로 세상을 바라본다. 참 크리스천은 그리스도와 함께 십자가에 자기가 죽고 이제는 그리스도가 자기 안에 살면서 거듭난 새 사람으로 자기 눈이 아니라 하나님의 눈으로 세상을 바라보며 산다. 우리가 하나님의 자녀이기 때문에 형제를 미워할 수가 없다. 하나님이 자기 형상대로 우리를 만드셨기 때문에 모든 인간의 생명은 중요하며 내 생명도 하찮은 것이 아니어서 자살할 수가 없다. '선한 일을 행하는 자는 생명의 부활로, 악한 일을 행하는 자는 심판의 부활로 나오리라'라는 말을 믿기 때문에 부정부패, 권모술수, 권력의 갑질이 난무하는 세상에서도 인내할 힘을 갖는다.

우리는 중고 인생인가? 크리스천은 '겉 사람은 후폐(朽廢)하나 속 사람은 날로 새로워지는 것'을 믿는다. 그러므로 크리스천에겐 중고 인생은 없다. 지난번 묵상집인 『다락방』에서 나는 냉장고에 세계지도를 붙이고 세계 각국에 선교후원금을 보내고 있는 곳을 다 표시를 해 놓았다는 간증을 읽었다. 주방에서 일하면서 이 지도를 바라보는 여인의 나이와 재력을 나는 알 수가 없다. 그러나 그녀는 분명 평생 중고 인생을 살 사람은 아닌 것을 확신한다. 그녀는 마음 안에 그리스도를 거룩하게 모시며 그녀는 믿음 안에서 인생에 대해 품은 목적을 누구에게든지 언제나 분명히 알려 줄 수 있는 사람이기 때문이다.

안아주기

은퇴자가 구하는 것

우리 대학의 은퇴 교수는 80여 명인데 나는 성지회(은퇴교수회) 회장을 맡고 있다. 전임 회장이 임기 2년을 못 채우고 서울로 이사해서 그리되었다. 맡기 싫은 감투는 흔히 그리하듯 참석자들의 박수로 나를 치켜세워 회장을 맡게 되었다. 벌써 4년째다. 대학 총장이나 교무위원은 다투어서 하려 하던 사람들이, 먹잇감을 다투어 먹고 난 거위들처럼 뒤뚱거리고 자기 처소로 가버려서 지금은 돌아보는 사람도 없다.

이렇게 관심 밖에 있는 성지회(聖志會)를 섬길 필요가 있을까?

은퇴 후에도 서로 어떻게 지내는지 소식이 궁금하다. 대학에서는 '스승의 날'이면 버스를 동원해 은퇴 교수들의 문화탐방을 주선해 주는데 이를 상의할 주체가 필요하다. 대학이 은퇴 교수들의 의견을 수렴하거나 은퇴 교수들에 대한 예우를 논의할 때도 주체가 필요하다. 그래서 우리는 성지회 홈페이지를 개설하여 소식을 전하며 회칙을 만들어 회의 소집도 한다. 올해에도 총회를 소집했다. 총무가 각 집에 우편으로 소집 공고를 내고, 내가 이메일을 보내 참석 여부를 물었다. 회신이 없어 손전화로 문자를 보냈다. 그런데 회신이 많지 않아 식당에 회의실을 예약하지 못하고 홀에다 예정 인원으로 예약하여 겨우 14명으로 총회를 치렀다. 나는 회장을 두 번 중임했으니 내년 3월에는 반드시 새 회장을 뽑아주어야 한다고 호소하고 또 그렇게 하겠다는 약속을 회원들에게 받아두었다.

이번 5월 성지회 문화탐방 역시 회장단이 목적지를 결정해야 한다. 나는 나이가 많아서 이제는 다 타버린 촛불처럼 힘이 없다. 자연에서 일어나는 변화는 엔트로피가 증가하는(질서에서 무질서, 낮은 확률에서 높은 확률) 방향으로 일어난다는데, 내 안에서도 열정은 점차 사라져서 젊었을 때처럼 의욕이 솟아나지 않는다. 이는 가역(可逆)이 아니어서 외부로부터 힘을 얻지 않고는 열정이 솟아날 수가 없다. 여기서 내가 깨닫고 결심한 것은 사람을 의지할 생각을 버리고 오직 주님만 의지하고 그분이 주시는 힘으로 할 수 있는 일을 하자는 것이다.

사실 힘이 없어서 아무것도 하기 싫을 때 일을 맡으면 하나님을 의지할 수밖에 없다. 아침마다 작당하여 악한 계교를 꾀하는 일도 없으며, 잘못되면 남에게 책임을 전가할 세상적인 생각도 없어서 대통령이나 장관들처럼 욕먹을 일도 없다. 은퇴자는 오직 여호와를 앙망하고 밖으로부터 새 힘을 주시도록 은혜를 사모하는 일뿐이다. 은혜는 하나님께 속한 것이다. 내가 구해서 얻을 수 있는 것이 아니고 하나님께서 주셔야 얻는 것이다. 그래서 내가 할 일은 하나님께서 생기를 주시도록 마음 문을 열고 기다리는 일뿐이다.

말라버린 뼈 같은 내게도 주께서 생기를 불어넣어 주시라고 능력을 구하며 또 성지회장을 계속할 수밖에 없다.

안아주기 운동

안아주기 운동(Free Hugs Campaign)은 2001년 제이슨 헌터라는 사람이 어머니가 돌아가시기 전 "누구나 그들이 중요한 사람이라는 것을 알게 해야 한다."라는 유언을 남긴 것 때문에 시작된 운동으로 포옹을 통해 정신적 상처를 치유하고 평화로운 가정과 사회를 이루고자 하는 운동이라고 하는데 이 운동이 세계적으로 관심을 끌게 된 것은 호주의 후안 만(Juan Mann)이라는 펜네임을 가진 분 때문이라고 한다.

일설에 의하면 그는 영국에서 오랫동안 힘들게 상처를 받고 살다가 고향인 시드니에 돌아왔다. 그런데 가족도, 반기는 사람도 없고 집이라고 부를 곳도 없어 마치 자기는 이방인으로 비행장 출구에 서 있는 것 같았다고 한다. 다른 사람들은 친구와 가족을 만나 반가워서 포옹하고, 웃고, 즐기는 모습을 보면서 자기도 누군가가 마중 나와서 자기를 만나 행복해하고, 안아주었으면 했다.

그래서 카드보드에 'Free Hugs'라고 써서 분주한 길거리에 서 있었는데 모두 쳐다보고 킬킬거리고 지나갈 뿐 안아주는 사람이 없었다. 15분쯤 지날 때 한 나이 든 부인이 다가와 그를 안아주었다. 그녀는 아침에 강아지가 죽고 일 년 전엔 차 사고로 딸을 잃은 분이었다. 그들은 낯선 사람이었지만 포옹하고 미소 지으며 헤어졌다.

2004년 그는 본격적으로 안아주기 운동을 시작하였다. 시드니 중심, 피트(Pitt) 가에 있는 몰(Mall) 앞에서 'Free Hugs'라는 카드보드를 들고 낯선 사람들에게 안아달라고 호소하였다. 자기가 안아주고, 안김을 받으며 또 상대방에게 자기처럼 카드보드에 글을 써서 낯선 사람들과 안아주기 운동을 시작하라고 권한 것이다. 누구나 상처를 갖고 있는데 이 상처를 포옹으로 서로 치유받고 밝은 미래를 살자는 것이다.

이런 운동이 점차 사회의 호응을 얻게 되었으나 어려운 일도 없지 않았다. 2005년에는 열린 광장에서 낯선 사람을 붙들고 포옹하는 것은 공공질서를 문란케 한다고 하여 경찰은 이런 활동을 하려면 250만 불(25억 원)의 책임보험에 든 뒤에 활동하라는 경고를 받았다.

그러나 만 명이 넘는 지지자들의 호소문으로 이 문제는 해결이 되었을 뿐 아니라, 오히려 호주 뮤직 밴드인 'Sick Puppies(병든 강아지들)'는 만(Mann)과 그의 추종자들이 포옹하고 감격해 하는 장면을 비디오로 만들어 로스앤젤레스에 유포했다. 큰 성과는 거두지 못했으나 2006년 만(Mann)의 어머니가 사망했을 때 그에게 관심을 가졌던 호주의 뮤직 밴드 사가 그에게 선물로 보낸 비디오와 음악은 큰 효과를 거두어 이것이 유튜브에 올랐다.

그해 10월 30일 그가 유명한 토크쇼의 여왕인 오프라 윈프리(Oprah Winfrey)의 인터뷰를 끝내고 나왔을 때는 많은 인파가 그와 포옹하기 위해 기다리고 있었다고 한다. 드디어 2015년까지 유튜브(YouTube)를 방문한 사람은 770만 명을 넘었으며 안아주기 운동은 매년 7월 첫 토요일부터 한 달간을 국제 포옹의 달로 선포되기도 했다고 한다.

상처를 안고 돌아온 탕자가 아직도 먼 거리에 있었지만, 아버지는 달려가 그의 목을 안고 입을 맞추며 "이는 잃었다가 다시 얻은 내 아들"이라고 말해 주었다. 이런 아버지의 포옹이면 아무리 큰 상처인들 치유되지 않겠는가?

나는 절친한 친구를 권유하다가 오해를 받고 깊은 상처로 괴로워하는 교인을 안다. 그는 신앙으로 쌓아 올린 소망이 산산조각이 되어 그 친구의 얼굴을 대할 수 없다고 교회를 그만 나올 생각을 여러 번 내비쳤다. 나는 그를 위해 상대방을 만나 오해를 풀라고 권고했으나, 상대방은 자기는 잘못이 없으며 상처를 준 일이 없으니 만날 필요도 없다고 당당했다.

아무 불의도 죄도 없는 예수님은 비난을 받을 이유도 없는데 창에 찔리고 저주를 받고 침 뱉음을 받으면서도 저들이 몰라서 그런다고 인류를 용서하시며 십자가에 돌아가셨다. 나는 주님께서 오셔서 내 친구를 안아주며 "나는 많은 시험을 받고 고난을 당하였다. 그것은 시험받는 너를 능히 돕기 위한 것이다."라고 말해 주었으면 했다. 현실적으로 그것이 불가능하다면 내가 그를 안아주고 싶다고 생각했다. 그런데 문화적인 차이인지 도저히 팔이 그의 어깨 위로 올라가지 않는다. 마음으로만 수없이 안아줄 뿐이다.

사랑은 표현할 때까지 사랑이 아니라는데 내 사랑이 어떻게 전해져서 그의 상처를 치유할 수 있을까? 나도 'Free Hugs'라는 카드보드를 들고 그의 앞에 서고 싶다. 만일 그가 이 팻말을 보고 달려오면 용감히 그를 진정 안아주고 싶다.

생일축하

누가 슬픔을 기쁨으로 바꾸는 놀라운 일을 하거나 상을 타는 일이 있으면 축하 인사를 한다. 그럼 생일축하는 누구에게 하는 축하의 인사일까? 내가 어릴 때는 태아를 품은 산모는 생명을 담보로 하는 해산의 고통을 겪어야 했다. 의사의 정기검진을 받으며, 태아의 초음파 사진을 보며, 예정일에 병원에서 분만하는 것도 아니고 진통이 오면 산파도 없이 이웃 할머니들의 도움을 받아 솥에 물을 끓여놓고 산고를 이겨내야 했는데 이것은 하나님이 죄를 지은 인간을 지상으로 추방할 때 준 가혹한 고통 중의 하나다.

그러나 아이를 낳기 전에는 손가락 발가락은 다섯일까? 아빠를 닮은 애를 낳게 될까? 살아서 아이를 볼 수 있을까? 근심하지만 어린애를 분만하게 되면 건강한 애를 얻게 되므로 말미암아 모든 고통을 다 잊어버리고 자녀만을 사랑하게 되는 것이 어머니다. 그럼 축하는, 이렇게 해산의 고통을 이겨낸 어머니에게 해야 하는 것이 아닐까? 아니면 세상에 고고의 소리를 내며 태어난 아이에게 돌려야 하는가?

아니다. 생일축하는 태어난 어린애의 몫이다. 누가 생일축하를 그 어머니에게 돌리는 사람이 있는가? 애들은 당연하다는 듯이 커 갈수록 생일을 챙긴다. 생일이 되면 선물도 받고 친구들을 불러 파티도 하고 또 친구 집에서 자고 와도 부모가 이를 허락한다. 그래서 생일을 기다리며 혹 부모가 자기 생일을 잊어버릴까 걱정이 되어 "오늘은 거의 내 생일이다(almost my birthday)."라고 부모에게 생일 예고를 외친다. 그리고 생일이 되면 "오늘은 내 생일이다!"라고 두 손을 번쩍 들고 외친다.

생일은 분명, 이 세상에 새로운 생명체로 태어난 그들의 날이고 생육하고 번성할 의무를 다하고 떠난 부모의 날이 아니다. 우리는 자녀들이 결혼하고 부모를 떠나 자기 가정을 이룩하고 산 지 30년이 넘는다. 그래서 2인 1가구로 살면서 우리도 서로의 생일을 축하하고 있다. 한때는 철없는 우리 2세들처럼 나는 "며칠 있으면 엄마 생일이다."라고 자녀들에게 엄마 생일 예고를 하기도 했다.

옛날에는 지금처럼 이메일이 흔하지 않아서 생일이 되면 자녀들이 예쁜 생일 카드를 보내왔었다. 아름다운 경치를 보면 그림엽서 같다고 말하는데 정규 규격보다 크고 예쁜 생일카드를 받으면 그렇게 기분이 좋을 수가 없다. 편지와 함께 따로 쪽지를 넣어서 깨알 같은 글씨로 부모님 은혜 감사하다는 글을 써 보내면 우리는 두 번, 세 번 그 편지를 되씹어 읽으며 기뻐한다. 아내는 눈물을 글썽일 때가 많다.

남들은 명절이면 자녀들이 손자들을 데리고 부모를 찾아오고 가정에 활기가 넘치는데 우리는 그런 것을 잊은 지 오래다. 그래서 생일카드와 전화를 받는 것이 유일한 기쁨인데 때로 애들은 바빠서 생일을 잊어버리고 전화도 안 할 때가 있다. 그럼 전화를 기다리다 못해 아내는 눈물을 흘릴 때가 있어서 멀리 있는 자녀들에게 생일 예고 통지를 했던 것이다. 그런데 지금은 그것을 초극했다.

옛날과는 다르게 지금은 카톡이 생겨서 "생일축하 드려요." 하면서 생일 케이크나, 꽃들 사진 그리고 무료로 다운받은 이모티콘 하나쯤 첨가해서 보내면 그것으로 생일축하가 끝난다. 바쁜 세상인데 그 정도면 감사 표시는 끝나는 것이 아닐까? 그래서 우리도 그것으로 자족(自足)한다. 물론 우리도 그들에게 잘한 것이 없다. 얼마 전까지는 자녀들의 생일 때는 꼭 케이크와 초를 사서 그들과 같이 있을 수는 없지만 함께 있다고 생각하며 집에서 생일축하 노래까지 하였다. 그런데 그들의 나이 50을 정점으로 그 애들의 생일은 그만두기로 했다. 이제는 이 일에 아주 익숙해져서 아내는 둘이서 사는 것이 외롭다고 말하지는 않는다.

어떤 사람은 늙어서 둘이 살면서 청승맞게 무슨 케이크까지 사서 생일축하를 하느냐고 핀잔을 준다. 그래도 우리는 한 번도 거른 일이

없다. 처음에는 데코레이션이 제대로 된 생일 케이크를 샀는데 지금은 안 그런다. 사 와도 한 번에 다 먹을 수도 없고 또 케이크에 바른 크림 토핑이나 꽃장식들은 거추장스럽고 소화에도 도움이 안 되기 때문이다. 그래서 축하 뒤에도 계속 냉장고에 넣어 놓고 먹을 수 있는 카스텔라로 된 롤 케이크로 바꾸었다. 이렇게 양식은 바뀌었으나 정성은 변함이 없어서 생일 아침 일찍 내가 사는 소형 도시에 많지 않은 파리바게뜨에 나가 그날 만들어 놓은 케이크에 긴 초 8개 짧은 초 4개를 달라고 해서 아침 식사 탁자를 장식하고 생일축하 노래를 부른다.

> 햇빛보다 찬란히 샘물보다 더 맑게 / 온 누리 곱게 곱게 퍼지옵소서
>
> 뜨거운 박수로 축하합니다 / '내 아내' 생일을 축하합니다.

물론 위 생일축하 노래의 '내 아내' 부분은 내가 독창을 한다. 생일이란 한 살 더 먹는다는 말인데 일 년 더 죽음 앞에 다가서는 생일을 왜 축하하느냐고 말하는 사람도 있다. 그러나 출산하느라 수고한 아내가 생일축하를 못 받는 날이 가까워진다는데 그렇게 힘들지 않은 생일축하 못 해줄 것도 없다. 어떤 아내들은 생일에는 좋은 옷을 사 달라, 패물 수집이 취미인 여인은 패물을 사 달라는 등 요구 조건이 많은데 아내는 그런 것에는 관심이 없다. 단 한 가지 애들 생일에는 분위기 있는 식당에서 약간 호화스러운 식사를 사 달라는 것이 고작이다. 나는 꼭 이 작은 요구는 들어주고 있다.

이번 큰아들 생일은 주일이었다. 올해 여름은 유난히 더워서 한 달이 넘게 찜통더위가 계속되고 열대야가 계속되었는데 그 한 주일이 바

로 생일이었다. 그런데 그날 교회에서는 나이 든 분들이 힘들었겠다고 은퇴 장로들의 저녁 식사를 대접하겠다는 것이었다. 우리나라는 외국이 아니어서 식사 초대에 부인까지 초대하는 법이 없다. 그래서 아내와 외식하는 날이었는데 어쩔 수 없이 혼자 갔다. 이른 저녁을 마치고 집에 와보니 아내는 그때에서야 신라면을 끓여 먹고 난 뒤여서 스티로폼 용기에 벌건 국물이 묻어 있는 상태였다. 너무 미안해서 쳐다보고 있는데 아내가 싱긋 웃으며 말했다.

"혼자 먹을 때는 신라면이 제격이에요."

크리스마스 카드

연말연시가 되면 옛날엔 크리스마스 카드와 연하장이 너무 많이 와서 이런 허례허식 좀 관뒀으면 좋겠다고 생각한 적이 있었다. 오는 카드를 다 진열해 놓을 수가 없어서 빨랫줄처럼 벽에 이중 삼중으로 줄을 치고 걸어 놓은 적도 있다. 그런데 지금은 내가 은퇴한 탓도 있겠지만 이메일이나 카톡 등 간단한 통신매체를 통해 소식을 전하고 말기 때문에 자연 카드를 보내는 일이 줄어들었다.

일본 유학생 중에 근하신년(謹賀新年)이 한국에서 주로 쓰는 새해 인사말인 줄 알았는데 일본에 가서 보니 이 글을 일본인들이 더 많이 쓰고 있더라고 했다. 내가 보기로는 우리나라 사람들은 감사하다는 말도 인색하지만, 연하장으로 새해 인사를 주고받는 민족들이 아니라고 생각한다. 새해 인사를 글로 보낸다는 것은 양반들의 전유물이고 일반인들이라야 돈 많은 상인이 사업상 했고 가난하고 핍박받는 민초들이야 그런 인사를 하고 지낼 처지가 아니었다.

일본의 한국 강점기에 우정국이 생기고 신문을 발간하게 되자 일본인이 하는 것을 본떠서 '근하신년'이라는 광고를 내고 또 연하엽서들을 만들어 새해 인사를 하는 것이 보편화된 것이 아닌가 생각한다. 사실 일본에서는 연하 카드가 너무 많아서 연말연시에 연하장을 10억

장이나 찍는다는 말도 있다.

매년 내게 제일 먼저 크리스마스 카드를 보내주는 분은 실로암 안과 병원의 김선태 목사님이다. 그리고 다음은 내 고등학교 때의 제자 이숙자 권사. 다음은 기관에서 의례적으로 보내는 문안 카드 등이다. 나도 요즘은 파워포인트(Power Point)로 일 년을 돌아보는 사진을 편집해서 보내고 거기에 간단한 크리스마스 메시지를 첨부한다.

그런데 이것은 오랫동안 문안도 드리지 못했던 분들에게 내가 아직 살아 있다는 것을 알리는 인사일 뿐 사적인 애정이 전혀 담겨 있지 못한 것이었다. 안 믿는 사람에게 크리스마스 카드를 보내면 복된 말씀을 전하니, 전도가 되고, 지친 일선 군인에게는 힘이 되며, 입원 환자에게는 위로가 된다는데 그런 것과는 거리가 멀다. 이런 카드를 올해에도 보내야 하는가?

나는 지금까지 수십 년 동안 받은 크리스마스 카드를 다시 뒤져서 그 내용을 읽어 보았다. 제일 많이 보내준 사람은 하와이에서 사귄 릴리안(Lillian)이라는 여인이다. 1966년에 하와이 대학 EWC(동서문화센터)에 다니는 동안 만난 사람인데 매주 교회 갈 때 내게 차편을 제공하고 성가대를 같이 했으며 크리스마스 때는 와이키키 해변의 일리카이 호텔에서 메시아의 할렐루야 합창도 했었다. 내가 귀국 후 1970년 초에 그녀가 한국을 방문했을 때는 길도 좋지 않아 터덜거리는 도로로 버스를 타고 경주의 불국사를 방문하고 산길을 올라 석굴암까지 갔었다. 그러나 지금 그녀(89세)는 성가대는 하지만 골다공증으로 자유롭지 않다고 했다. 내가 건강이 여의치 않은 아내와 함께 하와이에 갈 수도 없고 그녀가 우리에게 오기는 더더욱 힘들다. 그러나 주님의 사랑이 그 편지 안에는 있었다.

두 번째로 편지를 많이 보내준 이는 하와이에서 나와 한방을 쓰던 데이비드다. 당시 그는 총각이었는데 같이 EWC에 있던 일본 처녀와 결혼해서 지금은 미시간주에서 살고 있다. 1966년부터 알고 지냈으니 50년 지기이다. 지난번 보스턴 아들 집에 갔더니 디트로이트 공항까지만 오면 자기가 모든 것을 책임지겠다고 하고, 이스트 랜싱에서 디트로이트까지의 왕복 차편과 자기 집 곁에 있는 호텔(Hampton Inn)에 묵게 해주었던 친구다.

나이는 나보다 여섯 살 아래지만 그의 아내는 일본인으로 미국에서는 소수민족이다. 세계 제2차 대전 때는 일본인은 다 아이다호주에 연금되었었다. 그때는 포로처럼 지냈지만, 지금은 소수민족으로 미국에 무엇인가 이바지해야 한다고 그의 아내는 후손들에게 장학금을 주며 살고 있다. 그는 크리스마스 카드를 보내면 반드시 A4 용지 하나에 가득 자기의 사연을 써서 보낸다. 언제든 놀러 오면 온 가족이 다 와도 환영하겠다고 했는데 거기서 나는 주님이 나를 이렇게 사랑한다는 것을 느낀다.

1980년도 초에 내가 미국대학에서 학위 과정을 하고 있을 때, 함께 있던 학생이 학위를 마치고 귀국하여 모 대학에 교수가 되었는데 은퇴한 뒤에 연락이 되어 점심을 하자고 약속하고 일부러 대전까지 내려온 교수도 있다. 그 교수의 크리스마스 카드도 발견했다. 미국에 있을 적에 함께 교회를 다니며 성경 공부도 했던 동료였다. 카드에는 그때의 사랑이 지금까지 계속된 것 같아 감사하다.

나도 올해에는 몇 장이 안 되더라도 공적인 인사말이 아니고 사적인 정성이 담긴 크리스마스 카드를 보내야겠다.

헛된 꿈과 계획

오랜만에 외출도 별로 좋아하지 않던 아내가 얼굴이 밝아지고 기분이 들떴다. 친구가 자기를 만나러 온다고 했기 때문이다. 친구라야 이제는 다 세상을 떠나고 몇 남지 않았다.

가장 가까이서 오래 사귀었던 이는 나보다 먼저 결혼하고 58년 전 나와 아내의 결혼을 주선하느라 무척 애썼던 친군데 오래전에 세상을 떴다. 다음은 광주 제중병원의 의사로 있던 친구로 한국에 있을 때는 신세도 많이 졌는데 미국으로 떠난 지 오래되어 연락이 끊어졌다.

다음이 미국의 샌타바바라에 있는 친구로 언제 미국에 오느냐, 또 자기 집에는 언제 들릴 것이냐고 한 번 전화기를 들면 한 시간 가까이 국제전화를 하던 자매도 작년에 세상을 떴다. 치매 끼가 있어 남편이 세상을 떴는데 까맣게 잊어버리고 지내다가 갑자기 정신이 돌아오면 "니 아빠 돌아가셨지?"하고 딸에게 말하며 울곤 했다는 친구다. 하루는 한밤중에 카톡이 와서 열어보았더니 한국어가 서툰 그 집 딸이 '엄마 죽었어.'라고 찍어 보낸 것이다. 요즘은 미국보다 한국이 훌륭한 요양병원이 많다고 아무리 설득해도 미국에 오래 정착해 있어 오지 않더니 떠나 버린 것이다. 미국까지 문상도 못 가고 조위금만 보냈더니 장례식 사진과 자기 어머니 여학교 때 추억의 사진을 보내 왔는데 아내 모습도 거기에 있었다. 그렇게 친구들이 다 떠나갔다.

그런데 이번 친구는 초등학교 때부터 같이 학교에 다니던 오랜 친구로 미국 뉴저지주에 살고 있다가 아들이 한국에서 목회하게 되자, 아들 따라 아주 한국에 정착하러 온 것이다. 8년 전에는 한국에 들르러 와서 함께 다녔다는 옛 초등학교며 군청 소재지 등을 둘러보고 아내는 그녀와 장흥에서 하룻밤 내내 이야기를 하며 지냈었다. 또 그 전엔 속리산의 호텔을 빌려 하루를 지내며 회포를 푼 적이 있다. 그런데 이번에 또 만나러 온다니 그렇게 기분이 좋은 것이다.

하긴 80대 중반에 든 할머니들이 언제 기회가 있어 이렇게 만나서 즐겁게 지낼 시간을 가질 수 있겠는가? 그런데 날씨가 변덕이 심하고 또 지난 장기 가뭄 때부터 기상청의 일기예보를 믿을 수 없는 때가 되어 단풍이 곱게 물들 것인지, 그때 날씨는 좋을 것인지 여간 걱정이 되지 않았다. 장기예보는 믿을 수 없다 하더라도 두 주 전부터 10월 27일의 일기예보는 그날은 비가 온다고 했다가 다시 흐리기만 한다고 했는데 또 날씨가 말짱하다는 것이다.

그래서 속리산 호텔에 두 방을 예약하였다. 하나는 두 할머니의 채팅방, 그리고 하나는 내가 묵는 기사 방이다. 10여 년 전에는 아내나 친구가 다 건강이 좋아서 내가 그들을 데려다주자, 그곳에서 하룻밤을 같이 지내고 귀갓길에는 버스로 왔다. 그러나 이번은 친구도 큰 수술을 해서 회복이 되었다지만 3개월마다 다시 검진하게 되어 무리한 여행을 하게 할 수가 없었다. 그래서 기사인 내 방도 따로 예약한 것이다.

친구는 다음 날 서울로 귀가해야 해서 대전에서 서울역으로 가는

KTX 표도 예약해서 구매하였다. 금요일이 되어 상경하는 사람이 많아 3시 반 이후는 다 매진되고 없었다. 여행 전날에는 가스도 채우고 세차도 하였다. 그녀는 자녀들이 고급 차로 모신다는데 허름한 차를 세차까지 하지 않을 수가 없었다.

그런데 떠나기 전날 밤 전화가 왔다. 올 수 없다는 것이다. 당일 날씨도 흐릴 뿐 아니라, 다음날은 비가 온다니 애들이 걱정한다는 것이었다. 작은 꿈과 계획이었지만 와르르 무너지는 느낌이었다. 예약을 하나하나 취소하는 중이었는데 아내는 자기의 실망보다 나에게 더 미안한 모양이었다.

"차라리 잘 된 것 같아요. 날씨도 불안하고 또 단풍이 예쁠지 자신도 없고…. 나는 안 좋은 계획이면 막아 주시라고 하나님께 기도했었어요."

좋은 날씨 허락해 주세요. 단풍이 잘 들게 해주세요. 친구가 오는데 어려움이 없게 해주세요. 그러고 나서는 하나님의 뜻이 아니면 막아 주세요. 그것이 무슨 기도일까 싶었지만, 아내의 기도는 언제나 그 모양이었다.

"크든 작든 세상사는 언제나 헛되고 헛된 것이잖아? 하나님이 얼굴을 돌리시면 도미노 놀이의 나무 조각처럼 무너지고 새로 시작해야 해."

"꿈을 쌓는 순간은 행복한데 무너지고 나서는 무엇이 남지요?"

"서로 사랑했던 추억의 순간만 남는 것이 아닐까?"

약속한 당일 우리는 호텔 예약을 취소했지만, 칼을 뽑았던 용사처럼 둘이서 속리산을 향해 떠났다. 정이품 소나무와 속리산 국립공원사무소로부터 호텔 입구까지는 그래도 노란 단풍이 잘 물들어 줄지어 있었고 관광객도 꽤 많이 있었다. 호텔의 '힘지박' 식딩에서 옛날을 추억하며 '함지박 한정식'을 주문했다. 메뉴도 하나뿐이다. 아내는 모든 것이 만족스럽지 않다. 호텔도 노후하였고, 메뉴도 마음에 들지 않으며, 단풍도 시원찮아 이제 다시는 오지 않겠다고 한다. 몇 년 뒤는 오고 싶어도 못 올지도 모른다. 그러나 나는 노란 단풍을 유리창 너머로 내다본다.

파랗게 생겼던 나무들이 노랗게 변하는 것은 낮이 짧아지고 추워지면 나뭇잎은 그들과 줄기 사이에 '떨겨층'이라고 코르크같이 단단한 세포층을 만들어 줄기와 나뭇잎 사이에 영양분의 통로를 막는다고 한다. 이것은 나무가 뿌리로부터 빨아올린 수분이 잎의 엽록소에서 광합성을 하는 동안 공중으로 많이 분산하는 것을 막기 위해서라고 한다. 결국, 잎은 나무를 살리기 위해 자기가 빨아들일 영양분을 스스로 막고 새파랗던 엽록소가 분해되고 대신 분해 속도가 늦은 카로티노이드(carotenoid)가 노란색을 보이다가 땅에 떨어져 죽어간다는 것이다. 그것이 가을의 은행잎이다. 결국, 가을은 인간의 노년기다.

어떤 이들은 자기가 죽을 때가 되어 병원에 눕게 되면 스스로 곡기를 끊고 죽음을 기다린다고 한다. 자기의 추한 마지막을 보이지 않기 위해 헤밍웨이처럼 스스로 총을 쏘아 죽을 수도 있다. 그러나 이것은 하나님의 뜻에 반하는 일이다. 하나님의 뜻대로 살겠다고 자기를 드렸으면 그분이 부르시는 것을 기다려야 한다. 우리는 하나님의 형상대로 만들어진 하나님의 자화상이며 그 몸의 일부이다. 나는 그분의 아들이다. 아들처럼 살려고 애쓰다가 결국은 포기하고 아들처럼 여겨달라고 구걸하며 하나님 곁으로 갈 필요가 없다. 하나님은 우리를 항상 아들로 사랑하신다. 하나님 곁에서 사랑받고 살다가 어느 날 부르시면 새벽기도 하러 일어나다가 뇌졸중으로 쓰러져 죽은 어떤 권사처럼 주님 곁으로 가야 한다.

나는 친구의 대타로 아내와 함께 하나님이 만들고 좋아하신 가을을 즐기다가 돌아왔다. 다시 이곳에 오지 못할지도 모른다. 그러나 하나님께서 맺어준 아내와 사랑하고 하나님의 사랑 안에 지내고 있으면 그것으로 하나님은 아들의 삶을 보시며 만족하시리라 생각하면서.

믿음과 말씀

하나님의 음성

많은 사람이 직접 하나님의 음성을 듣고 싶어 한다. 구약시대에는 하나님의 음성을 감당할 수 없어 선지자를 통해 듣기를 원했다. 지금은 선지자가 없다.

그럼, 하나님은 어떻게 우리에게 말씀하실까? 하나님이 쓰는 단어는 무엇일까? 우리가 이해할 수 있을까? 성경이나 설교를 통해 간접적으로 듣는다고 말하는 사람도 있다. 그러나 성경을 읽지도 못하며 특히 언어가 없는 민족은 어떻게 하나님의 음성을 들을까?

종교인들 가운데 하나님의 음성을 들은 사람이 많다. 하나님을 대면한다는 것은 두려운 일이다. 모세는 애굽 바로의 낯을 피하여 미디안 광야로 나왔다. 그곳에서 제사장의 양을 치고 있었다. 호렙산에서 불이 붙었는데 타지 않은 떨기나무 가운데서 하나님의 부름을 받게 되었다. 모세는 하나님 뵙기를 두려워해서 얼굴을 가렸다고 한다.

모세는 하나님이 직접 불러 주셨는데 왜 기뻐하지 않고 두려워했을까? 음성을 들려준 분은 서로 시비를 가릴 수 있는 인간이 아니고, 인간을 주관하는 신이었기 때문이다. 하나님은 그에게 애굽으로 가서 이스라엘 백성을 애굽 밖으로 인도하여 내라는 음성을 들려주셨다.

그런데 그는 곧장 순종하지 않았다. 그의 순종까지의 과정은 다음과 같다. 내가 누군데 그런 일을 할 수 있겠는가? 당신의 이름이 무어냐고 물으면 어떻게 대답해야 하는가? 이렇게 60만이 넘는 장정을 인도해 낼 것을 생각하며 모세는 주저한다. 하나님께서 능력의 지팡이를 준다. 그래도 자신은 말이 어눌하다고 주저한다. 끝내 말에 능한 형 아론을 붙여주자 그와 함께 애굽의 바로 앞에 선다.

예수님의 어머니 마리아는 그가 요셉과 정혼(定婚)한 처녀 때에 천사가 그에게 주께서 자기와 함께하신다는 음성을 들려주었다. 그러면서 "네가 잉태하여 아들을 낳으리라."라고 천사는 말했다. 이것은 청천벽력 같은, 상상도 못 했던 음성이었다. 너무 두려워서 남자를 알지 못하는데 어찌 이런 일이 있을 수 있는가 하고 의아해하고, 율법에 따르면 죽음을 면치 못할지도 모르는 상황을 직시하며 두려워 떨었다. 그러나 끝내는 "보십시오, 나는 주의 여종입니다. 천사님의 말씀대로 나에게서 이루어지기를 바랍니다."라고 순종하게 되었다. 이런 순종의 결단까지 얼마나 사선을 넘는 두려움을 반복했을지 짐작하기가 어렵다.

미국의 만화가 개리 랄슨(Gary Larson: 1950~)이 쓴 『피안(The Far Side)』이라는 만화 중, 개에 대한 것이 있다. 주인이 개에게 꾸중하는 글이 나온다. "이 나쁜 개 '진저'야, 제발 그만해. 이제부터는 쓰레기 곁에는 가지 마. 그렇지 않으면 나는 너를 개 유치장에 데리고 갈 거야! 알겠어, '진저'? 알겠냐구?" 다음 컷, 같은 장면에 개가 들은 것을 다음과 같이 쓰고 있다. "불라 불라 불라, 진저! 불라 불라 불라 불라 불라, 불라 불라 불라, 진저, 불라 불라?" 개는 자기 이름만 알아듣고 나머지 말은 의미 없는 '불라 불라'이다. 주인이 말한 것과 개가 듣는 것이 이렇게 다르다.

이처럼 하나님이 말씀하는 것과 내가 듣는 것은 다를 수 있다. 하나님의 음성을 듣고 순종하고 살려 하는데 하나님의 음성과 내가 들은 내용이 이렇게 다르면 어떻게 해야 하는가? 현대 그리스도인들은 하나님의 음성을 잘 알아듣고 또 들어도 두려움을 모르는 것 같다. 또 하나님이 들려주셨다고 하는 음성대로 바로 용감히 순종에 옮긴다.

2009년 교인 2,500명을 목회하고 있던 모 목사는 그 교회가 상가와 함께 있어 여러 문제로 마찰이 있는 것 때문에 괴로워서 기도했다. 그랬더니 하나님께서 새 예배당을 지으라는 음성을 들려주었다. 그는 이듬해 근처 땅에 지하 5층 지상 7층의 큰 교회 건물을 지었다. 부지 1,260평, 연건평 800평, 본당 규모 3,000석의 거대한 건물이다. 그러나 3년이 되지 못해 부채에 시달려 교회는 법정경매에 넘어가 감정 평가액이 526억 원이었는데 유찰이 거듭되어 소위 이단이라고 불리는 교회에 288억에 낙찰되었다고 한다.

하나님은 내가 가고자 하는 곳에 다리를 놓아주는 분이 아니다. 그분은 나에게 은사를 주고 그 은사를 따라 나를 그분이 쓰고자 하는 곳에 보내기 위해 부르신다. 따라서 당황할 수밖에 없다. 내가 그 일을 감당할 수 있을지 두려워해야 한다. 그리고 하나님이 나와 함께 해주실지 확신을 갖기까지 계속 기도해야 한다.

하나님이 기드온을 사사로 부르셨을 때 그는 감사합니다! 하고 뛰어들지 않았다. 양털 한 뭉치를 타작마당에 두고 다음 날 아침 만일 양털에만 이슬이 있고 주변 땅이 마르면 자기가 믿고 소임을 다 하겠다고 하나님과 겨루었다. 아침 일찍이 이 일이 사실인 것을 알자, 다시 양털만 마르고 주변 땅은 이슬이 있게 해 달라고 했다. 이 무슨 불경한 언행인가? 하나님의 음성을 듣고도 그 소명에 응하는 것을 망설였다.

그런데 현대 그리스도인들은 자기가 추앙하는 지도자가 하나님의 음성을 들었다 하면 바로 믿는다. 그리고 맹목적으로 그를 따른다. 하나님이 자기편인데 누가 대적하겠는가 하는 심산이다. 그러나 이것은 소명에 응하는 것이 아니다. 자기가 가고자 하는 진로에 하나님을 끌어들이는 것이다. 하나님의 음성을 들으면 두려워하고, 두려워 말라는 음성을 듣기까지 기다려야 한다. 성경의 문자가 바로 하나님이 나에게 주시는 음성이 아니다. 내가 주 안에서 죽고 주를 주인으로 모시고 살고 있으면 나의 일상의 삶에서 주님의 뜻을 상황에 따라 깨달을 때 성경의 문자는 하나님의 음성으로 나를 사명과 연결해준다고 생각한다. 내게는 이런 일상적인 사건을 통해 하나님께서 들려주시는 음성이 있다.

성경공부와 경옥고

내가 주일학교 성경공부를 맡았던 때부터 성경공부 교사 경력을 따지면 50년이 넘는다. 처음에는 성경의 말씀을 잘 알지도 못하면서 어린 학생들에게 성경 과목을 가르친다고 뽐내며 교사 노릇을 하였다.

그러다가 대학에 들어와서는 내가 가르치는 대학생들을 상대로 일주일에 한 번씩 내 방에 그들을 모아 찬양하고, 성경 읽고, 말하고 들으며 기독교 분위기를 느끼게 하는 일을 했다. 처음에는 학생들이 자기들의 수학 실력을 너무 잘 아는 교수와 성경공부를 한다는 것을 부끄럽게 생각했지만, 오히려 나와 사귀면서 더 공부를 잘해야겠다는 생각으로 많이 성적이 좋아지기도 했고 또 학교를 떠난 뒤로도 그때 감사했다는 편지를 보내온 학생도 있었다.

대학교수 동료들과도 성경공부를 했다. 처음 1970년대 승용차가 많지 않아 학교 버스로 통근할 때는 수업 전 "다락방"으로 모든 교수가 기도회를 했지만, 점차 자가용이 많아지면서부터는 교수들의 "다락방" 기도회가 없어졌기 때문에 일주일에 한 번씩 희망하는 교수가 모여 "다락방" 기도회를 다시 시작했다. 그러다가 매주 한 사람씩 성경을 읽고 깨달은 것을 간증하고 서로 그에 대해 문답한 뒤 기도하고 마치는 형태로 진전되었다. 목사님을 지도자로 모셔 와서 성경을 배우는 것이 아니고 "이것이 그러한가?"하고 성경을 읽다가 스스로 깨달은 것을 이야기하고 삶을 나누는 그런 방식이었다. 목사님을 모시고 공부하는 것은, 한 번 더 교회 설교를 듣는 것이었기 때문이다. 간증 형식의 공부가 끝난 연말에는 이 내용을 책으로 만들어 『삶으로 나타나는 신앙』이라는 소책자를 발행하여 교수들에게 나누어 주기도 했다.

내가 출석하는 교회에서의 성경공부는 제도에 매인 것이 되어 좀 의무적인 것이 되었다. 1990년 초가 되자, 교회 교인의 분포는 가까운 지역에 한정되지 않고 먼 거리에서 참석하는 사람도 많아졌다. 따라서 유치부도 프로그램만 좋으면 먼 거리에서도 어른들이 자녀를 데려와서 교회학교에 맡기고 예배가 끝나면 같이 귀가하는 일이 늘어났다. 그러나 밤 예배에는 참석하는 사람이 거의 없었다. 따라서 주일 밤 예배를 오후 2시에 당겨 드리기로 했는데(말도 안 된다고 반대하는 교인도 많았다.) 12시에 대예배가 끝난 뒤 2시까지 공백이 생겼다.

그래, 예배 후 섬심을 교회에서 준비하고 그 뒤는 다음 예배시간까지의 남은 시간을 이용하여 전 교인 성경공부를 하기로 했다. 그러나 제직회나 각부서 모임 등으로 공부를 빠지는 사람이 많아 1, 3주는 제직회와 각 기관모임을 집중적으로 하기로 하고 2, 4주만 성경공부를 했다. 이렇게 되자 성경공부는 교인들을 붙들어 놓는 대타 역할이어서 자기 일이 있으면 빠지고 없으면 참석하는 꼴이었다. 그것도 한 주씩 건너 공부하는 것이어서 연속성이 없었다.

그러나 해가 갈수록 반은 늘어서 장년 1, 2, 3, 4, 청년, 교사, 새가족, 새가족 양육반 등으로 나눠서 하다가 결국 '헤쳐 모여'를 몇 번 한 결과는 새가족 확신, 새가족 양육, 핵심 성경공부, 구약성경 맥잡기,

신약성경 맥잡기, 성경 책별연구, 그리고 65세 이상 경로반 등으로 나뉘었는데 결국 다음 예배 대기를 위한 성경공부의 성격을 벗어나지를 못했다.

성경공부가 본질에서 벗어나게 된 이유는 지도자의 부족도 있었다. 신·구약성경 맥잡기란 신·구약을 망라한 것이어서 어떤 신학자도 감히 이 공부를 인도하겠다고 나서기 어려운 분야였는데 전문성이 없는 평신도가 인도해서는 핵심을 찌르는 공부가 될 수 없었다. 교인들을 위한 성경공부란 신학 공부를 시키는 일은 더더욱 아니었다. 구원의 확신이 없는 자들에게는 구원이 무엇인지 말씀에 근거하여 바른 신앙을 갖게 하고 또 구원받은 자들에게는 하나님의 자녀로 어떻게 증인의 삶을 살 것인지 말씀을 통해 주께 가까워지는, 자기 삶을 조명해 보는 훈련이 되었으면 좋겠는데 그러지를 못했다.

나는 성경책별 연구반이라는 것을 맡아 2015년 말까지 인도하다 은퇴하였다. 그러나 나는 그동안 성경공부를 인도하면서 늘 죄책감을 느끼고 있었다. 책별 연구이기 때문에 요한복음(주상윤), 누가복음(ESF), 갈라디아서(IVP), 데살로니가전·후서(옥한흠), 히브리서(IVP), 요한계시록(총회유사기독교연구위원회) 등을 취급했는데 말씀 내용의 어려운 것은 저자의 주석을 읽고 또 우리 의견을 통해 토의하며 자기 생각을 내려놓고 주님의 생각을 이해하려고 노력하는 그런 과정의 공부였다.

그런데 반원들은 식당 봉사, 각 선교부 모임, 또 자기가 속한 부서의 책임들 때문에 늘 빠져서 어떤 때는 인원이 3, 4명밖에 되지 않아 맥이 빠지고 공부를 인도하고 있는 기쁨이 없을 때가 많았다. 그러다가 2015년 말에는 집이 교회에서 승용차로 50분 거리에 있었고 나이가 많아 힘들다는 이유로 은퇴하고 나니 하나님과 그래도 열심이었던 몇몇 교인들에게 너무 죄송하였다. 성경에 매혹된 제자들을 기르지 못한 것이 더욱 죄송하였다.

한번은 10월 9일 한글날에 성경공부 반원이었던 이 집사가 우리 집을 좀 방문해도 되느냐고 전화를 해왔다. 부부 둘이 사는 작은 방이었지만 청소를 한다고 해도 눈이 좋지 않아 젊은 사람들에게는 구석구석 먼지가 보인다고 아내는 가정방문은 사양해 오던 터였지만, 이 집사는 내 성경공부반 소집책으로 오랫동안 수고를 한 분이어서 허락하였다. 남편이 믿지 않아 늘 속상해하고 나에게 상담도 해오곤 했던 사람인데 남편과 같이 방문하겠다고 해서 부부가 같이 믿는 가정의 모습을 그녀의 남편에게 보여주고 싶어하는 것 같아 허락한 것이다.

가끔 명절에는 과일도 사 오고 경옥고도 갖다 주었던 사람이었다. 방문 전에 찾아올 때는 뭘 사 오는 것은 사양한다고 말했더니 알겠다고 말하며 집을 찾아왔다. 차를 마시면서 이것저것 우리 가정 이야기를 묻고 또 자기 가정사도 애들 결혼과 대학 진학문제 등 이야기하며 우리처럼 장로, 권사로 건강하게 교회를 섬기는 모습이 부럽다고 말하며 떠나갔다.

가면서 작은 꾸러미 하나를 주었는데 오다가 잣을 좀 샀다고 말했다. 우리는 입이 둘뿐이어서 무얼 많이 먹을 수가 없다고 말하며 지난해에도 우리에게 갖다 준 경옥고를 지금까지도 다 먹지 못하고 갖고 있다고 말했더니 좀 당황한 표정이었다. 떠난 뒤 꾸러미에는 경옥고가 또 한 단지 들어있었다.

사실 나는 지난해에 받은 경옥고를 포장도 뜯지 않은 채로 냉장고에 넣어둔 상태였다. 나는 지금까지 경옥고가 얼마나 귀한 약재인지를 모르고 있어서 밤에 인터넷을 뒤져 경옥고를 찾아봤더니 허준의 동의보감은 몸을 보하는 보약부터 출발하는데 동의보감의 첫 번째 처방이 경옥고라는 것이었다. 늙은이를 젊게 하며, 온갖 병을 낫게 해주며, 전신을 좋게 하고, 오장을 충실케 하며, 흰 머리를 검게 하고 힘이 넘쳐 말처럼 뛰어다니게 한다. 만성피로, 허약체질, 위장 기능 저하에 효과가 있으며 당뇨병, 변비, 마른기침 치료제로도 특효가 있다. 밥을 안 먹어도 배고프지 않게 하는 명약 중의 명약이라고 씌어 있었다. 더욱 놀란 것은 그 값인데 1.2kg 단지에 40만 원, 700g이 25만 원이었다.

다음 주 교회에서 이 집사를 만나 정말 고마웠다고 말하며 그렇게 고가의 약을 왜 가져 왔느냐고 김영란법에 걸리고 싶으냐고 말했더니, 자기가 무슨 대가성 뇌물을 줄 만한 이유가 있느냐고 물었다. 그러면서 전에 요한계시록 공부를 했는데 최후의 심판 때는 신자와 불신자가 다 부활하여 크고 흰 보좌 앞에 서는데 그때 마지막으로 하나님께서 믿지 않고 죽은 사람도 천국에 갈 기회가 주어지는 것이냐고 물었다. 이 집사는 교회를 안 나오는 그러나 선한 남편이 너무 걱정된 모양이었다.

사람은 누구나 죽은 뒤 어떻게 될 것인가 하는 것이 궁금하다. 성경공부 시간에 배포했던 무디 성경학교의 죽음과 부활에 관한 차트가 생각난 모양이었다.

"이 집사님, 남편은 '생명책'에 이름이 기록된다고 믿으십시오. 생명책에 기록된 사람은 지옥 불에 떨어지지 않습니다. 잃은 양, 하나를 아끼시는 주님께서 사랑하는 남편을 그냥 두시겠습니까?"라고 나는 말하였다.

"이 계시록은 로마제국에 의해 핍박받는 기독교인을 걱정하는 요한에게 하나님께서 지금은 '지상의 도성'과 '하나님의 도성'이 대결하고 있음을 말하고 사탄과 인간의 욕심으로 인해 부패의 나락에 빠져가고 있는'지상의 도성'을 종말에는 주께서 심판하고 그리스도가 세상의 주권자로 통치하는 새로운 천년왕국 시대가 열린다고 알려주는 하나님의 큰 그림입니다. 그림을 그림으로 받아들여야지, 왜 사사로운 일과 연관하여 괴로워합니까? 학대받는 신자들에게 주는 이 소망의 그림은 믿는 자들을 두렵게 하거나 괴롭게 하는 것이 아니고 우리에게 소망을 주는 하나님의 계시입니다." 나는 이렇게 덧붙이고 싶었다.

300 기도 용사

우리 교회는 올해부터 '300 기도 용사'를 모집하기로 했다. 하나님께서 기드온에게 맡기신 300 용사처럼 우리 교회의 성장을 위해서 헌신할 정예부대가 필요하다고 생각되어서일 것이다. 조건은 새벽기도, 중보기도, 금요기도에 정기적으로 참석하거나 집에서 하루에 30분 이상 기도하겠다는 결심을 한 사람이었다. 나도 이 모임에 참여하겠다고 이름을 써냈다. 교회를 60년 가까이 다니면서 장로로 은퇴한 사람이 하루에 30분 이상 기도도 하지 않고 기독교인이라고 말한다는 것은 언어도단이기 때문이었다. 무슨 교회 성장의 선봉 정예부대가 된다는 거창한 생각을 한 것은 아니었다. 그러나 매일 알람을 켜 놓고 아침 6시면 일어나서 기도하며 하루를 시작하는 사람이 30분도 기도하지 않는다는 것은 말도 안 되는 일이었기 때문이었다.

평소에는 6시에 일어나면 컴퓨터를 켜고 이메일 검색을 하고 그곳에 올라와 있는 '생명의 삶', 'Our Daily Bread(1938년에 시작된 Detroit Bible Class의 방송 선교에서 시작된 묵상)'로 말씀 묵상을 하고 나서 기도를 하던 종전의 방법을 중단하고 먼저 기도부터 시작하였다. 그런데 기도를 끝내고 보니 15분밖에 되지 않은 것이었다. 결국, 나는 지금까지 하루에 15분밖에 기도할 내용이 없었던 게다. 초신자가 기도는 5

분 이상 할 말이 없다고 한 말을 듣고 히죽거리던 생각이 났다. 나는 지금까지 무엇을 기도해 왔는가를 새삼스럽게 돌아보게 되었다. 나와 내 가족, 내 친척의 안녕, 교회와 이에 얽힌 교우들의 평안 그리고 나라를 지켜달라는 피상적인 기도가 전부였다. 나는 자기 자신 이외의 이웃에 대한 기도를 거의 하지 않았다. 어떤 신학자가 내 교회, 내 친구, 나와 이해관계가 깊은 단체를 위한 기도는 결국 '자기 사랑'의 연장이요, 이웃을 위한 기도가 아니라는 말을 했기 때문이다. 내 욕심을 죽이고 원수를 사랑하며, 하나님의 뜻에 순종하여 절대적으로 도움이 필요한 자, 굶주린 자, 죽어가는 자를 찾아 사랑하고 기도하는 것이 이웃을 사랑하는 것이라는 말이었다.

그런데 어느 날 30분 이상 기도할 일이 생겼다. 아내가 낙상해서 전신마취를 하고 수술실에 들어갔기 때문이다. 나는 보호자 대기실에서 거의 한 시간도 넘게 기도하였다. 기도가 끝난 뒤 도대체 나는 무엇을 위해 기도했기에 이렇게 긴 기도를 한 것일까를 생각하였다. 가족도, 친구도, 교우도, 나라도… 내 머리에는 아무것도 들어있지 않았다. 지금 세상을 떠날지도 모를 아내를 살려달라고 하나님께 매달린 것뿐이었다. 한 영혼을 사랑하면 그렇게 긴 기도를 할 수 있다는 걸 알았다. 나는 그동안 기도했지만 아무도 사랑하지 않고 이름만 나열하고 있었던 것을 알게 되었다.

나는 중·고등학교 때 망나니로 지내다가 목사가 된 청년의 간증을 들은 적이 있다. 초등학교 때는 우등생이던 그가 중학교에 가면서 나쁜 친구와 어울리게 되고 게임중독에 걸리고 아버지의 지갑에서 돈을 훔치고 오락실에 출입하면서 학교도 잘 나가지 않아 성적이 바닥을 쳤다고 한다. 하루는 일요일 아침 늘어지게 자고 있는데 술고래인 아버지가 그를 깨웠다고 한다. 학교도 안 가는데 왜 깨우느냐고 짜증을 내자 학교가 아니라 교회에 가라고 했다는 것이다. 그 가정에는 교회 다니는 사람이 하나도 없었고 불교를 믿는 가정이어서 이것은 있을 수 없는 일이었다. 교회에서 훌륭한 교회학교 교사를 만나 대학은 신학교로 지원하려 했는데 아버지의 반대가 심하였다. "나는 네가 직장을 갖고 평범한 삶을 살았으면 좋겠다."라고 말하는 아버지의 눈에서 처음 눈물을 보았다고 한다. 그러나 그는 신학교를 포기할 수 없었다. 그래서 신학교는 가되 신학과를 택하지 않고 영문과를 택했다. 아버지와 반씩 타협한 것이다. 그러던 것이 신학 대학원을 하고 목사가 되었다. 뒤늦게 생각하니 하나님이 그를 사랑하셔서 목적을 가지고 이 길로 인도하셨다는 것을 깨달았다고 했다. 술고래였던 아버지는 지금은 교회에 나와서 자기의 가장 큰 기둥이 되어주고 있는데 그는 아버지를 교회로 이끈 적이 없고 아버지의 영혼을 구원하고 싶어 사랑으로 기도했을 뿐이라고 했다.

하나님이 사사 기드온에게 나타나 이스라엘을 미디안의 손에서 구원해 내라고 했을 때 그는 정말 하나님이 자기를 도울 것인지 검증할 필요가 있다고 생각했다. 그래서 양털 한 뭉치를 타작마당에 두고 다음 날 아침 이슬이 양털에만 있고 주변 땅은 마르게 해 달라고 했다. 하나님이 그렇게 하자 다음날에는 이번에는 양털만 마르고 그 주변 땅은 다 이슬이 있게 해 달라고 했다. 이번에도 그렇게 해주었다. 기드온은 이때 말로만 듣던 하나님이 정말 계신 것을 알았다. 기드온은 말로만 듣던 여호와를 믿고 확신했기 때문에 미디안의 손에서 이스라엘을 구원하기 위해 32,000명의 군사를 모았다. 이때 하나님은 12,000명을 돌려보내게 했다. 다시 한번 나머지 사람도 돌려보내고 300명만 남겼다. 이것이 이스라엘을 구원하기 위한 기드온의 300 용사다. 기드온은 이제 온전히 하나님만을 믿기로 했다. 하나님만 믿고 이스라엘을 구원하기 위해 미디안과 맞섰다. 왼손에 횃불을 감춘 빈 항아리를 들고 오른손에 나팔을 들고 300 용사는 기드온의 명령, 아니 여호와의 명령을 따랐다. 그들이 일제히 나팔을 불고 항아리를 부수니 메뚜기 같이 많고 해변의 모래 같이 많던 적 미디안과 아말렉족은 도망쳤다. 이것이 300명의 기드온의 용사였다.

우리 교회에서 내 건 '300 기도 용사'의 조건은 무엇인가? 새벽기도, 중보기도, 금요기도에 정기적으로 참석하거나 집에서 하루에 30분 이상 기도하겠다는 결심을 한 사람이다. 이런 형식적인 조건을 가진 사람의 모임이 불신 사회를 상대로 맞서 싸울 수가 있을까? 가장 중요한 것은 사랑이다. 첫째는 하나님께서 나를 사랑하사 넌저 택하여 세우셨다는 화신이다. 둘째는 이름을 나열하고 불쌍한 사람을 측은히 생각하는 오만이 아니라 한 영혼을 뜨겁게 사랑하는 사랑이다. 교회 성장을 위해 길거리에 나가 "예수 믿으시오." 하고 외치는 '300 기도 용사' 부대가 아니라 한 시간을 기도해도 구원하고 싶은 영혼에 대한 뜨거운 사랑이 용솟음치는 일이다. 이런 대상을 찾아 기도해야 한다.

나는 기도 용사가 되겠다고 신청한 뒤 기드온처럼 하나님의 사랑을 검증하는 단계가 아니라 하나님의 사랑을 받은 나 자신의 열방을 향한 뜨거운 사랑이 있는지 먼저 검증해야 한다고 생각하고 있다.

기다림과 다락방

기다림은 삶의 일부다. 아니 기다림이 끝나는 순간 삶도 끝나는 것이 아닐까? 나는 전 세계인의 묵상집 『다락방』을 통해 기다림을 배운다.

『다락방』은 교단, 인종, 민족을 초월하여 전 세계 그리스도인들이 직접 경험하고 깨달은 신앙고백을 담은 매일 묵상집이다. 현재 세계 33개 언어로 번역되어 100여 개국에 150만 부가 배포되고 있다. 우리나라는 각 교회에서 개발해서 추천하는 책들이 많아 지금은 과거보다 판매 부수가 많이 줄었다고 한다.

내가 『다락방』을 대한 것은 1960년 봄부터였다. 교사로 근무하던 시절 매일 아침 조회시간에 『다락방』으로 묵상과 기도의 시간을 가진 것이 계기가 되었다. 그때부터 이 작은 책은 나의 동반자였고 우리 집 가정예배의 지침서이기도 했다. 1960년대에는 『생명의 삶』이나 다른 QT집 등 전문인이 평신도의 묵상을 돕기 위해 만든 책이 없었던 것 같다. 그러나 나는 지금도 이런 지침서들보다 세계 여러 나라에 흩어져 사는 평신도들이 그들의 신앙을 공유하기 위해 써놓은 간증의 글을 더 좋아한다. 설명이 필요 없는 삶을 보여주기 때문이다.

『다락방』을 읽으면서 나는 왜 이 책에서 세계 선교와 전도를 그렇게 좋아하는 우리나라 사람들의 이름을 찾을 수 없을까 생각한다. 『다락방』 편집자들의 사역 목표는 "1) 개인의 영적 생활을 풍성하게 한다.", "2) 그리스도를 다른 사람들에게 전하고자 하는 열망을 만들어 낸다."라는 것인데, 우리는 왜 세계 100여 국에 그리스도의 증인된 자기 삶을 전할 열정이 없을까 하는 생각 말이다.

나는 오늘날 한국인들이 '기다리는 일'을 잘하지 못하기 때문이라는 결론에 이르렀다. 선거에 출마하면, 기독교인이라 할지라도 점쟁이를 찾아가서 당선될 것인지 아닌지 빨리 알고 싶어 한다. 당선 여부를 주의 손에 맡기고 기도하며 오래 참을 수는 없는 것일까? 『다락방』에 한국인 기고자가 없는 것도 기다리지 못하는 조급함 때문이리라 생각한다. 예전에는 미국의 『다락방』 본부에 원고를 보내면 회신을 받는 데 반년쯤 걸렸다. 그러나 요즘은 세상이 빨라져서 한 달 내에 원고를 받았다는 회신이 온다. 그 회신에는 대략 이런 내용이 담겨 있다.

> "간증을 보내주어 고맙다. 4~6주 사이에 검토하고 연락을 줄 것이다. 3개월 동안 아무 연락이 없으면 채택되지 않은 것이다. 비록 이번에 채택되지 않더라도 믿음을 간증하려는 당신 같은 사람이 없다면 『다락방』은 있을 수 없다는 것을 알아주었으면 한다. 다시 한번 시도해주길 기대한다."

이 3개월은 기다리는 시간이다. 그동안 매일 우편함을 들여다보며 실망해야 한다. 만일 거절되지 않았다면 다음과 같은 내용의 편지를 받게 된다.

"우리는 당신의 묵상 글을 채택하려고 원고를 보관 중이다. 최종 결정은 1년 또는 그 이상을 기다려야 할지도 모른다. 그러나 선정되면 편지와 서류를 보낼 터이니 작성해서 보내주기 바란다. 이것은 당신의 묵상 글이 확정적으로 출판된다는 뜻이다."

이 편지에서도 채택을 고려한다고 했으니 채택이 안 될 수도 있다는 말이다. 최종 결정을 위해 또 1년 가까이 기다려야 한다. '빨리빨리'가 아니면 직성이 풀리지 않는 한국인이 어떻게 자기 원고를 보내놓고, 그것이 뭐라고 1년 이상을 기다리겠는가? 나는 이것이 『다락방』에 우리나라 사람들의 글이 없는 이유라고 생각한다. 무언가를 늘 기다리며 사는 것이 인간이다. 기다리는 일이 끝나면, 인생도 끝난다. 그런데 요즘은 휴대전화가 생겨서 기다리는 일을 더욱 못하게 만들고 있다.

1차 채택이 되면 나는 다시 날마다 우편함을 들여다보며 기다림을 시작한다. 여러 번 실망하면서. 나는 교회를 성실히 출석하기는 하나, 성서를 제대로 묵상하지 못하고 주님을 제대로 만나지 못했음이 틀림없다고 자책한다. 한의사인 친구가 집에 놀러와서 나를 진맥하면서 요즘 숙면을 못 하느냐고 물으며 스트레스를 받는 일이 있느냐고 묻는다. 이 말을 듣고 있던 아내는 내가 코를 골며 잘 잔다고, 스트레스는 말도 안 된다고 대신 대답해준다. 기다리느라 스트레스받는 내 속내는 모르고…. 정말 인생은 고통스럽게 기다리는 과정이다.

아일랜드 태생의 사무엘 베케트(Samuel Beckett, 1906-89)가 쓴 『고도를 기다리며』라는 희곡이 있다. 나무 한 그루가 서 있는 시골길 저녁. 두 방랑자가 고도를 기다리고 있다. 지루한 기다림의 시간을 죽이기 위해 온갖 행동과 말을 계속하고 있다. 한 사람이 인제 그만 가자고 한다. 그러자 다른 한 사람이 놀라서 무슨 소리냐며 고도를 기다려야 한다고 말한다. 하루해가 다 지날 무렵 한 사람이 나타난다. 그러나 그는 고도가 아니고, 고도의 전갈을 알리는 소년이다. 소년은 고도가 오늘 밤에 올 수 없으며 내일 꼭 오겠다는 그의 전갈을 남긴 채 사라진다. 그렇게 1막이 끝난다. 2막도 마찬가지다. 만일 3막이 있다 하더라도 같았을 것이다.

고도는 오지 않았다. 그러나 그들은 기다리고 있었다. 오직 기다리기 위해 그들이 존재하는 것처럼. 고도가 누구인지도, 또 언제 올지도 모른다. 기다림의 대상이 무엇인지도 모른다. 기다리는 것이 인생이다. 답답한 연출자 한 사람이 베케트에게 "고도가 누구입니까?"라고 물었는데, 그때 베케트는 "내가 그것을 알았더라면 작품에 썼을 것"이라고 말했다고 한다. 작가도 모르는 사람을 기다리는 것이다. 기다림이란 그렇게 지루하고, 무료하고, 어쩌면 고통스러운 일이다. 이 고통을 누가 참아내겠는가?

이수천 시인이 『빈방』이라는 제목의 시집에 발표한 「기다림」은 다음과 같은 말로 시작한다.

> 과녁은
>
> 피를 토할 때까지
>
> 예리한 화살을 기다린다.

피를 토할지라도 기다림의 열매가 와주기를 인내하고 기다리는 심정을 나는 알 수 있을 것 같다. 2012년 나는 A4 용지 반장짜리 원고를 써서 『다락방』에 보냈다. 기다리고 기다렸더니 마침내 회신이 왔다. 원고료 25달러와 함께 저작권 양도서류에 몇 가지 내용을 기재한 후 서명을 해서 보내라는 엽서였다. 이제 고도는 온 것일까? 아니다. 나는 또 기다려야 했다.

내 글은 3/4월호의 4월 16일에 실릴 것이라고 했다. 나는 다시 3월을 기다린다. 3월을 기다려서 아내와 가정예배를 드리면서 4월 16일 그날을 기다린다. 짝숫날은 아내가 본문을 읽고 기도하는 날이다. 그날 아내는 성서 본문을 읽은 후 묵상 글을 읽어 내려가며 "이거 당신 이야기 아니야?"라고 말한다. "그래? 저자를 확인해보지 그래." 아내는 저자 이름을 확인하고서는 자기에게 왜 미리 말하지 않았느냐고 한다.

"기다렸지."

아내는 나란히 앉은 내 왼쪽 다리를 철썩 때렸다. 기다림의 열매를 보는 순간이다. 아, 드디어 고도가 온 것일까? 아니다. 나는 아직도 기다려야 한다.

요한계시록의 저자 요한은 책을 마치면서 "내가 진실로 속히 오리라."라는 마지막 주님의 음성을 전하고 있다. 이에 요한은 "아멘 주 예수여 오시옵소서."라고 화답하고 있다. 그분이 언제 오실지, 어떤 형태로 오실지 우리는 알 수 없다. 그러나 나는 요한처럼 여전히 주님의 구원을 기다려야 한다. 내 이웃에게 기다리자고 권해야 한다. 자기를 반대하는 원수를 보면 하나님의 손에 맡기고 기다리자. 아니면 공정한 재판에 맡기고 기다리자. 재판을 믿지 못하고, 힘과 권력으로 원수를 짓밟는 것은 폭력 집단이 하는 일이다. "동지여, 같이 고도를 기다리자."라고 성급한 그들에게 간절히 권하고 싶어진다.

2018년에 나는 여섯 번째 원고를 『다락방』에 제출했다. 그리고 기다렸다. 원고를 보낸 것이 7월 말이었는데, 두 달쯤 지난 9월 13일에 소식이 왔다. 내 원고가 출판을 고려 중이며, 그곳에서 보관하고 있다는 것이었다. 그때부터 내 기다림은 다시 시작되었다.

해가 지나 2019년이 되었는데도 감감무소식이다. 고도의 전갈을 가지고 오는 소년도 없다. 기다리기를 포기하고 있는데, 드디어 소식이 왔다. 7월 31일, 거의 1년 만이었다. 2020년 7/8월호에 실릴 것이라는 소식이다. 이번에는 엽서 대신 PDF를 네 개 보내왔다. 저작권 양도계약서, 내 약력, 그리고 원고료 30달러를 『다락방』에 기증하는 경우에는 필요 없는 계좌 정보, 세무 관련 서식이다.

얼마나 기다리던 소식인가! 곧장 뛰어가 아내에게 바로 알리고 함께 기뻐하고 싶은 소식이었다. 하지만 나는 이번에도 알리지 않는다. 『다락방』을 읽는 그날 아내가 읽으며 놀라는 모습을 보고 싶어서이다. 그러려면 앞으로 1년을 더 기다려야 한다.

"주 예수여 오시옵소서."라고 말하며 주님의 재림을 기다리는 요한의 심정을 다시 생각한다. 주께서 재림하시는 날, 육체를 떠나 하나님 품으로 가는 '소망의 인내'를 이런 방법으로 하나님께서 훈련하신다고 생각하며 나는 다시 기다리기로 한다.

믿음의 유산

흔히 다음과 같은 말을 자주 듣는다. "나는 물려줄 재산은 없고 다만 믿음의 유산을 남기고 죽고 싶을 뿐이다." 정말 믿음의 유산을 자녀들에게, 또는 후세에 물려줄 수 있는 것일까? 그것은 물질이 없어도 남길 수 있는 유산이라는 가벼운 생각에서 한 말일 것이다.

우리나라에 이번에 훌륭한 한 기업의 회장은 나라에 크게 이바지했을 뿐 아니라 떠날 때는 자녀들에게 많은 재산을 유산으로 남겨주어 그 상속세만 해도 10조 원이 넘을 것이라고 한다. 재물은 유산으로 남길 수가 있다. 상속세만 내면 수혜자는 아무것도 안 해도 그 재산이 자기의 소유가 된다. 그러나 믿음의 유산은 자녀들이 아무 일도 안 했는데 부모의 믿음 때문에 자기가 그 믿음을 이어받을 수는 없다. 믿음은 내가 물려줄 수 있는 게 아니다. 아버지가 믿고 하나님을 "아빠, 아버지"라고 부르게 되면 나는 자연스럽게 하나님의 손자가 될 수는 있다. 그러나 하나님은 아들은 있어도 손자는 없다고 한다.

"내 아들은 목사요, 딸들은 목사 사모와 교회 권사로 모두 충성스럽게 교회를 섬기고 있다. 이것은 내가 후손에게 물려준 믿음의 유산 때문이다."라고 말할 수 있을까? 아마 천국에서 하나님은 "나는 너를 도무지 모른다."라고 믿음의 유산을 물려받은 후손들에게 말씀하실 것이다.

하나님은 노예로 지내는 이스라엘 백성을 광야로 불러 자유를 주실 때도 그들을 아브라함의 후손이라 하지 않고 "내 아들을 애굽에서 불러냈다."라고 그들을 아들이라고 부르셨다. 믿음은 유산으로 받는 것이 아니고 바울이 다메섹 도상에서 예수를 만난 것처럼 예수님과 만남에서 비롯된다. 문밖에 서서 주가 문을 두드릴 때 내가 문을 열고 나가 영접하고 아들로서 순종하는 삶을 살아야 한다.

이번에 추수감사절을 한 달 앞두고 우리 교회 목사는 '시·찬·감 노트'라는 것을 만들어 교인들에게 나누어 주었다. 4주 동안 월요일부터 금요일까지 매일 거기에 적힌 시와 찬송을 필사하고 묵상하며 감사한 내용을 적으라는 것이었다. 정성 들여 필사하면서 성경에 그런 시가 있었는가? 그런 뜻깊은 찬송이 있었는가? 하고 새롭게 깨달으며 필사하는 동안 말씀이 마음 깊이 새겨지며 찬송이 주님께 드리는 참 찬미가 되게 하기 위해서였다고 생각한다. 목사의 깊은 뜻은 하나님의 음성을 목사인 자기를 통해서 간접적으로 듣지 말고 이제는 직접 성경에서 듣고 새로 거듭난 기독교인이 되게 하기 위해서였다고 생각한다. 하나님을 직접 만나는 계기는 여러 경우가 있겠지만 성경을 통해 하나님의 음성을 듣는 것이 첩경이기 때문이다.

어떤 계기에 나는 룸살롱 마담으로 있던 분이 목사가 된 간증을 들은 일이 있다. 그분은 자살 직전에 어머니를 따라 교회에 갔던 생각이 떠올라 자기 죄를 철저히 회개하고 하나님을 찾았다. 교회에 나갔으나 얼마 안 되어 자기 정체를 알게 된 그 교회 권사로부터 교회를 옮겨 달라는 부탁을 받고 어떤 교회에 나가야 마음의 평안을 얻을까 하고 절망했다. 그런데 누군가가 큰 교회에 가보라는 말을 해서 여의도의 순복음교회로 가게 되었다고 한다. 거기서 그녀는 전도왕이 되고 각 교회에 전도 집회에 나가 찬양으로 간증하기 시작했다. 그러자 교회에서는 신학교를 가라고 권유했는데 신학교에 가서 목사가 되어 교회를 맡는 것은 자기 같은 죄인에게 있을 수 없는 일이라고 생각되어 거절하고 피해 다녔다. 그러나 자기를 아끼는 한 권사님의 집요한 강요와 후원으로 대학원까지 나와 목사 안수를 받게 되었다는 간증이다. 그녀는 한해에 450명도 전도한 일이 있다고 한다. 그리고 지금도 룸살롱 아가씨, 밴드부 회원, 웨이터 등 많은 사람을 전도하여 상담하고 목회자로, 찬양 사역자로, 교회 일군으로 보내고 있다고 한다. 그 많은 사람이 그녀를 따라 교회에 나오면 교회를 만들고 목회자가 되어 성공한 교회를 이끌 수 있을 거라는 유혹을 받을 법도 한데 그녀는 목회를 거부했다. 집회를 많이 다녀서 한 교회를 맡기도 힘들거니와 자기는 죄인이 회개하여 천국 시민으로 사는 것을 보는 것이 기쁨이라고 했다. 이것이 믿음의 유산이 아닐까? 복음성가 협회의 회원으로 간증하며 집회를 다니는데 그때마다 중한 죄를 회개하고 주께 나오면 그곳이 바로 천국이라는 것을 알려 주고 싶다고 했다. 그분이 좋아하는 찬송은 '내 영혼이 은총 입어'다.

내 영혼이 은총 입어 중한 죄 짐 벗고 보니/ 슬픔 많은 이 세상도 천국으로 화하도다/ 할렐루야 찬양하세 내 모든 죄 사함 받고/ 주 예수와 동행하니 그 어디나 하늘나라

천국은 죽어서 가는 곳이 아니라 중한 죄를 회개하고 나면 바로 눈 앞에 있는 것이 천국이며 이것이 하나님의 은총임을 전하고 살면 자기는 사명을 다하는 것이라고 말했다.

2019년 하나님이 교계에 주신 큰 재앙 중 하나는 코로나 19다. 모두 교회를 나가지 못하자 아우성쳤다. 교회에 나가지 못하고 목사의 설교를 듣지 못하니 믿음이 없어진다고 개탄했다. 각 교인은 자기 집에 하나님의 말씀이요, 하나님이 우리에게 주신 약속의 말씀인 성경을 여럿 놔두고 있으면서 교회에 못 나가 목사의 설교를 못 들어 믿음이 없어진다고 개탄하고 있다. 모두 하나님의 손자가 되고 싶은 것이다. 그러나 정작 바울처럼 하나님의 아들이 된 기독교인은 건물과 일정한 장소에 갇혀 있기보다는 세상 끝까지 나가 복음을 전파하려 한다. 오순절에도 예수님은 자기의 아들들에게 능력을 주어 방언하게 하고 세상에 흩어놓으셨다. 코로나 19는 재앙이 아니요, 침체한 기독교인에 대한 각성제라는 생각이 든다.

그럼 '믿음의 유산'이란 어떤 뜻일까? 물질적인 유산처럼 내게 무슨 대단한 믿음이 있어 유산을 남기겠다고 오만해 할 것이 아니라 목사가 된 룸살롱 마담처럼 조직과 형식, 의식에 갇힌 교회에서 구원의 방주에 앉았다는 안일함에서 벗어나 세상으로 나가 예수님을 직접 만나게 해주는 순종의 삶을 사는 일을 돕는 것을 '믿음의 유산이라고 부를 수 있지 않을까? 하고 생각한다. 믿음은 물질처럼 후손에게 상속되지 않는다. 내가 줄 수 있는 유산이란 내 가치관을 공유하고 나와 함께 삶을 나누던 사람이 섬광처럼 하늘의 음성을 듣고 그분께 순종하는 삶을 살도록 내 삶에서 그리스도의 향기를 풍기며 사는 일이라고 생각한다.

왜소한 인간은 나 중심, 내 교회 중심, 내 나라 중심을 벗어날 줄을 모른다. 우리 목사, 우리 교회, 성수주일, 새 신자 영입 행사 등의 개교회주의에 함몰해서 교회라는 건물을 떠나면 교인들은 목적을 잃고 무능한 교인이 된다. 또한, 율법주의에의 회귀 현상과 무속 신앙이 교회의 생명력을 죽이고 있다. 이런 교회 활동을 하나님께서는 차마 보실 수 없어서 코로나 19를 보내시지 않았나 하는 생각을 할 때도 있다. 코로나 19는 교인을 교회 안에서 세상으로 흩어놓는 일을 하고 있기 때문이다. 예수님은 부활하여 50일 되는 성령 강림 주일에 말씀을 따라 한곳에 모인 성도들에게 성령을 주사 방언을 하게 하시고 세상 방방곡곡에 흩어놓으셨다.

지금 하나님은 우리를 가정에, 직장에, 사회에 흩어놓으셨다. 우리가 세상의 유혹과 인간의 탐욕을 버리고 우리 일상의 즐겁고 감사한 삶에서 주의 향기가 우리 삶에서 배어난다면 분명 주의 부름에 응답하는 하나님의 아들이 늘어나리라고 확신한다. 그것이 주가 다스리는 지상의 천국이다. 그리고 이런 흩어진 교회의 사역을 나는 세상에 남기는 '믿음의 유산'이라고 말하고 싶다.

메멘토 모리

퇴적 공간

하나님의 때는 시작이 있고 끝이 있다. 그래서 성경에는 계속 세상이 끝나는 때에 대해 말하고 있다. 하나님이 세상을 창조하기 전부터 시간은 있었던 것이 아니고, 하나님이 세상을 마치는 마지막 때 이후에도 시간은 계속 존재하는 것이 아니다. 사람이 날 때가 있고 죽을 때가 있는 것과는 달리, 하나님이의 때는 천지창조와 마지막 심판 때까지 그 자체가 무한하다. 기독교인은 마지막 죽을 때가 언제인지는 모르지만, 죽어도 하나님의 때 안에서 영생하기를 원한다. 그러나 우리의 지상에서의 삶은 괴롭다.

얼마 전 홍익대학교 조형대학장을 지낸 오근재 교수는 노인(65세 이상)들이 갇혀 있는 『퇴적 공간(堆積空間)』이라는 책을 썼다. 그는 인간은 은퇴하면 노동시장에서 퇴출당하여, 버려진 쓰레기처럼 퇴적 공간에 쌓인다고 했다. 서울만 해도 탑골공원, 종묘 시민공원, 서울노인복지센터 등에 할 일 없는 노인들이 북적댄다. 그도 그럴 것이 2014년 노인(65세 이상) 인구는 646만 명으로 전체 인구의 12.6%를 차지하며 앞으로 계속 늘어날 것이기 때문이다. 출산율은 떨어지고 노인 인구는 기하급수적으로 증가하고 있다. 출산인구(0~14세) 대비 노인 인구의 백분율을 노령화 지수라고 하는데 2005년 노령화 지수는 47.4였는데 2030년의 추산은 215이다. 이 말은 2030년에는 어린이 출산인구의 2배 이상이 노인이라는 말이다.

이 노인들을 다 부양하고 살 수가 없으니 노인들은 사회의 암 덩어리다. 물론 지금도 창의적인 일을 계속하고 있는 노인도 많지만 대부분 기초연금 수급자로 별 희망 없이 세상을 살아가는 사람이 많다. 또 병이 들어 요양원을 찾는 사람이 많은데 요양원이 늘어나도 감당하기가 어렵다. 지난해만 해도 노인들의 진료비가 국민 전체 건강 진료비의 35.5%를 차지했다고 한다. 출산율이 낮은 젊은이들이 내는 세금으로 유지되어야 할 노인들이 곳곳에 쌓이는 것을 어떻게 해야 하는가? 인간은 무기물인 쓰레기와는 다르다. 늙어가는 내 몸을 어떻게 해야 할지 걱정이다.

지난 1978년에 서울시의 쓰레기 매립지로 허락이 나서 1993년까지 15년간 서울시의 쓰레기를 버렸던 난지도에는 15년간 8.5t 트럭 1,300만대가 버린 쓰레기가 거의 여의도와 같은 면적의 땅 위에 98m 높이의 산을 이루어 악취를 내며 한계량을 넘었기 때문에 인천 서구로 매립지를 옮겼다 한다. 이 난지도는 지금은 월드컵 종합공원에 노을공원이 되어 지표상에 부스럼처럼 되어 남아 있지만 앞으로 바다에도, 하늘에도 버릴 수 없는 쓰레기의 산은 '내 뒤뜰 빼고(Not In My Back Yard)' 지구상에 계속 늘어날 것이다.

이 쓰레기의 산과 노인의 퇴적 공간은 세상의 마지막 때를 향해 가고 있다. 그 속에서 우리는 '평안하다. 안진하다.' 하고 장가가고, 시집가고, 부정 축재하고, 권력에 아부하고, 성희롱하고 환락을 즐기고 있다. 이때, 아기를 밴 여인에게 해산의 진통이 오는 것과 같이, 갑자기 멸망이 우리에게 닥칠 것이다.

지구의 온도는 올라가고, 엔트로피는 계속 증가하고 있다. 신·불신할 것 없이 종말의 때는 가까워지고 있다. 2050년에는 노인 인구가 37.4%라고 추정하는데 이 군중들이 정치인들을 등에 업고 "노인복지 보장하라!"라고 외치면 정치인들은 표를 의식하고 아부할 것이며, 공약에 따라 우리나라를 세계에 으뜸가는 복지국가가 되도록 입법할 것이다. 쓰레기처럼 인간 대접도 받지 못하고 퇴적 공간에 쌓여 있는 우리 노인도 불쌍하고, 퇴직연금, 복지자금, 건강보험의 재원을 마련 못해 헤맬 국가도 불쌍하다.

자고 나면 두 배로 불어나는 주검의 검버섯 한 개가 얼굴에 나타났다 하자. 만일, 이 버섯이 하룻밤 자고 나면 2개가 되고 또 하루 지나고 나면 4개로 기하급수로 늘어난다고 생각하자. 그 검버섯이 얼굴 반을 채우고 피어났다면 다음 날 아침엔 온 얼굴이 검게 될 것이다. 이처럼 어떤 시기가 오면 멸망은 하루 만에 온다. 그러기 전에 우리는 지혜를 짜내야 한다.

죽음 사랑하기

죽음이란 슬픈 일이고 두려운 일이다. 이애란의 백 세 인생이라는 노래에는 "육십 세에 저세상에서 날 데리러 오거든/ 아직은 젊어서 못 간다고 전해라/ 칠십 세에 저세상에서 날 데리러 오거든/ 할 일이 아직 남아 못 간다고 전해라"라는 가사가 있다. 자기는 영원까지는 아니더라도 더 살 수 있고, 살아야 한다고 생각하는 것이다. 자기는 지금까지 누려온 부와 명예를 박탈당할 수 없으며 쌓아온 인간관계를 끊고 이 세상을 떠날 수가 없다고 생각한다. 그런데 죽음은 예고 없이 다가온다. 그래서 이 세상의 곳간에 많은 재물을 쌓아두고 앞으로의 희망과 꿈을 접은 채 떠날 수가 없다. 문제는 이 죽음이 예고도 없이 삽시간에 코앞에 다가서는 일이다.

지혜 있는 우리 조상들은 종교인이 아닌데도 죽음을 사랑하고 죽음을 연습하는 법을 알고 있었다. 자기가 죽어 들어갈 관을 미리 만들어 집 처마 밑에 매달아 내놓고 수의를 만들어 장롱에 넣어두고 생각날 때마다 그것을 꺼내어 어루만지며 죽음과 함께 사는 연습을 한다. 어떤 이는 자기가 묻힐 묘소도 미리 정해 두고 가끔 가서 거기를 거닐며 죽음을 연습한다. 그럼 막상 죽음이 다가와도 두려워하지 않는다는 것이다.

나는 쌓아 놓은 재물도 없으며 탐하는 명예와 잃을 권력도 없다. 차마 눈 감고 떠날 수 없는 나약한 어린 자녀가 있는 것도 아니다. 이 세상의 장막 집이 무너지면 하늘나라에 마련된 거처가 있다는 것도 안다. 그래도 나는 가끔 충분히 죽음을 준비하고 있는가 하고 생각한다. 내가 떠나고 나면 자녀들이 어떻게 버려야 할지 모르는 살림이 너무 많다. 옷가지와 가구는 다 태운다고 할지라도 책은 어떻게 할 것인가? 사랑하는 친구들이 아끼며 간직해 달라고 보낸 책들을 처분할 길이 없다. 4, 50년 동안 추억으로 간직했던 40권이 넘는 앨범은 어떻게 할 것인가? 가전제품은 버리려고 하면 아직도 쓸 만해서 버리지 못했다.

요즘 나는 깜박깜박 이름이 생각나지 않는 친구들이 있다. 전화가 오면 그들과 가졌던 추억들이 생각난다. 그러나 이름이 잊히면 추억도 사라지고 영적으로 이별도 되는 것이겠지 하고 생각한다. 그러나 아내는 어떤가? 내가 그 이름을 잊을 수가 있을까? 그와의 관계를 청산할 수 있을까 하고 생각한다. 우리는 죽을 준비를 하고 있다. 그래서 영정사진도 찍어 놓았는데 너무 오래되어 새로 찍어야 한다. 수의도 준비해 놓고 우리 침대의 헤드보드(headboard) 뒤편에 놓고 매일 잠든다. 그런데 아직은 이 수의를 쓸 데가 없다.

나이가 들어 물건을 못 버리니 더 사지는 말자고 했는데 오래 살다 보니 주방기구도 바꿀 수밖에 없다. 한번은 30년 이상 덮은 오리털 이불 홑청이 낡고 닳아 구멍이 났다. 그래서 할 수 없이 새 커버를 사서 씌워보려고 백화점에 갔더니 요즘은 이불 치수가 다 바뀌어서 맞는 것이 없다. 할 수 없이 "앞으로 몇 년이나 더 살려고"라는 생각을 하면서도 새로 이불을 사기로 했다. 이불을 사려니 베개가 허름해서 안 되었다. 그걸 바꾸려니 또 침대 시트도 새로 사야 했다. 모처럼 새로 바꾸다 보니 나쁜 것은 살 수가 없어 신혼부부 이불을 사게 되었다.

집에 와서 침실 치장을 하고 보니 새로 시작한 신랑 신부 같은 생각이 드는 것이었다. "자 이제 첫날밤을 보냅시다."라고 했는데 왕 할머니가 된 아내는 이제는 나긋나긋하지 않고 팔베개를 해준다 해도 숨 막힌다고 밀어낸다. 그러자 한순간이었지만 갑자기 죽기 싫다는 생각이 들었다.

구약의 롯의 아내처럼 세상에 미련이 생긴 것이다. 어떤 목사는 시한부 선고를 받은 호스피스 병동에 가서 심방을 하고 예배를 드려 준 일이 있었다. 예배를 마치고 떠나려고 했더니 환자가 가족들을 다 내보내고 목사만 남아달라고 했다고 한다. 병실에 사람이 없어지자 그 피골이 상접(相接)한 환자는 목사를 붙들고 "나랑 같이 갑시다."라고 했다는 것이다. 혼자 가려는 저승길이 너무 무서웠던 것 같다. 천국을 사모하고 산다고 평소에 말하고 있던 목사도 등골이 오싹해지고 식은 땀이 흐르는 것을 느끼며 얼결에 "먼저 가시지요."라고 했다는 것이다. 죽음은 누구에게나 그렇게 두려운 것이다.

로마의 장군이 원정에서 승리하고 개선장군으로 금의환향할 때는 네 마리의 백마가 이끄는 전차를 타고 노예들을 뒤에 이끌고 귀환한다고 한다. 그때 그 하루는 신처럼 추앙을 받는데 그 행렬에는 한 노예를 두어 "메멘토 모리(죽음을 기억하라)"라고 계속 큰소리로 외치게 한다고 한다. 승리의 최절정기에도 인간은 죽음을 이마에 붙이고 살아야 한다는 뜻이다. 그것이 하나님을 배반하고 지상으로 추방되어 사는 인간의 숙명이기 때문이다. 죽음을 사랑하고 죽음과 함께 살아야 한다.

두 가지 걱정

나는 최근에 두 가지 걱정이 생겼다. 아내와 함께 여행하는데 첫째는 갑자기 돌발사고로 죽게 되면 어쩔까 하는 걱정이고, 둘째는 너무 오래 살면 어쩔까 하는 걱정이다. 얼마 전까지도 그런 일이 없었는데 아내가 뇌출혈로 얼마 동안 힘들었다가 회복한 뒤로는 장거리 여행을 할 때면 걱정거리가 많다. 서울에서 댈러스-포트워스 공항으로 12시간 비행한다. 좌석이 맨 뒷자리가 되어 너무 시끄럽고 난기류로 소용돌이가 심해 아내는 무서워서 내 손을 꼭 잡고 있었다. 댈러스에서 플로리다로 갈 때는 전날 밤 심한 뇌우로 걱정을 많이 해서인지 꿈에 두 사람이 죽어 십자가 두 개를 꽂아 놓은 꿈을 꾸었다. 비행기에 탑승했는데 10여 분이 지났는데도 비행기가 출발하지 않는다. 끝내는 기체 정비 중 문제가 생겼다고 전원을 끄고 수리해야 하므로 모두 짐을 가지고 내려야 한다는 것이었다. 이게 무슨 짓인지 언짢았지만, 고장 난 비행기를 탈 뻔했는데 그러지 않아서 나는 꿈땜을 한 것 같아 오히려 마음이 안정되었다.

왜 그런 생각을 자주 하게 되는지 함께 세상을 떠나면 편안하고 행복한 여행이 될 것인데 젊어서 찍은 영정사진, 수의 등은 왜 준비해 놓았는지 어이없다는 생각이 들기도 했다. 또 부동산은 없지만, 집문서며 연금 통장의 비밀번호도 모를 텐데 창졸간에 뒤통수를 맞은 자녀들을 어떻게 할 것인지 별 사소한 것들까지 걱정되는 것이다.

두 번째는 애들에게 짐이 되지 않게 젊게 살다 죽어야겠다고 생각하면서도 너무 오래 살면 어쩔 것인가 하고 또 다른 걱정을 하게 된다. 이번에는 아내가 아파서 3년 만의 방문이었다. 애들도 우리의 건강이 옛날 같지 않게 보이는지 우리에게 운전대를 잘 맡기지 않는다. 옛날에는 우리 부부가 아이들 집을 방문하면, 아이들 친구가 시부모 모시느라 얼마나 힘드냐고 물어도, 자기네는 우리가 알아서 차를 빌려서 여행을 다니기 때문에 아무 어려움이 없다고 대답했던 자녀들이다. 그런데 이제는 누가 점심 초대를 해도 우리를 거기까지 데려다주고 또 끝나는 시간을 기다렸다가 데려오곤 했다. 결국, 우리는 더는 젊지 않은 짐짝이다. 그래서 나는 내가 운전하고 싶다고 고집했지만, 지금은 아내도 내 운전 실력을 믿지 않는다. 내가 운전을 하면 길눈이 어두워서 아내가 길 안내를 해야 하는데 지금은 자기도 눈이 침침해 안내판을 잘 읽을 수도 없다고 말한다. 게다가 옛날 다니던 길도 생각이 잘 안 나기 때문에 내가 운전을 하면 안 된다는 것이다. 하긴 한국에서도 내가 국제운전면허증을 받으러 갔더니 그곳 경찰이 나를 쳐다보면서 미국 가서 운전할 생각이냐고 국내운전도 삼가야 할 사람인데 어처구니없다는 듯이 쳐다본 일도 있긴 했었다.

나는 아내와 미국여행을 오래 할 수 없겠다는 생각도 들었다. 그래서 옛날 갔던 곳을 아내와 한 번 더 보고 싶어서, 콜로라도 스프링스 주변과 그랑 테던 국립공원, 옐로스톤 국립공원 등을 운전하고 가고 싶다고 했다. 그러자 아들은 자기가 일주일 휴가를 내서 우리를 모시겠다는 것이다. 콜로라도의 덴버까지 비행기로 가서 우리와 함께 그곳을 가주겠다고 한다. 결국, 내 의욕은 더욱 애들을 괴롭히는 것이 되었다.

아내가 1977년 처음 미국 땅을 밟아 본 곳이 미시간 주립대학이 있는 이스트 랜싱이다. 그래서 그 뒤 39년간 한 번도 가보지 못했던 망향의 땅을 언젠가 다시 한번 가보고 싶다고 했더니 내 소원을 들어주었다. 미시간의 디트로이트 공항까지 비행기로 가서 차를 빌려 그곳까지 가볼 수 있게 해주었다. 이렇듯 애들이 우리를 마지막 볼 사람처럼 최선을 다해 효도하는데 다시 몇 년 뒤 짠! 하고 건강한 모습으로 그들을 또 방문하면 애들은 너무 놀랄 것 같아 이제는 너무 오래 사는 것이 안 되겠다고 걱정이 되는 것이다. 그러나 인명은 재천인 것을 어떻게 하겠는가?

아무것도 염려하지 말고 모든 일에 우리의 구할 것을 하나님께 아뢰면 우리가 이성으로 이해하는 것을 뛰어넘는 하나님의 평화가 우리의 마음과 생각을 이끄신다(빌 4:6, 7)는 성경 말씀을 생각하며 우리는 우리의 모든 미래를 그분에게 맡길 수밖에 없다고 생각하고 살고 있다.

고려장

고려장이란 늙은 부모를 산속 구덩이에 버려두었다가 부모가 죽으면 그 구덩이에 묻어 장례를 치르는 풍속으로 우리나라 고려 말에 있었다는 전설인데 실제 우리나라에는 그런 법도가 없었다고 한다. 중국의 효자전(孝子傳)이나 불경의 기로국실화(棄老國說話) 등을 사실화해서 늙은 부모를 실제 버리는 일이 우리나라에 있었던 것처럼 전한다는 설도 있다.

최근 들어 우리나라에 고령화 현상이 일어나고 저출산과 구직난이 겹치자 자구책이 없는 늙은 부모를 모신다는 것은 너무 힘들 때가 되었다. 그래서 부모를 제주도에 가서 버리고 오거나 생명보험을 노리고 존속살인을 하는 경우도 생기게 되었다. 정말 고려장이라도 하고 싶은 것일까? 부부가 열심히 벌어도 자녀 교육비도 감당하기 힘든데 부모가 치매라도 걸리면 보건복지부를 통해 요양원을 찾거나 방문간호를 받을 수밖에 없다. 그런데 자기 편하겠다고 부모를 요양원에 보내버리는 것은 고려장을 하듯 괴로운 느낌을 주는 것 같다.

우리 교회에도 독거노인인 한 권사님이 계신다. 90세가 훨씬 넘었는데 하나님 집 곁에 살고 싶다고 남편을 여의고 혼자 된 뒤 하나 있던 집도 교회에 바쳐버리고 값싼 전셋집에 살고 있으면서 빨리 하나님 곁에 불러 주시라고 새벽마다 기도하는데 몇 년을 기도해도 세상을 떠날 만큼 건강이 나빠지질 않는다.

한번은 찜통더위가 한 달 이상 계속되던 때에 교회 갔다 집에 왔는데 발에 힘이 빠지고 어지러워 서 있지 못해 쓰러졌다. 그 뒤로 이제는 자기도 혼자 살 수 없다는 생각이 들어 요양원을 찾기 시작했다. 그러데, 요양원은 등급 없이 들어갈 수가 없다. 친구는 뇌졸중으로 쓰러져 요양원에 갔고 또 어떤 분은 집에서 넘어져 엉덩관절이 나가 거동불편으로 요양원에 가서 세상을 떴는데 자기는 노인성 질환이라면 난청으로 보청기를 했고 치아가 나빠져 의치를 한 것이 전부라서 그것으로는 요양원에는 들어갈 수는 없다는 것이다.

그러나 혼자 있다 죽게 되면 큰일이다. 그래서 생각해 낸 것이 노치원(老治園)이다. 이곳은 아침부터 저녁까지 노인들에게 식사와 놀이, 치료 등 보호 서비스를 제공하는 노인 복지시설이다. 버스가 순회 운영을 하면서 노인들을 데려가니 밤새 안녕한지 보살펴줄 수 있는 너무 좋은 곳이다. 얼마간의 비용은 큰 문제가 아니다. 그런데 이분은 아무도 만나고 싶지 않고 사귀고 싶지도 않으며 간다면 공주 요양원에 가서 살다 죽는 것이 소원이라고 했다.

이분이 그곳을 고집하는 것은 그 요양원에서 선배 권사를 보내드렸는데 그분은 아픈 곳도 없었는데 거기서 잘 살다 갔기 때문이었다. 또 공주를 고집하는 것은 자기가 대전의 기독교 종합봉사회관에서 영아원 원장으로 있을 때 관장이던 배애시덕(Miss Esther Laird) 선교사가 공주의 기독교 사회관을 다시 세워보라고 자기를 보내서 일 년 반 동안 그곳에서 수고하며 탁아를 보살피고 간호사들을 두어 가정방문 등을 하면서 초대 이옥실 관장이 일을 맡기까지 수고한 일이 있어 공주와는 끈끈한 인연이 있었기 때문이었다.

그러나 그것은 1958년도의 일이요 공주 요양원에서 선배 권사가 돌아가신 것도 30년도 넘은 일이었다. 나와 아내는 그분의 뜻을 꺾지 못해 기독교기관에서 운영하는 공주의 요양원에 갔었다. 그리고 거기서 알아낸 것은 그곳은 양로시설과 요양시설이 있는 양로원 겸 요양원으로 양로시설에 들어가려면 최소 8천만 원의 계약금과 매월 생활비 60만 원을 내야 했다.

실망하고 돌아온 우리는 원룸 값이 비싼 대전보다는 우리가 사는 계룡시 쪽을 알아보기로 했다. 그분은 고층 아파트에 불이 켜진 것을 보면 "나는 언제 반지하를 면하고 저런 방에서 살다 죽을 수 있을까?" 하고 한숨을 쉰 것을 알았기 때문이다. 토요일 일과가 끝났다는데 부동산 중개사를 찾아 원룸으로, 싼 전셋집을 찾아 달라고 했다. 그리고 싼 전세금에 월 150만 원의 월세 집을 찾았다.

기본시설은 갖추어 있는 곳이었고, 6층 건물에 4층이었으며 승강기도 있고, 걸어서 5분 거리에 교회, 홈플러스, 은행, 노인종합복지관이 있는 곳이었다. 대전 교회까지는 우리 차로 가면 된다. 또 노인복지관에 가면 새 노인들을 만날 수 있고 점심은 천원이며 가끔 관광 여행도 다닐 수 있고 공기 좋은 가까운 곳을 마음대로 산책할 수도 있다. 새벽기도나 밤 예배는 가까운 교회로 가면 된다. 그래서 안성맞춤인 곳이었다. 전세금은 대전 것을 해약하고 오면 되고 생활비는 기초생활수급연금, 기초노령연금 등 50여만 원이 나온다니까 살 수 있을 것 같았다.

문제는 본인의 승낙이었다. 부동산 중개사에게 다음날 교회 끝나고 이 권사를 모시고 오겠다고 약속한 뒤 나는 그분이 노인종합복지관에 적응하기까지는 내가 그곳에 나가리라고 결심했다. 그곳에 가면 붓글씨를 새로 쓰기 시작할 생각이었다. 적어도 이 권사가 장기요양 인정등급을 받기까지는 기쁘게 이곳에서 살며 하나님 앞에 서게 하고 싶다는 생각으로 다음 날 교회에 갔다.

"권사님, 우리 계룡에 가서 원룸을 한번 안 가보실래요?" 했더니

"장로님, 나를 사랑하시는 것은 알지만 나도 염치가 있는데 거기까지 가서 폐를 끼칠 수는 없어요. 나는 절대로 안 갈 거요." 하고 거절했다. 그러나 한 번만 가보자고 이 권사를 강권하여 모시고 계룡의 원룸까지 왔다. 그리고 우리는 부동산 중개사의 소개를 따라서 돌아보는 이 권사의 눈치를 보며 이곳 생활에 불편이 없을 것이라는 말을 입에 침이 마르도록 덧붙였다. 집 소개로 수고한 중개사가 승용차로 떠나기 전 고맙다는 인사를 하러 나는 밖으로 나갔더니 중개사는 벌써 운전석에 앉아 있었다. 밖에서 문을 두들기자 기분이 썩 안 좋은 것 같았다.

"그래 그 노인 권사님이 입주하겠다고 하던가요?"라고 물었더니 중개사는 퉁명스럽게 나에게 말했다.

"절대 안 올 테니 그리 알라고 하더군요."

그러면서 뒤도 돌아보지 않고 달려가 버렸다.

"어쩌면 좋아." 아내도 안타까워 한마디 했다.

장기요양 등급을 받을 만큼 아프지도 않고, 다른 사람 폐는 끼치기 싫고, 자기는 힘들어 아무것도 하고 싶지 않은 노인을 어떻게 해야 할지 아내도 알 수 없었기 때문이었다.

내가 세운 바벨탑

우리 부부는 명절 때 북적대는 자녀들과 지내본 적이 없다. 세 아들이 다 미국에 있고 서울에 사는 딸은 시댁이 순천이어서 오가는 길에 잠깐 들리기 때문이다. 오래전부터 우리 둘이 지내기로 작정하고 있어 서운할 것도 없다. 대신 매년 미국의 자녀들을 찾아보는 것을 기쁨으로 여기고 있다. 그런데 2017년에는 아내가 1월 13일 아파트를 나가다 현관 앞을 나서는데 그곳이 살얼음으로 덮여 있어 미끄러져 넓적다리 뼈가 골절되었다. 그래서 3월 17일까지 병원에 입원했다. 퇴원 후 좀 걷게 되어 시골의 금요일 장에 나갔는데 그때 또 넘어져 이번에는 반대편 다리와 어깨뼈의 어긋남으로 그해 9월 1일부터 10월 28일까지 입원하였다. 그런데 퇴원 후로도 계속 다리가 아파 다시 진찰했더니 두 번째 골절부가 제대로 붙지 않아서 이번에는 분당의 서울대학병원에서 재수술하였다. 그것이 2018년 5월 31일이었는데 서울의 병원은 일주일 이상 입원은 허락하지 않아 재활 병원을 찾는 대신 집으로 퇴원해 버렸다. 그러나 뼈가 잘 붙도록 포스테오라는 주사를 3개월은 집에서 매일 놓았다. 결국, 일 년 반 이상을 수술과 재활로 지낸 것이다.

2019년은 해외여행을 꿈도 꿀 수 없었다. 그러는 사이 플로리다의 주립대학에서 근무하던 둘째 아들은 피닉스(애리조나주)의 배로 뇌과학 연구소로 옮겨 새집까지 지었다는 연락이 왔다. 그래서 2020년에는 미국 방문할 계획을 세웠다. 아내는 그동안 집안에만 있었기 때문에 운동량이 부족하고 근육이 약해져서 전철이나 버스도 탈 수 없으며 자가용 아니면 외출이 안 되었고 어려운 길은 휠체어에 의존하지 않으면 안 될 실정이었다. 그러나 3년이나 애들을 보지 못하는 것은 힘들었고 더구나 둘째는 새집을 지었다니 가보고 싶은 것은 당연한 일이었다. 그 아들은 자기가 해외여행을 많이 했기 때문에 KAL의 보너스 마일리지를 이용해 보자고 했다. 그래서 여행계획은 시작되었다. KAL Sky pass의 보너스 마일리지를 쓰려면 예매해야 해서 2019년 말부터 서둘렀다. 먼저 여행 날짜를 잡으려면 갈 때는 한국여행 성수기(盛需期)를 피해야 하고 올 때는 미국여행 성수기를 피해야 했다. 또 이번은 아내가 불편해서 비행기는 이등석을 예약해야 하는데 그런 예약을 위해서는 보너스 마일리지가 많아야 해서 가족 마일리지 합산을 해야 했다. 또 그쪽 가족의 KAL 회원 번호와 인직사항을 알아야 했고, 상대방에서 마일리지 사용 허가를 해주어야 했다. 여행 기간은 2010년 3월 초에 가서 5월 중순에 오는 비행기 편이었는데 보너스 마일리지 여행객의 좌석은 가는 편은 9석, 오는 편은 6석만 남아 있었다. 드디어 2020년 3월 4일에 인천 출발하여 댈러스(DFW) 도착의 왕복표를 5월 11일에 귀국하기로 예약하였다. 또한, 아내가 불편해서 공항입구에서 기내 좌석까지 휠체어 도움을 받기로 하고 좌석까지 화장실 가까운 데로 확정하였다. 그리고 그 e-티켓은 11월 28일 받고 나는 국제운전면허증을 받았으며 아내는 그냥 몸만 오라는데 애들에게 줄 인삼과 홈쇼핑으로 세 며느리에게 줄 화장품을 샀다. 또 애들은 보스턴, 댈러스 그리고 피닉스에 살고 있어서 큰애는 우리가 보스턴까지 갈 수 없으므로 댈러스로 오는 국내 항공편을 미리 저가로 사 놓으라고 부탁했다. 댈러스에서 피닉스로 우리가 갈 비행기 표도 막내에게 예약해서 사 놓으라고 부탁하였다. 모든 계획은 완전하게 진행되었다고 생각하고 우리는 3월 4일 출발할 것만 기다리고 있었다. 3월 3일 경기도 용인에 사는 딸 집까지 내가 운전해 가면 딸이 다음날 공항까지 가서 무사히 우리를 환송해 줄 것이었다.

3월 2일 나는 오후에 딸 집으로 가기 위해 짐을 꾸려서 현관에 내놓고 환전을 하러 시내를 다녀오려고 현관을 나설 때였다. 미국에서 국제전화가 왔다. 이번에 안 왔으면 좋겠다는 것이었다. 미국도 코로나가 심해져서 외국에서 누가 오게 되면 회사를 두 주 동안 가지 못하고 가택 연금을 하게 되어 있다는 전갈이었다. 사실 우리도 국내에 기하급수적으로 늘어나는 확진자 때문에 걱정하고 있을 때였다. 1월 20일

첫 확진자가 생긴 이래 3월 초에는 800명대 그리고 3월 2일은 1,000명대가 넘었기 때문이었다. 그러나 우리는 미국 가서 한 2개월 쉬다 오면 국내도 코로나가 잠잠해질 것이라는 희망을 품고 떠날 생각이었다.

못 가게 되었다는 말을 아내에게 전했더니 아내는 속상해하기는커녕 하나님께서 이 순간에 개입하셔서 막아 주셨다고 감사하다는 것이었다. 사실, 자기는 이 여행계획이 무리이면 하나님께서 막아 주시라고 기도했었다는 것이다. 그러면서 자기는 오히려 마음이 후련해져서 기쁘다는 것이었다. 정말, 어쩌면 시내에 나가려는 그 순간에 전화가 와서 발걸음을 멈추어 주셨는지 신기했다. 내가 세운 치밀한 여행계획은 내 뜻대로 세운 바벨탑이었다. 하나님은 한순간에 이 계획을 무너트리고 흩어버리셨다.

그 기간에 우리 교회는 새 목사를 청빙하고 있던 때였다. 신문에 한 번 광고를 낸 것뿐이었는데 60여 명이나 응모자가 있었다. 단 한 사람을 뽑는 일이었는데 청빙위원 몇 사람에게 맡기고 나는 가까이서 기도하고 격려하며 지켜보지도 않고 미국으로 가버리려 하고 있었던 것이다. 여행계획이 무산되어 응시자를 일차 20명으로 압축한 때부터는 함께 영상으로 설교를 듣고 다시 5명으로 압축되었을 때는 면접에도 참여하여 청빙위원과 함께 걱정하고 기도했던 것은, 하나님께서 코로나로 내가 세운 바벨탑을 무너트린 일 때문이라는 생각으로 지금은 감사하고 있다.

나를 변화시킨 분들

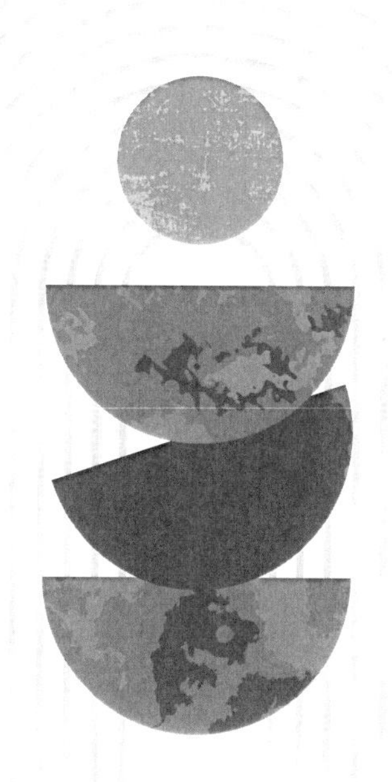

시력을 잃고 영안이 뜬 사람

김선태 목사

이번에 나는 묵상집을 출판해서 김선태 목사님께 보냈더니 귀한 사신(私信)과 함께 본인의 자서전과 최근에 출판한 에세이 한 권을 같이 보내주었다.

…… 우리는 1983년 미국 텍사스에서 만나 주님 안에서 서로를 위해 기도하는 그리운 믿음의 가족입니다. 대전에 갈 때마다 장로님께서 은퇴하시고 한국에 계실지, 미국에 계실지 궁금했는데 기다리던 장로님 소식과 더불

> 어 책까지 받게 되어 너무도 반갑습니다. (텍사스에서) 말씀 전하러 갔던 저를 식사 후 숙소까지 바래다주셨던 장로님이 그립습니다. 차에 함께 탔던 토끼 같이 예뻤던 따님은 이제 세월이 흘러 중년의 여성이 되었겠지요? ……

눈이 안 보인 그분이 '토끼같이 예뻤던'이라는 표현을 쓴 걸 보고 참 김 목사님답다고 생각했다. 그는 6·25 전쟁 때 폭격을 당해 9살 때 부모를 잃고 고아가 되었으며 그때 친구와 함께 뚝섬 쪽으로 놀러 갔다가 친구들이 호기심으로 버려진 포탄을 만지작거린 것이 폭발하여 그들은 죽고 목사님은 시력을 잃게 되었다. 그러나 그를 만나면 실명하신 분으로 전혀 느껴지지 않는다. 학교도 장애인 학교가 아닌 일반 학교에 다니고 졸업해서 그런지 주변을 잘 보고 계시는 느낌이 든다. 제 딸도 크면 중매를 서겠다고 해서 그래 달라고 미심쩍으면서도 말했는데 실제 많은 분을 중매했고 또 그들이 잘 산다고 한다. 자서전에도 보면 나이아가라 관광을 한 내용이 나오는데 "친구의 도움을 받아 나이아가라 폭포에 도착했을 때 나는 그 엄청난 광경에 압도당하고 말았다."라고 쓰고 있다. 그런 거짓말을? 하고 생각하다가도 아니 정말 그는 그 광경을 보고 있었을 것이라는 생각을 한다. "천지를 진동하며 위쪽에서 아래로 떨어지는 폭포 소리는 마치 하늘에서 예수님이 구름을 타고 세상에 다시 오실 때 들릴 우레와 천둥소리 같이 들렸다."는 내용은 사실이기 때문이다.

댈러스에서는 구면이었다. 나는 한국에 있을 때 내가 출석하던 교회에서 두어 번 그분을 초청해서 설교를 들었기 때문이다. 우리 교인들이 그의 인품을 닮으면 좋겠다는 생각으로 그분이 미국 방문 중 교회

당회장 목사님께 상의 드려 모셔왔다. 그는 시각 장애 때문에 많은 고통스러운 삶을 살았다. 숭실고등학교 3학년 때 학사 고시제도가 생겼는데 시각장애인은 시험을 볼 수 없다는 단서가 있었다고 한다. 그는 매일 오후 문교부(현 교육부) 장학관실에 가서 시험을 보게 해 달라고 호소했는데 들어주지 않자 33일째는 칼을 품고 가서 함께 죽자고 칼을 휘둘러 모두 도망갔는데 문교부 출입 기자들이 장하다고 직접 당시 문교부 장관실로 안내해서 허가를 받아 시험을 치르게 되었다고 한다. 그때도 기도할 때 "끝까지 싸우면 이길 것이다."라는 하나님의 음성을 들었다고 그는 후에 고백하고 있다.

그는 이렇게 해서 숭실대학교 철학과를 나오고 외국에서는 매코믹 신학대학원에서 목회학 박사학위를 받았다. 또 시각장애인들의 실명(失明) 예방과 개안수술, 그리고 복지를 위해 실로암안과병원을 세우고 오랫동안 원장으로 수고하고 계신다. 우리는 미국에서 귀국 후 아내의 육순을 기념하여 1인당 30만 원의 개안수술비 7명분(생일이 7일이었음)을 가지고 그분을 만나고 싶어 병원에 찾아가 헌금을 드린 일이 있다. 나는 그분을 보면서 하나님께서 시각장애인을 위해 우리나라에 보내신 사자라고 확신한다. 고아가 된 그는 친척 집을 찾아갔으나 말로 할 수 없는 학대를 받고 거지가 되어 살면서 용광로 같은 사회에서 연단을 받아 순금 같은 신앙인으로 거듭난 것이다. 그는 눈으로 보지는 못하지만, 하나님의 은혜를 깨닫는 영안(靈眼)을 갖게 되었다. 세상을 보는 눈과 뛰어난 기억력도 실명 때문에 왔다고 생각한다. 나는 그를 보면 눈으로 볼 수 있는 나 자신이 부끄러울 때가 있다.

육신 기증 서약서

김용일 장로

나는 초등학교 동창으로 지금까지 가장 친하게 지내는 친구가 하나 있다. 초등학교를 떠난 지 16년 만에 우연히 그를 전주에서 극장에서 나오면서 만났다. 아무도 아는 사람이 없는 타도로 직장을 옮겨 외로울 때였는데 그를 만난 것이다. 그 친구는 예수병원에 의사로 와 있다고 말했다. 3, 4년 함께 지내다가 또 헤어졌다. 그러나 인연은 질긴 것이어서 2003년 아내가 심혈관 조형수술을 할 때 또 나는 그를 찾았다. 아내가 가슴이 찌르는 듯이 아프다고 고통을 호소했을 때 나는 옛날 전화번호를 뒤져 그의 거처를 알아내어 그에게 상의했다. 그는 놀라서 머뭇거리지 말고 바로 응급실로 가라는 것이었다. 아내는 바로 입원하여 심혈관 조형수술을 마치고 이제는 완치되었다. 그 뒤 우리 내외는 그들 부부와 거의 66년 만에 해방 후 1회 졸업이었던 고향의 초등학교를 방문하기도 했다. 그는 뒤늦게 띠동갑이 넘는 젊은 아내와 결혼해서 행복한 삶을 살고 있었다. 그는 평생에 자기가 잘한 일은 지금의 아내를 만나 결혼한 일이라고 아내 바보가 되어 있었다. 그의 아내는 내 아내의 고등학교 한참 후배였다. 그 뒤로 우리 부부는 더 가까워졌다. 내가 말씀 묵상집을 출판하고 보냈더니 그는 자기가 50권은 사 주고 싶다고 해서 내가 저자에게 주는 할인 값으로 그에게 책을 보내고 내 계좌로 송금해 받은 일이 있다. 그런데 다음 해에 또 책을 냈을 때는 수고했다고 100만 원을 그때 알게 된 내 계좌로 보내왔다. 과분하다고 사양했더니 여유가 있어 보냈으니 부담 갖지 말라고 했다. 그는 결단이 빠르고 낙천적인 기질이었다. 그는 기독병원 원장 서리, 조선대학교 의대 학장, YMCA, 로터리클럽 회장, 지방검찰청 상임 소년선도위원 등 의사로 있으면서도 많은 대외 활동을 하고 대학 발전기금, 사회 복지재단 기부 등 거액의 돈을 귀한 일에 기부하고 사는 친구다. 그러나 검소하게 살아서 자녀들은 학교에 다닐 때 버스를 타고 다니게 했으며 고3인 딸이 수돗물을 아껴 쓰지 않는다고 이틀이나 학교에 못 가게 한 일도 있었던 친구이기도 하다. 지금은 은퇴해서 친구 병원에서 전문의로 노인들을 위한 치유 활동을 하고 있다. 한 간호전문학교 이사장으로 있으면서.

지난해였다. 일본 크루즈 여행을 가자고 시간을 좀 비워놓으라는 것이었다. 얼마나 오래 살겠느냐고 같이 여행하고 싶다는 것이었다. 아내는 반대였다. 왜 그런 과분한 호의를 받아야 하느냐는 것이다. 친구 아내가 적극적으로 아내를 설득했다. 언니와 여행도 하고 싶지만, 그보다도 이런 오랜 남편의 우정을 자기는 본 일이 없다며 잘 모실 테니 같이 가자는 것이었다. 우리는 가까스로 이를 사양하는 데 진땀을 뺐다. 올해 초에는 아내가 뇌수술로 입원을 했었는데 또 입원비에 보태라고 100만 원을 보내왔다. 뒤늦게 이를 알게 된 아내는 절대로 받으면 안 된다고 펄쩍 뛰었다. 나도 앞으로 이런 호의를 거절하기 위해서는 좀 서운하겠지만 극약처방을 해야 하겠다고 생각하고 그의 아내에게 이메일을 보냈다. 그는 컴퓨터를 쓰지 않기 때문이었다. '앞으로 나에게 전화나 이메일을 통한 위로와 격려는 해주되 절대 현금은 보내지 말게. 마치 자네는 갑이고 나는 을 같은 생각이 들어 언짢네.' 이런 내용이었다. 그러자 바로 답이 왔다. 자기는 친척이나 친한 친구에게는 으레 그래 왔는데 그렇게 느끼게 했다니 미안하다는 것이었다. 그리고 우리 사이는 어색해졌다.

미국의 한 교회는 목사가 아무리 하나님께서 값없이 구원을 주었다고 해도 교인들이 믿지 않고 자기가 뭔가 하나님으로부터 은혜를 입으면 보답을 해야 한다고 생각해서 헌금하고 또 더 큰 은혜를 입으려면 헌금을 더 많이 해야 한다고 잘못 생각하고 있다며 그 목사는 한 주일은 교인의 교회 헌금을 못 하게 하고 출석하는 교인에게 일 불씩 지폐를 나누어 주기로 했다는 것이다. 거저받는 연습을 시키기 위해서였다. 그런데 어떤 사람은 고개를 갸우뚱하고 지폐 받기를 거절한 사람이 많았다는 것이다. 목사는 설교했다.

"꼭 지폐를 받아야 뭘 받았다고 생각하는가? 하나님께서는 우리에게 값없이 주시는 것이 많다. 공기를 값없이 주신다. 건강, 기쁨, 평화, 사랑, … 무엇보다도 예수를 믿으면 구원을 값없이 주신다. 눈에 보이지 않은 많은 것들을 값없이 주신다. 그런데 왜 돈으로 보답하려 하는가? 돈 아닌 것을 드려라. 감사하라. 그리고 하나님을 사랑하라. 네 이웃을 사랑하라. 여러분은 헌금을 드리지만, 그보다는 눈에 보이지 않은 사랑을 같이 바쳐야 한다."

성경 잠언에는 '은이나 금 보다는 은총을 택하는 것이 낫다.'라는 말이 있다. 그런데 나는 친구가 보내준 것을 돈으로만 보고 그 속에 있는 우정과 사랑은 보지 않은 것 같다는 생각을 하였다. 평소 그는 모든 것은 세상에 돌려주고 가야 한다고 말하면서 그들 부부가 죽은 뒤 자신들의 시신을 모교에 바치기로 서약하고 그것을 증명하는 카드를 품에 지니고 다니는 것을 보고 나는 큰 감명을 받아 나도 우리 지역 의과대학 해부학 교실에 있는 헌체(獻體) 운동본부에 서류를 요청하여 받아 놓은 것이 있다. 그런데 아무 실천은 못 하고 있다.

나는 내 좁은 소견으로 친구의 마음을 상하게 했으니 이제는 화해하는 길을 찾아야겠다. 그를 본받아 CFK(조선의 그리스도인 벗들) 후원, 루게릭병에 걸려 있는 목사 가족 돕기, 기아대책이나 월드비전을 통한 세계 재난지역 후원 등으로 어려운 사람을 돕는 일을 하려고 한다. 그러나 이것이 내 친구에 대한 화해의 제스처가 될지 모르겠다.

보드나도를 아십니까

홍규일 장로

나는 성경을 오랫동안 보아왔지만 브드나도(Fortunatus, 행운)라는 이름을 알지 못했다. 얼마 전 목사님이 설교할 때 그 이름을 들었지만 외우기도 힘들고 또 오랫동안 기억하고 있을 인물로 생각되지도 않았다. 또 실제로 신약성경에 그의 이름은 꼭 한번(고전 16:17) 나왔을 뿐이다. 그런데 바울은 에배소에서 고린도전서를 쓰기 전(혹은 도중에) 그들(스데바나, 브드나도와 아가이고)을 만난 뒤 "이 사람들을 꼭 알아주십시오."라고 책의 끝에 그들을 고린도 교인들에게 당부하고 있다. 고린도전서 16:17의 한 줄이 아니었으면 선교역사에 빠질 뻔한 귀한 분이 브드나도이다.

우리 주변에도 이렇게 선교사역에 이름이 묻힌 사람들이 많다. 나는 이번에 미국에서 '빛내리교회'를 개척한 뒤 고인이 된 송수석 목사의 사모가 한국을 방문했을 때 그분의 고향 김제의 대창교회를 함께 방문한 일이 있다. 이 교회가 있는 김제시 죽산면 대창리는 한국의 곡창지대라고 알려져서 '번드리'라는 이름을 갖고 있다. 마을의 논에 물이 꽉 차면 멀리서 볼 때 번들번들하게 보였다 해서 생겨난 이름이라고 한다. 송 사모의 부친, 홍규일 장로는 내가 평소에 존경하는 분이어서 내가 꼭 한번 가보고 싶은 교회였다. 그분은 대창교회의 바로 옆에 집을 가지고 있어 교회를 세우는데 그 부친 때부터 정성을 다하였다 한다. 슬하에 딸 넷과 아들 셋을 두고 계셨는데 향학열이 높아서 딸도 가르쳐야 한다고 네 딸을 다 대학에 보냈다. 6·25 전란으로 피폐해진 농촌에서, 농지도 많지 않은 분이 여자를 대학까지 보낸다는 것은 생각할 수도 없는 일이었다. 첫 딸을 고등학교 교육을 마치게 했을 뿐 아니라 1954년 총회 신학교(현 장로회 신학대학)까지 입학시켰다. 그래서 그 교회 출신인 안경운 목사(1982년 제62회 총회장)와 그해 12월 21일 결혼을 시켜 목사 사모로 교회를 섬기게 했다. 둘째 딸은 기전여고를 통해 이화여대 약대에 입학시켰다. 학자금을 위해 딸을 앞장세우고 농가의 살림 밑천인 소를 김제 장에 내다 팔기 위해 아버지는 그 뒤를 따라가고 있었다. 당시 농민들은 이를 보고 혀를 찼다고 한다. 어린 아들들을 생각해야지 웬 여자를 대학까지 교육하려 소까지 파는가? 하고 한심스러운 표정들이었다. 그러나 그분은 "아들을 잘못 가르치면 내 집만 망하지만, 딸을 잘못 가르치면 내 집뿐 아니라 남의 집까지 망하게 한다."라고 대답했다고 한다. 그 딸이 대학 2학년 때 고등학교의 교장이었던 여 선교사가 자기 고향의 플로라 맥도날드 대학(Flora MacDonald College, NC)에 입학하도록 주선하였다. 이 대학은 신학교로 출발하여 남부 장로교대학으로 음악학교를 겸한 곳이 1915년 이름이 바뀐 곳이다. 그 아버지는 얼마 안 되는 논을 모를 심어 놓은 채 몽땅 학비를 위해 내놓았다. 그러나 그해는 극심한 가뭄이 계속되어 팔리지를 않았다. 이 소식을 들은 서울의 감리교 선교사가 기꺼이

등록금과 여비를 대 주어서 미국 유학이 시작되었다. 이때도 홍 장로는 자기 딸을 김활란 박사처럼 키우겠다는 것이 꿈이었다고 한다. 그런데 그런 딸이 오하이오 주립대학 음악 전공으로 옮겨 음악학으로 박사학위 논문을 준비 중 같이 알고 지내던 감리교 신학교 신학생과 필라델피아의 한 콘퍼런스에 참석하고 귀가하던 중 차 사고로 소천하여 고향 땅을 밟아보지도 못하고 오하이오 대학 옆 묘지에 묻히고 말았다. 1969년 4월 기전학교는 그녀 사후 학교 발전을 위해 보낸 씨 돈으로 4층 벽돌 건물을 완성해서 그녀를 기념하여 〈홍선복 기념관〉을 완성하였다. 그녀는 기전여고 1회 졸업생이었다. 「기전 80년사」에는 그 건물의 현판을 서무를 담당한 유기상 선생이 쓴 것이라고 기록하고 있는데 사실은 내가 쓴 것이었다. 부탁한 조 교장도 대담했고 또 그의 지시를 따른 나도 무지의 극치였기 때문이었다고 생각한다. 셋째, 넷째 딸들도 고향의 기전여고를 졸업 후 숭실대 종교학과와 이화여대 음대로 진학했다. 이 두 딸은 지금 다 목사 사모가 되어 있다. 세 아들도 대학을 마치고 두 아들은 교회 장로로 또 막내아들은 목사로 교회를 섬기고 있다.

나는 그의 셋째 딸과 대창교회를 찾아 내가 존경하는 홍규일 장로의 흔적을 찾고 싶었다. 그러나 그의 집터는 흔적 없이 사라지고, 목사님은 출타 중이었는데 전화로 연락하여 홍 장로님을 존경하여 찾아온 사람이라고 말하며 혹 아시느냐고 물었더니 모른다는 것이었다. 그럼 혹 교회 백년사를 가지고 있느냐고 했더니 13년 전에 출판된 것이어서 갖고 있지 않다는 것이었다. 나는 교회 옆에 자그맣게 만들어 놓은 종탑 앞에 앉았다. 새벽마다 종을 치면 막히는 곳이 없이 광활한 '번드리'에서 김제 읍까지 소리가 들렸다는 그 종이었다. 홍 장로가 몸담아 섬기던 그 고장에서는 그분의 흔적은 아무 데서도 찾을 수가 없었다. 나는 후에 인터넷 검색을 하였다. 그러나 그곳에서도 아무 흔적을 찾을 수가 없었다. 어떤 분이 자기 블로그에 당회록(堂會錄)에서 찾은 것이라고 1대부터 7대까지(1908~1942)의 장로 명단을 올렸는데 1959년 홍재순이라는 이름이 있었는데 그분이 바로 홍규일 장로였다. 그런데 어찌 된 영문인지 그의 딸도 모르는 이름이었다. 평소에 집에서 부르던 이름과 교회에서 기록한 이름이 달랐던 모양이다. 그러나 그 이름이 무슨 상관인가? 일자무식이었지만 말씀대로 살고, 새로운 눈으로 세상을 보고, 근동 사람들이 그의 행실을 보고 모두 죽산면 일대에 사는 사람들은 예수를 믿었으며 교회를 지을 때는 믿지 않은 분도 쌀가마를 내놓았다고 한다. 홍 장로는 엄격하게 성수 주일을 하신 분인데 일제의 학대가 심할 때는 주일에도 농사를 지어 수확을 늘려야 일본에 유익한데 농민 중 홍 장로를 닮아 일을 쉬는 사람이 많아서 홍 장로는 그 주동자로 일경에 붙들려가 경을 치기도 했다고 한다.

예수를 믿고 구원받았다는 것은 무엇을 말하는가? 또 해외 선교사로 나가고 거리에서 예수를 믿으라고 외치는 것은 무엇을 말하는가? 나는 대창교회 누구든 붙들고 "홍규일 장로를 아십니까?"라고 묻고 싶었다. 또 이 시대의 교인들을 향해 같은 질문을 던지고 싶다.

나의 멘토 한미성 선교사

한미성 선교사

나는 1955년에 내한, 1967년에 한국을 떠난 교육 선교사 한미성(Melicent Huneycutt) 교수를 나의 멘토로 생각하고 지금도 존경한다. 그분이 전주 기전여고 교장(1957~1962)으로 계실 때 나는 그곳 교사로 취직했으며 한남대학교 교수로 계실 때(1962~1964) 그곳 대학에 학생으로 편입하여 그분을 모시고 한 학기 조교로 일했다. 그분은 내가 새로운 피조물이라는 걸을 충격적으로 깨닫고 살게 해주신 분이다. 기전여고에 채용된 후 신입 교사 환영 파티가 있었는데 그때 신입 교사인 나에게 터줏대감들은 노래를 시켰다. 술 파티를 할 수 없는 곳이었기 때문에 그런 방법으로 흥을 돋우는 듯했다. 나는 미국인 교장 앞에서 수학교사지만 영어도 잘한다는 치기로 영어 노래를 했다. 그것이 '케세라세라'라는 당시 영화 주제가였다.

그런데 나는 다음 날 교장실에 불려가서 한마디 들었다. 그때 한 교장은 "기독교인은 '케세라세라' 하고 살면 안 됩니다."하고 미소를 띠며 말했는데 나는 그 말에 충격을 받고 평생 잊지 않고 살고 있다. 기독교인은 교회만 다니면 된다고 생각하고 있을 때였다. 그런데 그때 기독교인은 '케세라세라' 하고 살면 안 되는 기독교 세계관을 내게 심어 주신 분이다. 그분은 나를 사랑하셔서 영어교사에게 회화 공부를 시키기 위해 밤에 자기 집으로 불렀을 때 수학교사인 나를 그곳에 끼워 주었다. 또 당시에 고무신을 팔아 개척교회를 하고 계셨는데 주일에는 영어로 설교내용을 작성하여 나에게 우리말로 번역해 달라고 부탁하고 나를 그곳에 동행하자고 초대해 주신 분이다. 나는 그렇게 해서 점차 기독교인으로 만들어져 갔다. 그런데 일 년 뒤에는 그녀는 한국 분에게 교장직을 맡기고 대전대학(현 한남대학) 영어 교수로 떠났다.

그동안 나는 기전학교에 남아 1960년부터 3년간 열심히 신앙생활을 했을 뿐이니라 연년생으로 세 어린애를 낳았다. 셋째 애가 1962년 12월 14일에 태어났는데 그해 겨울 방학에 한 교수에게서 편지가 왔다. 대전대학 3학년으로 편입하면 입학금과 첫 학기 등록금을 대주겠다는 것이었다. 그분은 그때까지 나를 잊지 않고 미국에 유학하려면 적어도 대학을 졸업해야 한다고 생각한 것이다. 그래서 나는 이듬해 한 달도 채 안 된 셋째 아들을 포함한 3자녀를 눈 속에서 시골 부친께 보내고 대전대학에 편입하게 되었다.

그분은 내 장학금을 주면서도 가족이 어떻게 생활을 하느냐고 나를 영문과 조교로 써 주며 생활비를 받게 해주었다. 나는 수학과 학생이었는데 영문과 조교를 한 것이다. 한 교수는 한국 선교사는 한국인처럼 살아야 한다고 선교사 촌에서 나와 한인들이 모여 사는 후생주택 온돌방에서 살았다. 침대도 없이 살면서 여대생 한 사람을 양녀로 또 갓난아이를 양자로 삼아 가정 도우미를 써 가며 길렀다. 영문과 과장으로 있으면서 시내에서 좀 떨어진 장동에 있는 미국인 캠프의 사병들을 불러 저녁때 쿠키 대접을 하면서 학생들과 소그룹 회화를 하도록 하기도 했다. 그래서 우리 대학이 작았지만, 시내에서 영어연극 공연을 하면 국립대학 공연보다 훨씬 더 큰 환영을 받았다. 대학생 성경연구회(UBF)를 대전 지구에서 시작했는데 나는 그때 그 책임자였다. 배사라 선교사가 광주에서 UBF를 하고 있을 때였다. 그분을 도우면서 나의 신앙은 성장했다.

한 교수는 나를 대전대학에 정착시키고 내가 대학을 졸업하기 한 해 전에 미국으로 떠나셨다. 그분을 나를 위해 한국에 왔다 가신 분 같았다. 귀국 후 노스캐롤라이나대학에서 학위를 마치고 파이퍼(Pfeiffer) 대학에서 교편을 잡으며 신학을 하여 목사로 시무하다 뒤늦게 60세에 결혼하였는데 남편이 은퇴한 곳에 있는 위스콘신 대학에서 학원 목회를 5년간 하시고 남편이 세상을 떠난 후로는 고향인 노스캐롤라이나에 와서 농촌 교회를 개척하여 6년 후에는 120명의 성도를 갖는 교회로 성장시켰다. 당시 어려운 여학생을 도왔는데 104세에 모친이 사망하자 그때의 여학생과 함께 서로 도우며 살고 있다가 2020

년 10월 21일 Pittsboro, NC에서 소천하셨다. 나는 1993년 남편과 함께 살고 계셨던 위스콘신에 가서 찾아뵌 적이 있다. 그후 1996년 2월에는 그분을 남편과 함께 한국에 오시게 해서 재경 기전 동문과 함께 그분의 고희 잔치를 주선한 일도 있다.

하나님이 인정하신 일꾼

송용필 목사

아내가 홀로 공부하는 나를 돕기 위해서 초등학교 4학년의 막내아들을 데리고 미국에 온 것은 1977년 10월 1일이었다. 영어도 모르고 비행기도 타보지 않은 아내가 애를 데리고 김포공항을 떠나 일본,

L.A.를 경우 디트로이트까지 오는 것은 쉬운 일이 아니었다. 그러나 무사히 도착했고 젊은 학생들의 도움으로 미시간 주립대학이 있는 이스트 랜싱까지 잘 도착했다. 그때는 한창 가을이 무르익어 경치가 좋은 때였다. 10월 10일 아직 미국 생활에 익숙해 있지도 않은데 랜싱 한인침례교회의 의사인 장 박사 댁에서 이른 저녁 초대를 받고 나서 바로 대학 음대 강당에서 있었던 한국 빈 소년합창단 23명의 공연을 관람하게 되었다. 모두 한국에서는 경험할 수 없는 황홀한 광경들이었다. 특히 장 박사 댁 저녁 초대에는 참석 교인마다 선물을 가지고 모였는데 그것이 다 우리 새살림을 돕기 위한 선물들이었다. 그것은 '이사 샤워'라고 했다. 흔히 미국에서는 결혼하는 사람이 받고 싶은 선물이 있으면 백화점에 그 물품을 알려 놓으면 백화점은 이 선물들을 전시하고 하객들이 다 하나씩 사 주는 일이 있는데 이것을 '결혼 샤워(wedding shower)'라고 한다. 그런데 우리 이사에 도움을 준 선물은 있지도 않은 '이사 샤워'를 만들어 우리 부부를 도우려고 한인교회의 송용필 목사님이 꾸민 이벤트였다. 그는 바쁜 가운데 내게 운전을 가르쳐 주었고 잘 사는 의사들에게 크리스마스 때는 우리 부부를 돕도록 주선하기도 했다. 그렇게 교인들을 아끼는 분이었다.

그분은 우리를 도우시는 구호 천사였다. 기도하다가 그 일이 옳다고 생각하면 저지르고 보는 분이었다. 내가 아내를 데려오기 위해 재정보증이 필요해서 그분과 상의했을 때 그는 김장환 목사의 처남인 허브(Herb Seventh) 씨에게 부탁한 모양인데 쉬 서류를 보내주지 않자 목사님 가족 전체와 나를 데리고 7시간이나 걸리는 미시간 최북단에 있는 수세인 마리(Sault Ste. Marie)까지 가자고 했다. 그때 큰애와 큰딸 그리고 갓난애, 온 가족을 데리고 떠났다. 나는 사모님이 불평하지 않고 따라와 준 것도 이해가 되지 않았다. 그런데 휴게실에서 쉰 다음에 나더러 운전하고 가자는 것이었다. 나는 아직 운전 면허증도 없을 때였다. 내가 고속도로에서 어떻게 그 가족들의 안전을 책임질 수 있겠는가?

그는 무모하리만큼 대범했지만 나는 그 뜻은 따를 수는 없었다. 그는 수원에서 구두닦기를 하다가 김장환 목사의 주선으로 밥 존스 대학에서 수학하게 되었다. 그때 교육학을 전공하는 아내를 만나 결혼했는데 그때도 용감히 총장께 편지를 써서 졸업식이 끝나면 바로 자기들 결혼주례를 해 달라고 부탁해서 많은 졸업생을 하객으로 오후 3시 30분에 결혼식을 올린 사람이다. 또 젊어서 중앙대학교 상과대학에 다닐 때는 신입생인데 대학신문 수습기자로 있으면서 3·15 부정선거 당시 대통령 후보로 출마했던 조병욱 박사가 미국에서 병으로 사망해서 한국으로 돌아오자 그의 빈소를 찾는 임영신 총장을 수행해 가다가 차 속에서 혈서를 쓰는 사람을 보고 자기도 손가락을 깨물어 종이에 "아아… 땅을 치며 통곡할 일이어라…"라고 써서 붙였다가 학교에서 추방당한 일도 있었다. 그는 의를 위해서는 대담한 분이었다. 외국어대학교로 옮겨 국가 대여장학금을 신청할 때는 재정보증이 필요했다. 그런데 아무도 재정보증을 해주는 사람이 없었다. 그는 수원 시장에게 편지를 내서 도움을 요청했다. 하나님은 좋은 일을 위해서는 반드시 도움의 손길을 내미신다고 믿고 계셨다. 그래서 그 시장 동생의 재정보증을 받은 일도 있다. 그는 누구든 능력이 되면 옳은 일을 하는 사람을 당연히 도와야 한다고 생각하고 있는 분이었다. 모든 사람은 하나님의 자녀이기 때문에 서로 도와야 한다고 생각한 것이다.

그 후 2007년 한국으로 돌아와서 횃불신학대학원대학 대외협력 부총장으로 취임한 뒤 나는 그분을 다시 만나게 되었다. 그동안 한국, 중국, 세계로 모금과 선교 활동을 많이 하고 계셨다. 특히 그의 소원이던 북한 선교를 극도방송국 부사장이 되어 열심히 수행하고 계셨다. 나는 그분의 부탁으로 극동방송에서 한 시간짜리 설교 방송을 우리 오정교회가 맡도록 주선한 일도 있다. 그분을 볼 때마다 하나님께서 인정하신 일꾼은 부끄러워하지 않고 너무나 당당하다는 것을 알게 되었다. 지금은 청소년 선교단체인 아와나 한국(AWANA KOREA) 총재, 극동방송 부사장, 횃불신학대학원대학 대외협력 부총장, 하계올림픽 목사로 올림픽마다 유명한 선수들의 간증 집회로 선수촌 사람들에게 선교하는 등 맹활약 중이다. 나는 그런 분을 알게 된 것을 자랑스럽게 생각한다.

행함으로 믿음을 보이고 간 목사

송수석 목사

나는 1978년 9월 학생으로 댈러스에 가서 친구인 송수석 목사를 만났다. 그는 나와 함께 전주의 기전여고에서 1967년부터 2년간 근무했는데 그때 나는 연구부장이었고 그는 교목이었다. 그 뒤 나는 대학으로 떠나고 그는 미국으로 와서 이민 목회를 하고 있었는데 내가 댈러스로 학생 신분으로 가서 만나게 된 것이다. 그러니 십 년 만의 해우였다. 이민 목회라는 것이 쉬운 것이 아니었다. 그는 미국 교회(Preston Hollow Presbyterian Church)를 빌려서 목회를 하고 있었는데 한국인들은 너무 시끄럽고, 어디나 쓰레기를 버리고 김치 냄새를 풍긴다고 미국 교회에서는 싫어하였다. 조금 교인이 모여들기 시작하자 새 땅을 찾아 교회를 옮겼다. 이민 목회자인 송 목사는 교인들의 종이었다.

처음 자체 교회를 갖고 1975년 10월 5일 29명의 교인이 텅 빈 예배당에 둘러앉아 창립 예배를 드릴 때는 뒤에서 문만 열려도 혹 새 교인이 들어오는 것이 아닌가 하고 교인들은 문 쪽으로 고개를 돌렸지만, 그는 바울이 말한 것처럼 자기를 전파하는 것이 아니라 오직 그리스도 예수의 주되신 것과 예수를 위하여 자기가 믿는 사람의 종 된 것을 전파하고 있었다. 고국에서 조그마한 인연만 있어도 이민자를 부탁한다는 연락이 오면 밤낮을 가리지 않고 공항에 나가 마중했으며 갈 곳이 없으면 자기 집에서 재우고 살 집을 찾아 주었다. 차가 길에서 서면 찾아갔고, 영어가 통하지 않아 연락하면 바로 출동했다. 아이들 학교 입학, 은행 계좌 개설, 차 구매 등 그는 한 교회의 목사가 아니라 이민사회의 목사였다. 부부가 문을 잠가 두고 교인 심방을 가면 어린애들은 문 밖에 앉아 기다리고 있어야 했다. 이를 본 교인들은 가끔 자기 집에 데려가서 놀게 했고 크리스마스 선물을 살 때는 목사님 애들 옷이나 장난감도 같이 사 주기도 했다. 성경의 야고보서에 보면 "행함이 없는 네 믿음을 내게 보이라 나는 행함으로 내 믿음을 네게 보이리라" (약 2:18)라는 말이 있다. 송 목사는 행함으로 믿음을 교인들에게 그렇게 보였으며 교인들은 그의 믿음의 열매를 보고 자랐다.

그는 너무 무리하게 교인들을 돌보고 사역을 위해 일하다가 건강을 잃고 드디어 댈러스의 베일러 병원에 입원하게 되었다. 1984년 11월

10일이었다. 그는 피로에서 오는 간암이었고 너무 늦게 병원에 오게 된 것이다. 그해 10월 초부터 소화가 잘 안 되어 유동식만 들었는데 10월 25일부터 28일까지 있었던 캔턴 오하이오의 부흥사경회는 모처럼의 부탁이었기 때문에 거절할 수가 없었다. 무리해서 갔던 집회 교회에서 10회의 설교와 성경공부를 진통제를 맞아가며 진행했다. 그는 귀가하자 28일 저녁, 사택에 장로들을 모아 놓고 10월 정기 당회를 2시간 반 동안 진행하였다. 그리고 다음 날 바로 오스틴에서 열린 3박 4일의 평신도를 위한 지도자 수련회에 참석하였다. 이렇게 무엇에 쫓기는 사람처럼 활동하느라 자기가 암에 걸린 것도 모르고 있었다. 11월 18일 일반 병동에 옮긴 뒤부터는 교인들이 교대로 밤을 새우며 목사님을 위해 기도하기로 했다. 내가 그를 지키기로 한 날은 22일이었다. 사모님과 황 전도사가 그를 지키고 있었는데 그날은 어느 때보다도 기분이 좋았고 약간의 주스와 미음을 들었다고 기뻐하였다. 아! 기도는 응답될 것인가? 그는 오래도록 앉아 나에게 이야기를 하였다. 그는 기뻐서 여러 가지 이야기를 많이 하였다. 그리고는 약간 걸어보겠느냐고 권하였더니 그는 고개를 끄덕이고 좀 걸었다. 그리고는 침대에 누웠다. 그러나 사모님이 잠깐 자리를 비운 사이에 그는 갑자기 강한 경련을 일으키더니 숨이 막힌 사람처럼 발을 쭉쭉 뻗으며 몸부림을 하였다. 나는 얼결에 발목을 잡으며 의사를 부르라고 소리쳤다. 그것이 그의 마지막이었다. 그는 바로 응급실로 옮긴 후 전혀 의식을 회복하지 못하고 24일 아침 8시 39분 하나님의 부르심을 받았다. 그는 마흔일곱 살의 젊은 나이로 하나님의 부르심을 받은 것이다. 그는 떠나면서 하얀 봉투 한 장을 남기고 갔는데 그것은 캔턴, 오하이오에서 받은 강사 사례비였다. 봉투도 뜯기지 않은 채였는데 이것이 종잣돈이 되어 그 뒤 일주년 추모예배 때에 교인들은 5만 불의 「수석 기념 장학금」을 만들어 프린스턴 신학교에 장학기금으로 전달하였다. 지금도 장학금을 받은 학생으로부터 감사 편지가 온다고 한다.

그는 그리 오랫동안 강대상에서 말씀을 전하지 못하고 떠났다. 그러나 그가 이민자들을 정착시킬 때 보여준 사랑의 삶이, 또 그의 삶에 감동되어 그의 자녀들을 돌보며 선물을 전해 주었던 교인들의 자발적인 헌신이, 프린스턴 신학교에서 그의 「수석 기념 장학금」을 받은 사람들의 감사 기도가 지금 1,000여 명이 넘는 댈러스 '빛내리교회'의 밑거름이 되었다고 나는 믿는다. '구원은 오직 믿음'을 주장한 마틴 루터는 야고보 서신을 '진짜 지푸라기 서신'이라고 깎아내렸다. 그러나 깊은 믿음의 경지에 있는 사람의 행함은 그것이 믿음의 열매요 바로 삶으로 본을 보이신 주님의 모습이다. 확신하거니와 지금은 씨만 뿌리는 설교의 단계를 지나서 '행함으로 믿음을 보이는' 삶의 본으로 전도할 때라고 생각한다.

내가 존경하는 원로 목사

최희관 목사

나는 1979년 오정교회에 부임하여 2004년까지 25년간 시무하다 원로 목사로 추대되어 떠난 최희관 목사를 존경한다. 흔히 원로 목사로 떠날 때는 아무리 목회를 잘했다 하더라도 권력과 이권 문제 등으로 좋지 않은 뒷소문을 남기고 떠나기 마련인데 이분은 그런 일이 없다. 마지막으로 목회의 열매로 오정교회가 필리핀에 어려운 난민을 위해 교회를 하나 현지에 세워주고 싶다고 해서 추진한 사업이 현지인들의 농간으로 대지를 사기당한 일이 있었지만, 목사님은 특별히 교회에서 은퇴자금을 받은 것도 없어 교회에 누를 끼치기 싫다고 사모님이 노후를 위해 아껴둔 자금을 털어 그 일을 해결하고 떠나기도 했다.

나는 교회 사택 옆에 집을 가지고 있어 이 교회에 출석해야 하는데 대전대학(현 한남대학교) 가까이 사는 가족은 오정교회를 출석했지만 나는 1978년 도미 유학을 떠날 때까지 시내의 제일교회로 나가고 있었다. 대전대학을 1963년 학생으로 있을 때부터 시내의 제일교회에 출석했기 때문에 교회를 옮기기가 쉽지 않았다. 1983년 귀국할 때 나는 김포공항에 최 목사님과 장로 두 분이 나와 있는 것을 보고 깜짝 놀랐다. 목사님이 나더러 가까운 교회에 출석해 달라고 부탁하기 위해서 마중을 나온 것이었다. '내가 무엇이 관대' 하는 생각으로 감격하여 나는 교적(教籍)을 바로 오정교회로 옮기고 그때부터 21년간 그분을 모셨다. 그분은 성령의 은사를 받아 축귀(逐鬼)의 권능, 신유(神癒)의 은사, 방언의 은사를 받아 '뜨겁고 뜨거운' 목회를 하는 분은 아니었다. 그렇다고 차분하고 감동적인 설교, 교회 성장을 위한 놀라운 비전과 방안으로 교인들을 끌고 가는 분은 더더욱 아니었다. 우리와 같은 성정으로 축구를 좋아하고 운동 경기 관람을 좋아하며, 교인들을 불러 대접하고 아프고 힘든 사람들을 찾아가 따뜻이 안아 주고 위로하는 그런 분이었다. 큰 교회를 꿈꾸는 것이 아니라 교회에 출석하는 교인들에게 그리스도의 사랑을 실천하고 사시는 분이었다. 원로 목사가 된 후로도 권사들이 세배하러 가면 그렇게 좋아할 수가 없었고 칼칼한 새 돈으로 세뱃돈을 준비하여 나누어주며 교인들의 안부를 물었다. 지금도 그분의 따뜻한 사랑을 못 잊어 외지로 떠난 교인도 자기네 가정에 경사가 있으면 자녀들을 데리고 인사 오는 교인들이 많다. 목회란 목사가 선봉에 서서 목표를 향해 교인들을 끌고 가는 것이 아니라 교인들과 함께 동역자(co-worker)가 되고 그들이 예수를 영접하게 하는 일이다. 처음 나는 그것이 비전이 없고, 미지근해 보였고, 교회 성장의 꿈이 없는 것 같았으며, 세속적으로 보여 불만이었다. 그러나 그분은 교회 개혁을 꾸준히 해온 분이었다.

1979년 부임 당시 교회에 분란을 가져온, 전임 목사 때문에 교인들이 상처를 받고 흩어져서 몇 사람 모이지 않은 때였다. 그런 교회를 말없는 봉사로 점차 일으켜 세운 분이다. 성격이 온유한 분이라고 말할 수 있을까? 아니다. 집에서는 제왕적인 폭군이었다. 뜻대로 되지 않으면 사모님께 호통을 치는 분이었다. 그러나 한양순이라는 이름을 가진 사모님은 너무 양순(良順)해서 조금도 역정을 내는 일이 없었으며 "사랑은 언제나 온유하고…"라는 찬양을 읊조리며 자리를 피할 뿐이었다. 오죽했으면 예장 총회장을 지낸 한완석 목사가 너무 순하기만 한 누이를 걱정해서 최 목사님께 시집보내면서 잘 부탁한다고 신신당부를 하셨을까? 이 사모님이 결혼할 때 가져온 지참금에 틈틈이 모은 개인재산을 털어 필리핀 오정교회에 내놓으신 것이 사모님이다. 그러나 최 목사님은 교회에서는 제왕이 아니었다. 젊은 시절의 모세 같은, 불같은 성질을 죽이고 온유한 목사로 지내며 당회원들이 가고자 하는 길에 충고만 할 뿐 강요해서 본인 뜻대로 끌고 가지를 않았다. 순리로 조금씩 교회를 개혁해 나간 것이다.

우리 교회는 매우 보수적이어서 강대상에 올라갈 때는 신을 벗고 올라갔으며, 부활절이나 크리스마스 행사 때 학생들이 연극공연을 한다고 하면 강대상은 거룩해서 쓰지 못하고 강대상 앞에 따로 가설무대를 만들어 그곳을 쓰게 하였다. 또 청년들이 예배 시간에 악기를 쓰거나 CCM 찬양을 하는 것을 혐오하였다. 그러나 CCC 찬양단을 초청하여 간증 예배를 통해 점차 열린 예배를 보게 되고 청년들은 악기를 구매하여 찬양단을 조직하고 각종 교회 활동과 선교 활동에 참여하게 되었다. 그리고 강대상을 무대로 허용하고 지역 청년들을 초청하여 음악회를 하고 교회 절기 행사의 성극이나 발표회 등도 하게 되었다.

1992년부터 나는 김진홍 목사가 인도하는 두레 성서연구 모임의 대전지역 회장을 하고 있었다. 당시 김진홍 목사는 월 1회 각 지역(서울, 부산, 대구, 광주, 대전, 전주, 경주, 안동)을 순회하며 성경연구모임을 주도했는데 각 교회 교인들은 김 목사의 말씀 듣기를 좋아했지만, 지역 교역자들은 김 목사는 좀 위험스러운 인물로 인정하여 교회 장소를 빌려주지 않았다. 그래서 나는 이곳저곳을 섭외하기에 힘이 들었는데 오정교회는 1997년부터 3년간 매월 김 목사의 일정에 맞는 화요일 밤 7:30부터 장소를 허락해서(2000년부터는 월요일) 시내 각 교회 교인이 혼란스럽지 않게 집회에 참석했다. 자연스럽게 우리 교회는 널리 홍보가 되었다. 어떤 교인은 김진홍 목사에게 집회를 허락한 최희관 목사가 어떤 분인지 한번 보고 싶다고도 했다.

1990년 중순부터는 각 교회의 저녁 예배에 출석 인원이 점차 줄어질 때였다. 우리 교회는 1995년부터 주일 저녁 예배를 없애고 오후 예배로 바꾸었는데 대전지역에서는 이것을 실천한 몇 안 되는 교회 중의 하나였다. 이때는 교통수단이 다양화되어 가까운 곳에 있는 교회를 선택하기보다는 교회의 프로그램을 따라 먼 교회도 상관하지 않은 때였다. 그러나 관성에 젖은 교인들은 저녁 예배를 없애면 그 시간에 무엇을 하느냐고 반대했다. 그러나 저녁 예배는 오후 예배로 대치되었다. 이것도 작은 개혁이었다. 대신 대 예배와 오후 예배 사이의 공백을 전교인 성경공부로 대체했다. 지금도 이 전교인 성경공부는 유익한 시간으로 이어지고 있다.

최 목사는 매우 학구적인 분이며 학자이기를 소원했던 분이었다. 대전신학교, 장로회 신학대학원, 연대신학대학원 그리고 목회 연구과를 거치고도 만족하지 못해 일본 동경신학대학원을 수료하셨다. 그렇다고 그분의 설교가 훌륭해진 것은 아니었다. 서론, 본론, 결론. 이렇게 틀에 맞는 설교를 하셨지만, 재미가 있는 것도 아니었다. 그러나 설교는 새미로 듣는 것이 아니다. 듣는 사람의 귀가 열려 말씀 속에서 꿀을 빨아 먹는 꿀벌의 은사를 받은 사람만이 설교의 꿀 같은 단맛을 아는 법이다.

그분은 학자 가정을 좋아하셔서 두 사위는 다 박사학위를 가진 사람을 맞았다. 그리고 며느리는 훌륭한 의사다. 자기가 원한다고 그렇게 되는 것은 아니다. 그분의 인품에 끌린 탓이기도 하겠지만 하나님께서 그렇게 그분의 노년에 복을 주신 것이다. 그래서 은퇴 후로도 훌륭한 자녀들과 자·외손들이 모여 늘 아름다운 천국의 삶을 미리 체험하며 살고 계신다.

왜 나는 이 원로 목사를 좋아하는가?

첫째, 그분은 "나를 따르라! 나를 도우라!"가 아니라 남의 의견을 묻고 "더불어 일하자!"라고 동역자의 자세를 취하기 때문이다.

둘째, "우리에게 5,000명 교인을 허락하소서!" 하는 맹세와 함께 주님의 지상명령 성취를 강요하거나 신입 교인 환영을 위한 물질 공세를 하지 않기 때문이다.

셋째, "행복한 교회, 행복한 가정!"을 앞세우고 구제와 세계 선교에 이름 없이 동참하는 섬김을 귀하게 생각하기 때문이다.

최근에 아내가 골절로 두 달 동안 종합병원에 입원한 일이 있다. 입원 중 설을 맞아야 했는데 설날 목사님 막내가 그 아내 의사와 함께 우리 문병을 왔다. 아버지께 세배를 드리러 갔더니 문 권사가 입원해 있는데 지금 당장 문병 가라고 해서 앉아있지도 못하고 왔다는 것이다. 거동이 불편해서 외출을 못 하시는 목사님이 대신 아들 내외를 보내신 것이다. 그분은 그렇게 교회를 떠나서도 자기 교인이었던 양을 아끼는 분이다. 양을 먹이는데 사랑보다 무슨 이론이 더 필요하겠는가?

나는 원로 목사가 되면 흔히 목회자들이 기도원을 세워 죽기까지 주님을 섬기겠다고 교회에서 은퇴자금을 받아 나오는 경우가 많은 것을 본다. 다윗은 성전을 세울 모든 준비를 마쳤지만, 하나님께서 "너는 아니다."라고 말씀하셨을 때 순종했다. 교회를 떠날 때 하나님을 죽도록 섬겨 영광을 돌리겠다는 명분을 버리고 그냥 후계자에게 맡기고 은퇴하는 목사님을 나는 더 존경한다.

그분은 나이가 나보다 한 살 아래다. 그래서 나의 영원한 당회장이시며 내 친구이기도 하다.

해울동산에서 만난 목사

이재화 목사

내가 시무한 오정교회의 제3대 목사인 이재화 목사님은 교회를 떠난 뒤에도 소천하실 때까지 늘 가까이서 모시며 아버지처럼 존경했던 분이다. 2003년 오정교회 50년사를 편찬할 때 교회에 당회록(堂會錄)이 남아 있지 않아 그분을 찾아가면 노트를 꺼내 하나하나 잘 일러주셨다. 1996년 사모님을 먼저 보내시고 홀로 계실 때 둘째 아들이 호주 영사로 있을 때 목사님을 모시고 호주 여행을 간 것은, 2002년이었다. 2008년 1월에 목사님이 소천하셔서 교회에서 추도예배를 드릴 때 나는 교회의 초청을 받아 조사를 올리기도 했다. 이렇듯 인연 깊으신 분이 소천한 지 6년째에 전북 무주군에 그분을 기념하는 기념교회가 <해울동산>이라는 이름으로 세워졌다고 해서 가보기로 했다. 기도원이 아니라 기념교회로, 그 재직하시던 교회의 교인들이 기도하거나 회의하거나 말씀을 묵상하는 영성 훈련의 장소였다. 기념교회와 숙소, 식당 이렇게 3동이 세워져 있었다. 목사님이 생존해 계셨다면 아마 이런 기념교회를 자기 이름으로 세우는 데 반대하셨으리라고 생각한다. 그러나 그분을 존경하는 후임 목사님과 그분의 삶을 기리는 교우들이 목사님이 소천하시면서 소유했던 유일한 집 한 채를 헌납한 것을 씨

돈으로 성금을 모아 2013년 이 교회를 세웠다고 한다. 그 집은 목사님이 오정교회 은퇴 당시 교회의 퇴직금이 너무 적어 내 아내가 친구 장로의 부인과 눈물을 흘리면서 살 집을 찾던 중 재건축 직전의 낡은 아파트를 구해 드린 것이었다.

이재화 목사는 1961년부터 16년간 오정교회에 시무하였다. 70년대는 대형집회와 부흥회가 성행하던 때였다. 당회는 이 목사가 교회 성장을 못 시킨다는 불만의 목소리가 있는 것을 아시고 이 목사는 성역 50년을 기해서 1977년에는 사임하겠다고 선언하였다. 그러자 당회는 사임 2년을 앞두고 부흥강사를 꿈꾸는 전도사를 부 교역자로 초빙하였다. 그는 가끔 부흥강사로 초빙되어 외부에 나가기도 했지만, 오정교회의 부흥을 위해서는 자체 부흥회를 해야 한다며 부임 이듬해에는 5박 6일의 자체 부흥회를 했다. 이 목사는 당회의 결정을 존중하고 부

홍회 기간 내내 맨 뒷자리에 앉아 '뜨겁게, 뜨겁게 성령의 불길을 일으켜야 한다.'라는 전도사의 설교를 고개 숙여 기도하며 듣고 계셨다. 나는 예수님이 성령으로 목사님 안에 주인으로 살고 있지 않다면 이는 있을 수 없는 일이라고 생각했다. 그는 성자였다.

1977년 은퇴 후 목사님은 교회가 개척했지만 20년간 성장하지 못하고 있던 도정교회를 맡으셨다. 1970년대 말에 정부출연 연구소가 유성구에 들어서면서 꽤 많은 박사가 교회를 찾아들게 되었다. 따라서 도정교회는 노회의 승인을 받아 명칭을 대덕교회로 바꾸고 좀 떨어진 연구소 주변의 주거지에서 1984년 준공 입당예배를 드리게 되었다. 그 후 새 목사에게 교회를 맡기고 정년 은퇴하였다. 그 해에 바로 대덕 제2교회를 개척하였다. 그분은 옛 도정교회의 토굴 같은 거처로 다시 돌아왔다. 나와 아내는 징검다리를 건너 그곳을 방문했는데 작은 교회 건물과 허술한 목사 사택은 단칸방에 습기를 피해 매트리스를 깔고 연탄을 피우며 살고 계셨다. 그러나 그 위치는 88 올림픽을 개최할 장소 안에 있어서 그 험한 곳에 살지 않으면 대토(代土)를 받을 수가 없었다. 그곳에서 남자 3명 여자 15명으로 1985년 대덕 제2 교회 개척예배를 드렸다. 그곳 삶을 6년을 견디어 토지공사로부터 대토 300평을 분양받고 1991년 어은동 노인정에서 새로 생긴 KAIST 학생 몇 명과 교회를 계속하였다. 내가 그곳을 방문했을 때는 토굴에서 가져온 매트리스를 햇볕에 말리고 있었는데 그 매트리스에 쥐가 오줌 싸며 구멍을 뚫고 살던 흔적이 남아 있었다. 그분은 토굴에서 쥐와 함께 사신 것이다.

나는 그분이 거기서 새로운 교회를 개척하시겠다는 말을 듣고 말렸다. 그리고 대전 시내의 교회가 교인의 증가로 외곽지대로 옮기려 하고 있다는 것을 알고 그 목사님을 소개하였다. 지금은 천막을 치고 교회를 개척할 시대가 아니며 큰 교회와 힘을 합해 그 대토로 받은 땅을 공유해서 좋은 시설과 환경으로 교인 유치를 하라고 권유하였다. 유력한 교인은 다 떠나고 학생들만 데리고 있을 때였다. 기도만 하고 계셨다. 그러면 누군가가 심방 와서 딱한 사정을 보고 큰돈을 무명으로 내놓고 가곤 했다. 이렇게 모은 돈으로 세운 교회가 지금의 대덕한빛교회다. 대덕 제2교회의 명칭을 바꾸어 1993년 새 성전 입당예배를 드렸는데 지금은 놀랄 만치 큰 교회로 성장했다. 현재 교세 3,500명 정도의 교회로 6부 예배(베데스다 노숙자 예배와 1, 2부로 보는 영어예배는 제외)를 드리고 있는데 그 저력은 목사님 기도의 힘이라고 생각된다. 나는 Iso 교회와 통합하라고 권해 드렸던 내 속물적이었던 생각을 지금도 부끄러워하며 그분을 통해 하나님께서 이루신 표적을 이 교회를 통해 보고 있다. 새로 영입한 당회장 목사도 전임 목사 못지않게 겸손한 분이다. 그분의 교회 운영 철학이 놀랍다.

교회의 각 부서는 자치적으로 움직이는데 예를 들면 성가대장, 교육기관의 부장 등은 구성원들이 선출하며 당회는 이를 추인하기만 한다. 교회 모든 봉사자는 보수를 받지 않은 자원봉사자들이다. 교회의 사찰이 없으며 교회 버스는 자원봉사자들이 운행하고 교회 청소는 교인들이 자원 봉사한다. 교회는 조직이 필요하지만, 이 교회는 조직이 있되, 화석화되지 않고 각각 생명을 가지고 살아 움직인다. 노숙자들에게 교통비를 주면서 사랑을 나눠주고자 시작한 베데스다 부 예배는 한때 250명까지 되었다고 한다. 전담 교역자와 봉사자들이 이를 맡아 운영하고 예배를 인도한다. 베데스다 밴드부도 있고 찬양대도 있다고 한다. 놀랍게도 이 노숙자 중에는 십일조 헌금을 하는 이도 있고 또 어떤 분은 노숙자 생활을 청산하고 교통비를 받지 않고 일반 예배에 참석하는 구원 받은 신도가 되어 노숙자 예배 인원이 줄고 있다고 한다. 이것이 표적(기적)이 아니고 무엇인가? 나는 해울 동산을 보면 새 비전을 가진 교회가 보이고 이런 교회를 보면 천상의 은혜 보좌가 보인다. 세상에 이런 교회도 있다. 교회를 다스리려 하지 않고 섬기려 하면 이렇게 되는 것이 아닐까?

이 사람을 보라

계의돈 선교사

내가 존경하는 계의돈(Robert L. Goette) 선교사는 1960년(31세)에 내한해서 이듬해부터 1987년까지 28년간을 대전대학(현 한남대학)에서 헌신적으로 봉사하다 떠나신 분이다. 1953년(24세) 젊은 나이로 플로리다 주립대학(UF)에서 화학으로 박사학위를 받은 뒤 바로 세계적으로 유명한 화학회사 뒤퐁의 연구원으로 5년 동안 재직하였다. 거기서 2남 1녀를 얻고 행복한 삶을 살고 있었는데 1958년 9월 자가용 경비행기로 하늘을 나르다가 사고로 추락하여 구사일생 생명을 구하였다. 그 직장을 그만두고 기독교 대학의 교육 선교사를 꿈꾸던 중 대전대학에 오게 되었다고 한다. 나는 그가 떠나기까지 그분이 선교사라는 생각을 하지 못했다. 그는 선교사라기보다 학생들을 사랑하고 가르치는 데 심혈을 기울이고 있었기 때문이다. 독실한 기독교 장로의 외아들이었던 그는 아버지와 같이 다니던 플로리다 게인스빌의 제일장로교회와 뒤퐁 회사에서 다니던 교회 등에 원조를 청하여 대학에 실험실을 잘 만들었을 뿐 아니라 학생들에게 철저한 실험·실습을 하게 하려고 가장 적은 시약으로 실험을 할 수 있도록 미니 시험관을 사들여 모든 학생이 실험할 기회를 주었다. 화학 저널(Journal)은 친구들에게 부탁하여 과월호(過月號)를 값싸게 들여오고 특히 화학에 필수인 Chemical Abstract는 1970년도 초판부터 현재까지 모두 갖추었다. 후에 연세대학에서 박사학위를 하고 있던 화학과 졸업생이 이 잡지의 인용문을 쓰려고 전국도서관에 수배했는데 그 책이 한남대에 있다고 해서 놀랐다는 일화가 있다. 이런 대학에서 철저한 실험을 통해 양성된 학생들을 탐하여 서울의 한 비타민 제약회사에서는 졸업 전에 한 학생을 특채하겠다고 했지만 계 박사는 이를 불법이라고 허락하지 않았다. 할 수 없이 그 회사는 반년을 그 자리를 공석으로 두었다가 학생을 데려간 일도 있었다. 계 박사는 기독교 가치관이 철저한 분이었다.

1970년(41세) 안식년 때 미국으로 가서 빌 브라이트 박사의 CCC 천막 수련회에 다녀왔는데 성령으로 거듭난 체험을 한 뒤 한국에 와서 변화된 모습을 보였다. 자기 방에 기독교 서적센터를 만들어 국내외의 신앙 서적을 구매하여 싼값으로 판매하여 읽게 하고 조교를 두어 학생 신앙 상담을 하게 했다. 직접 LTC(leader training course)의 초급, 중급, 고급훈련을 교직원과 학생에게 시행하여 1976년부터 1986년까지 십 년 사이에 초급 836명, 중급 329명, 고급 138명을 배출하였다.

한국 사람들에게 시간과 물질을 모두 주고 자기는 가난하게 살았다. 그는 자기 옷도 새 옷을 산 적이 없었으며 언제나 시장에서 산 헌 옷을 입고 다녀 소매가 짧았다. 머리도 부인이 깎았는데 뒷머리 부분이 이상하다고 말하면 "괜찮습니다. 뒤에는 눈이 없습니다."라고 웃어넘겼다. 대학에서 영어 회화를 가르치던 부인은 여가에 영어를 배우고자 하는 교직원들에게 영어로 성경을 가르쳤는데, 그 집에서 쿠키와 차를 준비하고 기다려도 한 사람도 오지 않을 때도 있었지만 그래도 기다렸다고 한다. 외국 유학하려 가려는 교수의 영어를 돕기 위해서 바쁜 그 교수의 연구실을 찾아가 가르치기도 했다. 부부가 이렇게 헌신적인 분들이었다. 그 당시 이 대학의 교직원은 LTC 훈련으로 그에게 신앙 전수하지 않은 사람이 없었으며 특히 화학과 학생은 해외 유학에 그의 도움을 받지 않은 사람이 없었다. 이 작은 대학의 화학과 졸업생이 박사 60여 명, 대학교수 30여 명을 배출한 배경에는 그분의 영향이 컸다. 이 지방대학 출신이 어떻게 서울대학이나 연세대 교수로 채용될 수가 있었겠는가? 어느 곳에 가거나 그들은 기독교인의 신앙을 실천한 사람들이었다. 그의 평소의 삶을 본받았기 때문이었다.

그가 떠난 지 27년 뒤 2014년 나는 그의 아들 괴테 목사(Robert D. Goette)가 루게릭병으로 생활과 자녀교육을 감당하기 어렵다는 소식을 SNS로 알게 되었다. 그의 아들 괴테 목사는 아버지 밑에서 6살 때

부터 고등학교까지 한국에서 자랐다. 후에 목사가 되어 미국에 거류하는 한인 2세를 위해 1984년부터 시카고의 그레이스 침례교회 영어 회중 목사로 13년을 섬겼다. 이후에는 여러 소수민족 2세들을 위해 교회 개척을 돕는 일을 하고 있다가 2010년 루게릭병으로 몸을 쓰지 못하게 되었다는 것이다. 그레이스교회의 한인 조 집사는 그를 위해 괴테재단(Goette Foundation)을 만들어 그의 어린 자녀를 돕자고 호소하는 글을 SNS에 올린 것을 접하게 되었다. 나는 대학 재학 중 계 박사님을 아는 사람들에게 돕자는 말을 어렵게 꺼냈는데 한 자매는 주저하지 않고 200만 원을, 그리고 또 고등학교 영어 선생이었던 한 자매는 자기 노후 적금을 깨고 520만 원을 보내왔다. 이에 용기를 얻어 대학 교직원에게 계의돈 교수의 아들을 돕자고 호소했더니 그 아들 목사의 세 자녀의 대학 장학금을 돕자는 '계사모(계 목사를 사랑하는 모임)' 단체를 직접 만들어 돕게 되었다. 처음에는 부정기적이었으나 마지막에는 매월 $200씩 2년을 계속하였다. 이 회계를 맡은 이수민(화학과) 교수의 말에 의하면 2014년 10월에 시작된 자녀 장학금은 2017년까지 1억 원이 넘었다고 한다.

나는 만나보지도 못한 계 박사의 아들을 위해 이렇게 많은 교직원이 사랑의 빚을 갚으려는 열정을 보이는 것을 보고 계 박사, 이분이야말로 진정 우리나라 사람을 사랑한는 선교사였다고 말하고 싶다.

김준곤 목사를 추모한다

김준곤 목사

이번 9월 29일(2016년)은 김준곤 목사가 돌아가신 7주기이다. 작년 제6주기 추모식 및 '민족 복음화의 꿈' 기념비 제막식은 10월 2일 오전 서울 종로구 부암동 C.C.C.본부에서 열렸다. 지금은 그의 꿈은 비석에 새겨져 문자로 화석화되었지만, 이 비석을 와서 보는 사람마다 그 문자가 다시 살아 나와 성령의 폭발을 일으켰던 엑스플로 74의 역사를 재현해서 270만의 개신교인이 1,000만이 되었던 그런 복음화의 불씨가 한 번 더 살아나기를 기원한다.

나는 대전에 있는 한남대학교에서 C.C.C.의 지도교수로 대전의 진공열 대표 간사와 함께 지도자 세미나나 참석하며 방관자 같은 삶을 살았다. 그러나 나는 엑스플로 74 행사를 보고 큰 감명을 받았다. 그 뒤 바로 미국에 학위 과정을 하러 갔는데 행운으로 내가 장로로 시무하는 댈러스 빛내리교회(당시 달라스장로교회)에 김 목사를 강사로 초빙하여(1983.5.26.~29.) 큰 은혜를 받은 바 있다. 생각해 보면 내 주변에는 김 목사와 가까웠던 많은 분이 있었다. 미주 홀리클럽(Holy Club) 회장으로 있는 L.A.의 김경수(치과 의사) 장로는 내 처조카이며 그의 부인 노경자 권사는 김 목사의 비서 출신이다. 또한, 댈러스 교회에 전도사로

와 있던(1986~1998) 김은자 전도사도 김 목사의 비서였다. 그녀가 '순출판사'에서 목사님 제자들의 글을 모아 『나와 김준곤 목사 그리고 C.C.C.』라는 책을 출판하려고 할 때 내가 그녀의 글 윤문을 해 준 일이 있다. 그런데 어찌 된 영문인지 그녀의 원고는 실리지 않아 매우 섭섭하였다. 또 내 사위 김성종 장로는 순천지구 나사렛으로 그의 부친 김용환 장로가 팔순을 맞았을 때 순천지구 나사렛 형제들이 김 목사를 초청한 일이 있었다.

김 장로는 순천의 C.C.C. 회관의 대지를 기증했을 뿐 아니라 그 뒤로도 나사렛 형제들의 활동을 오랫동안 적극적으로 도왔기 때문이다. 나는 큰일로 너무 바쁜 몸인 김 목사가 허약한 몸으로 서울에서 순천까지 한 마리 양을 사랑하는 마음으로 와 준 그 인정을 잊을 수 없다. 그분은 11개월 후에 소천(召天) 하셨다.

엑스플로 74 때 외국인 전도 요원 삼천여 명의 총 지도자였던 닐스 베커(Nils W. Becker) 목사가 쓴 『Fireseeds from Korea to the World(한국에서 세계로 퍼진 불씨)』라는 책을 나는 뒤늦게 사위를 통해 보게 되었다. 거기에 보면 김 목사가 6·25 때 부인과 딸을 데리고 고향인 신안군 지도면으로 피난해서 공산주의자로부터 아버지와 아내가 곤봉과 죽창으로 사살당하는 것을 목격하고 자기도 죽을 고비를 넘기고 살아난 이야기가 나온다. 살아난 뒤 김 목사는 원수를 갚으려는 증오심만 있었지만, 예수님이 십자가에 돌아가심으로 자기도 구원의 은혜를 입은 것을 깨닫고 공산주의자인 마을 지도자에게 복음을 전하러 갔다는 이야기가 나온다. 그의 간절한 진심 때문에 공산주의 지도자는 눈물로 회개하고 예수를 영접했다. 그런데 얼마 후 토벌군 300명과 함께 국군 장교가 상륙했다. 이번에는 피해 가족들이 원수를 갚겠다고 아우성쳤다. 김 목사는 공산당원들을 용서하라고 호소하였다. 그러자 가족을 잃고 분노한 주민들은 김 목사도 공산주의자라고 비난하며 그를 처형하라고 소리 질렀다. 그는 처음엔 공산주의자들 때문에 죽을 뻔했는데 이번에는 반공 자유 진영 군중 때문에 죽음에 직면한 것이었다. 당시 그는 전 생애를 통해 그의 머릿속은 "민족 복음화"가 전부였다.

김 목사는 후에 독재정권과의 유착 때문에 많은 비난을 받았다. 그러나 그가 어머니처럼 하나밖에 없는 우리 민족의 복음화를 위해 1958년 한국대학생선교회를 설립하고 대통령 조찬기도회(후에 국가조찬기도회; 1966년)를 통해 박정희 대통령과 친분을 갖지 않았다면 전군신사화운동(1969년)으로 군부대마다 군목을 두고 일선에 있는 군인들을 그리스도의 정신으로 무장하지 못했을 것이다. 특히 민중들의 대규모 집회를 가장 두려워하던 독재정권 하에서 외국인을 포함한 32만 명에 달하는 전도 요원 훈련과 100만 명이 넘는 밤 집회를 여의도 광장에서 해낼 수 없었을 것은 분명하다. 특히 엑스플로 74(1974. 8.13.~18.) 기간 중 8·15 경축식 때 육영수 여사의 피격 사건이 있던 비상사태 속에 이 집회를 은혜 속에 어떻게 마칠 수 있었겠는가? 이 엑스플로 74는 국내외가 놀란 기적이었으며 우리나라에서는 1907년 평양 대부흥 이래 최초의 가장 큰 성령 폭발이었다. 이때를 기해서 놀라운 교회 성장이 있었던 것은 통계 숫자가 말해 주고 있다.

김 목사는 부정적인 비판을 많이 받고 있다. 세상에서는 목적을 성취하기 위해서는 적과 동침할 수도 있다. 그러나 신앙의 세계에서는 하나님의 의를 드러내기 위해서라고 불의의 방법을 용인해야 한다고 할 수는 없다. 그러나 인간은 하나님 앞에 모두 죄인이며 의롭다고 자고(自高)할 수 없다. 죄인이 어떻게 죄인을 심판할 수 있겠는가? 모두 죽어 하나님의 심판대 앞에 서야 한다. 김 목사는 신촌의 세브란스 병원에서 29일 11시 11분에 소천했는데 무의식중에도 12시 12분에 눈을 감고 싶었을 것이라고 나는 생각한다. 그래서 죽어 주님 앞에 서면 미안해서 분부하신 것을 온전히 이루지 못하고 왔다고 머리를 숙이고 속죄할 것 같은 생각이 든다. 그럼 주께서 그를 찢고, 치는 일만 하지 않고 측은한 생각으로 "착하고 충성된 종아 내가 네 마음을 안다."라고 하시지 않을까? 하고 생각해 본다.

여기 아쉬운 마음으로 비서로 수고했던 김은자 전도사의 회고를 올린다.

C.C.C.간사가 되어서였습니다. 제가 모시고 바라보는 목사님은 항상 마음속에 주님이 가득 채워져 있는 것 같았습니다. 마치 그리스도가 연인인 것처럼 주님을 뜨겁게 사랑하셨는데 자나 깨나 앉으나 서나 주님 생각뿐이셨습니다. 그분을 뵈면 "민족의 가슴마다 피 묻은 그리스도를 심어 이 땅에 그리스도 성령의 계절이 임하게 하자"고 예수, 혁명, 성령의 제3폭발을 외치는 모습이 눈에 선하였습니다. 목사님은 차를 타고 가실 때나, 회의하실 때나, 또 누구를 만나 담화를 하실 때도 자주 수첩을 꺼내어 무엇인가 기록하시었는데 이것은 그분이 민족 복음화를 위해 늘 기도하시던 중 주님으로부터 귀한 음성을 들을 때마다 메모해 놓으시는 습관인 것을 뒤늦게 알게 되었습니다. 그분의 설교에 영력이 있는 것도 이때 들었던 주님의 음성이 우리에게 들려오기 때문이 아닌가 생각됩니다. 지금도 그분을 생각할 때 가장 많이 떠오르는 것은 그분이 묵상하시고 기도하시던 모습입니다. 무슨 일이 있으면 자리를 떠나 산으로 가시든가 조용한 곳을 찾으셨습니다. 우리 간사들을 훈련하실 때 언제나 강조하셨던 것은 "성령보다 앞서지 말고, 기도보다 앞서지 말라!"는 것이었습니다. 엑스플로 74, 민족 복음화 운동을 계획하시면서 너무나 많은 장벽과 사탄의 방해가 주님의 사역을 가로막는 것을 아시고 전국 간사들을 서울로 불러 교외로 인도하셨습니다. 그리고는 모든 간사에게 이 대회에 대해 염려되는 일, 안 되리라 생각하는 일, 사탄의 방해 등 생각나는 대로 말하라고 하시고 한 간

사에게 그것을 모두 받아쓰게 하셨습니다. 처음에는 아무도 입을 열지 못하였으나 누군가가 "3백 명 숙식도 어려운데 30만 명의 숙식은 절대로 안 됩니다."라고 말하기 시작하자 여기저기서 "여름인데 전염병이 돌면 누가 책임집니까?", "교통사고가 안 난다고 할 수 없습니다." 등등 제 기억으로는 그때 가장 문제가 되는 부정적인 제목은 75가지나 되었다고 기억됩니다. 이때 목사님은 이 문제들을 하나하나 읽으신 뒤 여러 간사에게 물으셨습니다.

"하나님께서는 이 문제들을 해결하실 수 있다고 생각하는가, 없다고 생각하는가?"

전능하신 하나님을 믿는다고 평소에 고백해 왔던 우리는 아무 대답도 못 하였습니다. 그러나 아무도 그 집회를 성공적으로 치를 것이라고 확신하고 있는 사람도 없는 것 같았습니다. 목사님은 우리를 한번 돌아보신 뒤 이 문제를 두고 기도하자고 말씀하셨습니다. 한 문제를 읽고 통성 기도하고 또 한 문제를 두고 기도하고…. 우리는 이렇게 중간에 힘들면 찬송을 불러 가며 끝까지 기도했습니다. 얼마나 오래 기도했는지 아마 밤을 새운 것으로 기억됩니다.

그리고 나서도 좀처럼 사탄의 방해가 줄지 않자 40일 금식기도를 선포하고 희망하는 간사들은 동참하기를 권하셨습니다. 찬송, 성경 읽기, 기도, 운동, 휴식 등을 섞어 가며 따라온 간사들을 격려하며 금식기도를 하시는 모습은 눈물겨울 정도였습니다. 이렇게 정성을 들여 준비하며 기도하시는 모습을 볼 때 하나님께서는 분명히 이 기도를 들어주실 것이라는 확신까지도 우리에게 주셨습니다.

정말 하나님은 미쁘시고 신실하셨습니다. 걱정한 문제가 생기지 않도록 해 달라고 기도했던 75가지 제목에 다 긍정적인 응답을 해 주셨습니다. 들어주시지 않았다고 생각되는 단 한 가지는 행사의 둘째 날, 8월 15일, 해방 기념 예배의 준비를 하고 있을 때 비가 오기 시작한 일입니다. 기자들은 비가 멎을 기세가 없이 점차 심해지자 저녁 집회를 취소해야 하지 않느냐고 확답을 하라고 성화였습니다. 그러나 목사님은 계속 기도만 하고 계셨습니다. 그리고는 집회는 중단되지 않을 것이라고 발표했습니다. 기자들은 분명 큰 사고가 날 것이라고 말하며 돌아갔습니다. 우리는 초조한 마음으로 8시 저녁 집회까지 비가 멎기를 기다리고 있었습니다. 그런데 비는 멎지 않았습니다. 오히려 우리의 눈을 의심하게 한 것은 우산을 받쳐 든 성도들이 한 사람 두 사람 늘어나기 시작한 일이었습니다. 그러더니 그 광장을 꽉 메웠습니다.

우중에 집회는 만 명의 성가대 합창으로 시작되었습니다. 집회에 열기가 더해 가자 한 사람 한 사람씩 우산을 접는 것이 보이더니 우산을 다 접어 바닥에 놓고 빗물이 고인 바닥에 성도들이 그냥 앉는 것이 보였습니다. 기자는 물론 우리 간사들도 너무 놀라 아연해졌습니다. 빗속에서 박수 치고 찬송하며 말씀을 경청하는 모습을 볼 때 우리는 마음 깊숙이에서 용솟음쳐 올라오는 물줄기처럼 기쁨과 감격이 머리끝에서 발끝까지 쓸어 내려가는 느낌을 체험했습니다. 드디어 집회는 끝났습니다. 그들은 퇴장할 때도 조금도 서두르지 않고 쓰레기도 남기지 않고 돌아갔습니다. 어떤 군대가 이렇게 질서 정연할 수가 있을까? 사령관도 보이지 않는데 누가 명령해서 이렇게 순종하며 따르는가?

이 광경을 본 사람은 누구나 하나님께서 살아 역사하신다고 말하지 않는 사람이 없었습니다. 성령의 폭발이 오히려 이 비로 말미암아 이루어지는 순간이었습니다. 하나님께서 왜 한 가지 제목의 기도만 안 들어주셨는지를 우리는 뒤늦게야 깨닫고 김 목사님의 영도력에 다시 한번 놀랐습니다. 이스라엘 백성이 애굽을 빠져나올 때 홍해를 가로막게 하신 것은 하나님의 위대한 능력을 깨닫게 함에 있었던 것과 마찬가지로 이 사건은 또한 기도의 능력을 믿지 못하는 우리에게 세 번 닭이 울 때 베드로를 회개시킨 것보다 더 가슴 아픈 감격과 눈물의 회개를 가져다주었습니다.

저는 이 사건 없이는 김준곤 목사님을 회상하기가 어렵습니다. 그리고 그때마다 모세가 "너희는 두려워 말고 가만히 서서 여호와께서 오늘날 너희를 위하여 행하시는 구원을 보라"고 홍해를 향해 지팡이를 드시던 이 시대의 위대한 지도자 김준곤 목사님을 이 사건과 함께 늘 보며 살게 됩니다.

칼럼

이 글은 1992년 4월22일부터 같은 해 9월 16일까지 매주 수요일에 청주기독교 방송에서 「상담칼럼」이라는 주제로 5분 말씀을 통해 방송된 내용의 일부다. 이것은 1993년 4월 7일까지 일 년 동안 계속되었다.

비워 둘 수 없는 공허

찰스 알렌 박사가 쓴 하나님의 정신의학(God's Psychiatry)이라는 책에 보면 다음과 같은 이야기가 나와 있습니다. 제2차 세계대전 후 연합군은 집 없는 아이들을 모아 큰 캠프 안에서 살게 했는데 그곳 애들은 배불리 먹고 잘 보살핌도 받았지만, 이상하게도 밤이면 잠을 잘 이루지를 못했다고 합니다. 마침내 한 심리학자가 해결책을 냈는데 그것은 애들이 침대에 들어갈 때 빵 한 조각씩을 쥐어 주는 것이었습니다. 이상하게도 그들은 잠을 잘 자게 되었습니다. 늘 굶주리던 그들은 평소에 잘 먹고 있으면서도 내일 또 굶지 않나 하는 불안감에 쫓기고 있었던 것입니다.

일본은 올해 들어 1974년 기름 파동 이래 처음으로 경기 불황을 맞고 있다고 합니다. 기업의 투자율은 작년 4/4분기와 올해 1/4분기에 거의 20년 만에 처음으로 감소되었으며 일본의 대기업인 소니 회사도 작년에 처음으로 경영적자를 냈다고 합니다. 마쓰시타의 경우 이윤이 작년 대비 30% 하락, 도시바가 60% 하락을 기록했습니다. 이런 경제 불황은 모든 직장인을 불안하게 하며 정신질환 증후를 나타내게 하는 것 같습니다. 특히 일본은 3, 4월이 인사철이 되어 더욱더 그런 증세가 가중되는 것 같습니다. 그들은 마음을 단단히 가다듬고 "1. 타인의 출세를 부러워하지 말자 2. 상사를 원망하지 말자 3. 발탁되더라도 자만하지 말자" 이렇게 각자에게 다짐하는 사람이 많은 모양이지만 막상 당하고 보면 마음의 방황은 어쩔 수가 없는 모양입니다.

우리나라도 예외는 아니어서 고학력자일수록 정신질환자가 많다는 글을 읽었습니다. 매년 4만여 명의 새 환자가 늘어나는데 현재 전국에 42만여 명의 정신질환자가 있다는 것입니다. 고학력자일수록 이런 증세에 시달리는 사람이 많으며 이들의 대부분이 조현병 환자란 이야기였습니다. 누군가가 명령하거나 비난하는 것 같은 소리를 듣는 것 같은 환청으로부터 있을 수 없는 일에 그릇된 확신을 하는 과대망상 또는 피해망상증 환자가 날로 늘어나고 있다는데 이것은 참으로 걱정스러운 일이 아닐 수 없습니다.

성경에 보면 "네가 어찌하여 낙망하며 내 속에서 불안하여 하는고?" 라고 말하고 있습니다. 급격히 변해 가는 사회에서 또 내가 예상하지 못하는 엄청난 미래 때문에 우리는 불안해하고 있습니다. 그러나 우주를 지으시고 또 그 질서를 주관하시는 하나님께서는 자기가 돌봐주는데도 피조물들이 불안해하는 이유를 알지 못합니다. 엄청나게 발달한 현대 의학도 고치지 못하는 이 정신질환에 시달리는 환자들이 하나님이 지금도 살아 계셔서 우리 마음에 평안을 주신다는 것을 믿는다면 얼마나 좋을까요? 비록 그렇지 않는다고 할지라도 천만의 신도가 정신질환자의 발생은 자기의 책임이라고 느끼게 된다면 얼마나 다행한 일일까요? (1992.04.22.)

소경

지난번 저는 기독교인들이 신앙 간증을 써 놓은 작은 책자『다락방』에서 다음과 같은 인상 깊은 글을 읽었습니다. 바바라라는 여인은 아침 내내 전화통을 붙들고 잡담을 해서 그 여인과 통화할 생각은 버려야 한다고까지 소문이 났습니다. 이것은 그 부인 집에서 며칠 밤을 자야 했던 또 한 부인의 이야기입니다. 그날 아침에 기도하기 위하여 성경을 보려고 하는데 바바라는 듣던 대로 잠깐 전화 좀 해야겠다고 전화통을 붙드는 것이었습니다. 정말 소문대로라고 생각하며 바바라가 잡담 내신 귀한 생각과 보람 있는 일로 시간을 보낸다면 얼마나 좋을까 하고 생각하고 있는데 들려오는 전화 내용은 전혀 예상외의 것이었습니다. 간단한 인사말 뒤에 그녀는 성경을 읽어 주고 있는 것이었습니다. 후에 들어보니 그녀는 정기적으로 몇몇 시각장애인에게 성경을 읽어 주는 일을 해 왔던 것이었습니다. 또 다락방의 다른 쪽에는 한 부인이 철필과 철판을 이용하여 시각장애인이 읽는 점자를 쓰는 훈련을 하여 매일 출근 전 한 시간 동안 성서 교훈의 원고를 써서 시각장애인들에게 보내온 이야기가 씌어 있었습니다.

저를 비롯한 우리나라 사람 몇이나 이렇게 앞을 볼 수 없게 태어난 불우한 생명을 위해 함께 슬퍼하며 그 고통을 같이 나누려는 사람이 있을까 하고 생각해 보았습니다. 아침 일찍이 시각장애인을 태우면 재수가 없다고 승차를 거부하고 그 집안은 저주받은 가정이라고 생각해 온 토속신앙이 그들을 더욱 슬프게 하고 있습니다. 안과학회와 실명예방협회의 조사에 의하면 우리나라는 시력을 잃은 형제자매들이 14만 명쯤 되며 이 중 수술로 시력을 회복할 수 있는 숫자만도 오천에서 이만 명은 되리라고 합니다. 이들이 수술비 30만 원이 없어 시력을 회복하지 못하고 있다면 얼마나 가슴 아픈 일입니까? 또 단돈 만 원이 없어 흰 지팡이를 사지 못하고 길을 헛디디고 넘어져 상처투성이가 된다면 얼마나 안타까운 일입니까?

4월 20일은 장애인의 날이었습니다. 어린이날, 어버이날, 스승의날, 심지어는 발렌타인의 날까지 기억하면서 장애인의 날은 기억하지 못합니다. 맹인은 하나님의 실수가 아닙니다. 하나님께서는 누구에게나 재능을 주셨습니다. 그들을 통해 놀라운 하나님의 계시가 드러날 수 있도록 불편한 그들을 도와야 합니다. 장애인의 날 행사도 중요하지만, 이 사회가 적자생존의 경쟁터로 바뀌는 이때 우리는 더더욱 그들의 어려움을 도와서 함께 살아가는 공평한 사회를 이룩해야 하겠습니다. (92.04.29)

사랑하는 자녀에게 사랑을

한 외국인 교수가 저에게 이런 이야기를 해주었습니다. 한국에 와서 얼마 되지 않아 한 가정집에 저녁 초대를 받았는데 거기서 그 여교수는 두 가지로 매우 놀랐다고 말했습니다. 첫째는 그 호화롭고 풍성한 음식 때문이었고 둘째는 남자주인이 자녀를 다루는 태도 때문이었다고 말했습니다. 어린 남매가 장난감을 가지고 놀고 있었는데 사내애가 떼를 쓰고 조르니까 어린 딸 수중에 있던 장난감을 사정없이 빼앗아 큰아들에게 주었다는 것이었습니다. 더구나 어리고 연약한 여자애 것을 어떻게 그처럼 무자비하게 빼앗아 줄 수 있는지 그 사건은 너무 충격적이었다고 했습니다. 사내애는 의기양양했는데 마치 그는 여자들의 것은 무엇이나 빼앗아 가져도 된다고 생각하고 있는 것 같았다고 했습니다. 요즘 성폭행, 거리의 폭력, 살인강도 등 서슴없이 자행되는 십 대 범죄들이 부모의 잘못된 교육과 전혀 무관하지 않을 것이라는 생각을 하게 됩니다.

이것은 어느 식당에서 있었던 일입니다. 가족끼리 식사하러 왔다가 나가는 길에 계산대에서 어린애가 껌을 한 주먹 움켜쥐었습니다. 그러자 주인이 그러면 안 된다고 나무라는데 그 애의 아버지는 되레 주인에게 대들었습니다. 껌값이 얼마냐 내가 치르겠다. 그까짓 것을 두고 그렇게 어린애에게 무안을 줄 수 있느냐는 것이었습니다. 정신분석학자 프로이트는 어린애가 처음으로 대하는 이성(異姓)은 부모인데 부모를 함부로 할 수 없다는 것 때문에 극기를 배운다고 말했습니다. 그런데 우리는 때로 너무 자유분방하게 어린애들을 키우고 있는 것 같습니다. 그래서 어린애들이 장난감 총을 쏘면 땅에 넘어지고 또 때리면 맞고…. 이런 식으로 애들을 사랑합니다. 갖고 싶은 것을 못 갖게 하면 어린애들은 사나워지기 마련입니다. 장난감을 아무것도 주지 않고 빼앗을 수는 없습니다. 마찬가지로 자기중심의 생각은 인간의 노력으로는 타자 중심으로 바뀌지는 않습니다. 무엇인가를 주어야 하는데 그것은 사랑이어야 한다고 생각합니다.

우리는 하나님의 사랑을 받는 자녀입니다. 우리가 받는 사랑에 감격하여 하나님을 따르듯 우리 자녀에게도 그런 사랑을 부어 주어야 하지 않겠습니까? 우리가 어린이들에게 충분한 참사랑을 평소에 부어 주고 있으면 우리가 하나님께 순종하듯 어떤 책망과 바르게 함도 기쁨으로 받아들일 수 있는 든든한 어린이, 또 미래를 기대할 수 있는 어린이로 기를 수 있으리라고 확신합니다. 어린이날을 맞을 때마다 부모가 할 수 있는 것은 무엇을 먹여 줄까? 무엇을 입혀 줄까가 아니고 "어떻게 깊이 사랑하고 있다는 것을 깨닫게 해줄 수 있을까"를 생각해 보는 일입니다. (1992.05.06)

어머니 직업

다음과 같은 두 어린이에 관한 이야기는 가정의 달을 맞고 있는 우리가 한 번쯤 생각해 볼 만한 문제라고 느껴집니다. 한 어린애의 이야기는 얼마 전 「다락방」에서 읽은 것입니다. 가끔 발작적으로 일어나는 할머니의 천식증을 간호하고 있는 어머니를 지켜보던 어린애가 고통스러운 할머니를 위해 다음과 같이 기도한 것입니다. "하나님 우리 할머니 숨 좀 끊어지게 해주세요."

또 다른 한 아이는 우리가 잘 아는 가정에 와 있던 애입니다. 부모가 함께 장사하고 있고 또 어린 동생이 있었기 때문에 조부모 집에서 크고 있는 어린애였습니다. 어떻게 개구쟁이고 말썽꾸러기였는지 할머니에게서는 귀염을 많이 받고 있었지만, 할아버지에게서는 적지 않은 꾸지람을 듣고 크는 아이였습니다. 하루는 아침 식사 때 기도를 시켰더니 다음과 같이 기도했습니다. "하나님 우리 할아버지 좀 빨리 천국에 데리고 가 주세요."

이 두 어린아이는 다 같이 자기들이 하는 기도가 죽음을 뜻하고 있다는 사실을 모르고 있는 천진스러운 기도였지만 거기에는 차이가 있다고 생각됩니다. 성경에는 "아비들아, 너희 자녀를 노엽게 하지 말라"고 기록하고 있는데 첫째 어린이는 부모의 노여움을 경험해 보지 못하고 어머니의 간호를 옆에서 지켜보면서 하는 기도이며 두 번째 자녀의 경우는 부모와 떨어질 때 노여움을 겪어 보고 자라고 있는 어린애의 기도라고 생각됩니다.

우리 옛 어머니들은 자녀를 다섯 또는 열 명씩이나 가졌었습니다. 따라서 낳고 기르는 것이 어머니의 전담업무였습니다. 아버지는 권위로, 호령으로 때로는 매로 자녀를 다스렸지만, 어머니에게는 권위도 호령도 매도 없었습니다. 오직 사랑과 몸이 녹아나는 희생의 본보기로 어린이들을 양육했습니다. 지금의 어머니들은 대부분 한두 어린이를 갖고 적당히 크면 어떨 때는 다 크기도 전에 식모(가정 돌봄이)에게 어린이를 맡기고 직장에 나가게 됩니다. 헌신적인 사랑보다는 옷 사 주고, 선심 써 놀이터에 데리고 나가고, 돈 주고…. 이런 방법으로 애들을 기쁘게 해주는 것은 아닐까요? 물질로 어린애를 기쁘게 해주는 것은 순간적입니다. 요즘은 고급 장난감, TV, 전자오락, 야유회 등 그렇지 않아도 부모로부터 자녀를 떼어 놓는 요인들이 많을 때가 되었습니다. 그 때문에 시간제 어머니로 머물러 있으면 그들은 길거리로 나가고 그들 나름의 쾌락을 추구하게 될 것입니다. 우리 부모가 자녀들을 충분히 사랑하지 못하고 사랑하는 본을 몸으로 보이지 못한다면 그들을 노엽게 한 대가를 멀지 않아 받게 될 것입니다. 어머니날을 맞아 카네이션을 받는 것에 한순간 감격하지 말고 내가 자녀를 노엽게 하고 있지 않은지 생각해 봐야 하겠습니다. (1992.05.13)

미국이 받는 심판

지난 4월 29일 미국 L.A.에서는 작은 전쟁이 일어났습니다. 중남부 지방 L.A. 도심지에서 100자가 넘는 불길이 솟구쳤습니다. 상층계급의 무관심과 오만에 대한 하층 계급의 누적된 불만은 로드니 킹 사건을 계기로 뇌관에 불이 붙은 것처럼 연쇄 폭발을 시작했습니다. 소련이 무너진 뒤 세계 평화의 수호자, 세계의 경찰을 자처하고 군림하던 미국이 수치를 드러낸 것입니다. 킹을 추적하여 짐승처럼 두들겨 팬 경찰 동료들의 변호를 들어 봅니다. "사회와 국가는 마약사범과 거리의 폭력 사범을 경찰만이 해결해야 한다고 생각한다. 그러나 L.A. 350만 시민 중 8,300명밖에 안 되는 경찰에게 이 모든 짐을 맡긴다는 것은 무리이다. 폭력의 거리에서 오직 경찰이 믿을 수 있는 동료는 같은 제복을 입은 경찰뿐이다. 음주운전을 했다고 적발한 경찰을 쏘아 죽인 것도 얼마 전의 일이다. 또 범인을 추적해서 잡는 일은 영화에서나 가능한 일이고 실재는 생명을 건 위험한 곡예이다. 붙들었을 때 끓어오른 아드레날린이 극도의 분노에 불을 지필 수도 있다." 이 모든 것을 다 인정한다고 할지라도 한 흑인을 4명의 경찰이 개 패듯 두들겨서 혀가 갈라지고 안면 마비가 오고 두개골이 아홉 군데나 금이 가고 턱뼈와 다리가 부러지고…. 이 지경까지 두들겼다는 것은 미개인의 행패보다도 더한 짓입니다. 더구나 그 장면에 27명의 경찰이 지켜보고 있었는데 말리지도 않았다는 것은 (Newsweek, April 1, 1991) 도저히 이해할 수 없는 일입니다.

하나님은 조롱을 받는 분이 아니므로 사람이 심는 대로 그 열매를 거둔다고 성경은 말하고 있습니다. 겉으로 아무리 세계 평화를 내세우고 있다 할지라도 인종을 따라 차별 대우하고 빈민을 깔보면 그 씨는 거두게 되어 있습니다. 순찰대를 지휘한 다릴 게이츠(Daryl F. Gates)는 LA 시장의 사임 권고에 반항하여 고소하겠다고 위협했으며 재판은 시미 계곡(Simi Valley)의 백인 지역에서 10명의 백인과 흑인 아닌 다른 두 사람으로 구성된 배심원에 의하여 치러졌습니다. 이 사죄할 줄 모르는 오만한 태도와 부당한 재판은 그 씨를 거두었습니다.

이런 재난의 피해를 우리 재미 교포가 감당해야 한다는 것은 견딜 수 없는 고통입니다. 그러나 이를 극복하는 과정에서 한인 사회의 위상과 생활철학에 도약적인 변화가 있으리라고 확신합니다. 믿기지 않은 이야기이지만 이집트의 피라미드 속에서 발견된 밀알 한 톨을 밖으로 가지고 나와 심었더니 5,000년 묵은 씨에서 싹이 텄다는 것입니다. 우리 한인 사회도 먼 앞날을 바라보고 지금부터라도 정직하고 겸손한 씨를 심어야 한다고 생각합니다. (1992.05.20)

영을 파는 백화점

우리가 필요로 하는 영적인 모든 것을 모아서 파는 백화점을 하나 개업하면 어떨까 하는 생각을 해보았습니다. 사랑, 기쁨, 평화, 친절, 지혜, 인내, 자비, 선행, 충성, 온유, 절제……. 이런 모든 영적인 것을 모아 파는 것입니다. 우리 인간이 영과 육을 공유하고 있다는 것을 부인할 사람은 하나도 없을 것입니다. 그런데 육체의 필요를 공급하는 것, 즉 육체가 자라는 데 필요한 음식을 파는 곳은 너무 많습니다. 삼계탕, 개구리, 개, 뱀, 할 것 없이 시내에 널려 있는 것이 음식점입니다. 또 육체를 건강하게 하는 에어로빅, 사우나, 요가, 골프, 낚시 등을 위한 시설과 그 용품을 취급하는 상점이 호경기를 누리고 있습니다. 또한, 육체를 기쁘게 하고 꾸미기 위한 온갖 향락업소와 의류 및 장신구상이 상술 경쟁을 하여 가정마다 쓰레기 우편이 쌓이고 있습니다. 그런데 영의 필요를 공급하는 백화점은 왜 없습니까? 저는 이 백화점이 시급하게 또 심각하게 필요하다고 진지하게 그 설립을 생각하게 되었습니다. 돈이 많아지면 상대적으로 자라지 못한 영이 허무감에 사로잡히게 됩니다. 영적인 성숙이 수반되지 못한 명예를 얻게 되면 영의 부패를 가져오게 됩니다. 이런 무리가 결국 어디를 찾아야 하겠습니까? 영을 파는 백화점입니다.

여기에 진열된 물건은 얼마에 팔아야 할까를 생각합니다. 돈을 받고 팔 수는 없다고 생각합니다. 그렇다면 콩팥을 하나 내놓아야 사랑을 팔겠는가? 또는 팔을 하나 받고야 평화를 팔겠는가? 그러나 이것은 백화점 설립이념에 위배되는 일입니다. 이곳 상품은 값없이 주어야 합니다. 개업 시간은 어떻게 할 것인가? 영적인 필요는 밤낮을 가리지 않고 시급합니다. 그러므로 24시간 열기로 합니다. 너무 손님이 몰리면 큰일입니다. 따라서 이 문은 언제나 열 수 있는 닫힌 문이라야 합니다. 상한 심령으로 필사적인 사람이 진지한 마음으로 두들겨야 열리는 문이 되어야 할 것입니다. 이 상품을 시중에 나가 장식품으로 달고 다닐 사람에게 마구 줄 수는 없습니다. 따라서 값없이 받아 값없이 나누어 줄 사람을 식별하여 팔아야 할 것입니다. 어머니가 사간 사랑은 아침 일찍 학교로 가는 자녀의 도시락 속에 넣어주며, 백화점 점원이 사간 친절은 물건을 팔 때마다 손님들 포장지에 싸 주는 거지요. 운전기사가 인내를 사가고, 노조원과 경영주가 화평이나 지혜를 사 간다면 이것은 멋진 백화점 장사지요. 그러나 이 백화점 문은 밖에서 보기로는 닫혀 있으므로 실은 나만 대통령이 되겠다는 사람이나 몇천억대의 부정대출 특혜를 받는 정상배가 꼭 와야 하는데 그런 사람은 교만에 이력이 붙은 사람들이 되어 치명적인 패배를 겪지 않은 이상 이 백화점의 고객이 되기는 어려울 것 같다는 생각을 해봅니다. (1992.05.27.)

대기오염

우리나라는 급증하는 차와 교통 체증 때문에 차량 십부제를 권장하기에 이르렀습니다. 그러나 멕시코시는 교통체증보다 더 악성인 공해 때문에 모든 차량은 일주일에 두 번씩 쉬도록 강제 명령이 내려졌습니다. 거대한 정유공장의 가동을 중지시키고 매연을 배출하는 모든 공장은 가동률을 평소의 반부터 삼 분의 이 수준으로 내리도록 명령하고 학생들이 밖에 나가 뛰어노는 것도 제한할 정도가 되었습니다. 그것은 오존 공해 측정계의 수치가 기록적인 398까지 올라갔기 때문이었습니다. 그 나라의 표준계기에 의하면 이 수치는 매일 100 이하라야 하며 일년 동안 100 이상인 시간은 1시간이 넘으면 안 된다는 것입니다. 어린애는 호흡 장애가 오고 어른은 멀미와 구토증이 오며 어지럽고 코피를 흘리는 사태까지 생겼습니다. 결국, 2천만 이상이 사는 멕시코시는 건강을 위해서는 되도록 숨을 쉬지 않아야 한다는 결론입니다. 멕시코에 기지를 두고 기자 생활을 하는 콜롬비아의 한 여기자는 이성 있는 부모가 어떻게 이곳에서 어린애를 기르며 살 수 있다고 생각하는가 하고 되물었습니다. 임시적인 조치가 취해지고 있지만, 미래에 공해가 없어진다는 보장이 있는지 의심스럽다고 말하였습니다. 공기 정화기를 집에 들여놓고 얘들이 되도록 밖으로 나가지 않도록 한다고 할지라도 밖에서 떠돌아다니는 CO, CO_2, SO_2, 납 성분, 오염된 하수구 냄새, 매연과 먼지들은 어떻게 할 것인가? 소아과 의사의 가장 좋은 권고가 있다면 그것은 이 도시를 영원히 방치하고 다 떠나는 것이라고 하였습니다.

이것은 강 건너 먼 나라의 이야기로 절대 들리지 않습니다. 산은 헐리고 들은 깎이고 강물은 공장폐수에 오염되도록 계속 방치되고 있다면 우리나라는 어떻게 될까요? 공장과 공단과 고층 아파트가 우리 마을의 모습이며 나무 없는 골프장과 넘치는 차량과 포장된 아스팔트 길만이 우리의 환경이라면 우리나라는 어떻게 될까요? 우리도 머지않아 멕시코와 같은 그런 꼴을 당하지 않을까요?

성경에 하나님이 사람을 창조하시고 축복하시며 땅을 정복하라고 말한 것은 결코 자연을 훼손시키라는 뜻은 아닙니다. 사람은 하나님의 형상대로 지음을 받았지만, 그것은 하나님이 사람처럼 생겼다는 그런 뜻이 아닌 줄 압니다. 사람은 하나님의 성품(사랑, 거룩, 공의, 지혜, 진리 등)을 불완전하게나마 공유하고 창조되었다는 뜻이며 하나님을 대신하여 이 땅을 다스리는 책임을 맡았다고 봐야 합니다. 그런데 우리는 너무나 방자하게 지구를 망치고 있습니다. 유엔 환경개발 회의(UNCED)가 지구 헌장 초안을 마련하여 병든 지구를 살리기 위해 6월 초에 리우데자네이루에서 환경 정상회담을 열 모양입니다. 그러나 각 나라는 기뻐하기는커녕 리우 선언이 각국 경제에 미칠 영향 때문에 걱정들입니다. 그러나 우리도 살고 지구도 살길을 찾아야 할 것 같습니다. 지구, 즉 자연이 사는 길만이 우리 인류가 살 수 있는 유일한 길입니다. (1992.06.03)

있는 자와 없는 자

예수님께서는 가난한 자가 복이 있다고 말씀하셨는데 이것은 쉽게 이해될 수 없는 말입니다. 가난한 사람은 가진 것이 없는 사람이라는 뜻인데 어떻게 없는 사람이 복이 있다고 말씀하시는지 저뿐 아니라 다른 사람들도 이 말씀을 이해할 수가 없었던 것 같습니다. 그래서 어떤 분은 가난한 자는 이 세상에서 너무 많이 고생하므로 관 속에 들어가면 그것이 바로 천국이요 있는 자는 너무 자유분방하게 살았기 때문에 관 속으로 들어가면 그것이 바로 지옥이라고 해석하며 빈정대기도 하였습니다. 또 어떤 이는 그러면 부자는 결코 복을 받을 수 없다는 말이냐고 반문하면서 이것은 심령이 가난한 자가 복이 있다고 했지 정말 가난한 자를 두고 말한 것이 아니라고 마태복음 5장의 말씀을 인용하기도 하였습니다. 그러나 예수님께서는 정말 가진 것이 없는 가난한 제자들에게 천국은 이런 사람들의 것이라고 가르치고 있었습니다. 부모와 배와 그물을 다 버리고 오직 예수님만을 의지하고 따라나선 그들에게 들려준 이야기입니다. 가진 것이 없어서 예수님을 찾게 되면 그것이 복입니다.

얼마 전 신문에는 L.A.의 흑인 폭동에 이어 태국의 무차별 사격 사건이 크게 보도되어 세상을 놀라게 한 일이 있습니다. 지금이 어느 때인데 총으로 언론과 자유를 탄압하려고 하였는지 알 수 없는 일입니다. 그러나 군 최고사령관 출신인 수친다 총리가 가진 것이 없었다면 자기 생명을 단축하는 이런 오만방자한 짓은 하지 않았으리라고 생각됩니다. 군을 장악하고 총리라는 권력을 갖자 이것을 의지하여 무엇이든지 할 수 있다고 생각하기에 이르렀다고 봅니다. 사람들은 손에 가진 것이 있으면 그것을 휘두르려고 합니다. 마이크를 쥐여 주면 그것이 얼마나 큰 소리를 낸다는 것을 모르는 사람처럼 소리 질러서 온 광장을 자기 집 안방으로 만들어 버리며, 강단을 넘겨주면 천박한 자기주장으로 기염을 토해 참고 들어 줄 수 없게 만들어 버립니다. 있는 사람치고 즉, 가난하지 않은 사람치고 복 받고 천국을 소유할 만한 사람을 보지 못하였습니다. 요즘 학원가에선 민자당은 동네북입니다. 또 YS는 심심찮은 만화감입니다. 의회정치를 하는 나라에서 당의 존재와 대통령 후보가 왜 그렇게 비난의 대상이 될까요? 문제는 그 당과 인물이 금력, 권력, 기득권 등을 가지고 휘두르는 것이 너무 많아 미리 각본을 짜놓고 국민을 우롱하는 것처럼 보이기 때문입니다. 가진 것이 없이 가난하여 국민의 영혼에 와 닿는 그런 것을 주었으면 합니다.

성경에서 말하는 복이란 물질이나 명예나 권력으로 바꾸거나 얻을 수 없는 하나님이 주는 것을 말합니다. 우리가 세상에서 의지할 수 있는 모든 걸 다 버리고 옳고 바른 것을 믿고 가난한 사람으로 하나님과 함께 사는 지도자를 갖고 그 지도자와 함께 복을 누리는 국민이 되었으면 합니다. (1992.06.10)

아끼는 것과 버리는 것

1900년 초에 가난 때문에 하와이의 설탕 농장에 이민 간 한국인 이세를 만난 일이 있습니다. 그는 한국말은 할 줄 몰랐는데 오직 한 가지 그녀가 기억하고 있는 단어는 '아까와'라는 말이었습니다. 부모들이 자기네가 어렸을 때 늘 쓰던 말이 '아까와'라는 말이었다고 합니다. 먹다 남은 것이 있으면 '아까와', 물건을 버리면 '아까와'라는 말을 두고 썼는데 연로해서 그의 모친은 혼자 살면서도 어쩌다 자녀들이 방문해 보면 신문은 신문대로 병은 병대로 광고 책자는 책자대로 버리지 못해 쌓아놓았기 때문에 그 방에 들어서려면 무용 선수처럼 발을 곤두세우지 않으면 들어갈 수가 없었다고 합니다. 지금 우리네 가정은 집으로 날아오는 광고문, 안내 책자, 신문, 상품 포장지들을 열심히 버리지 않으면 그 쓰레기 더미에 묻혀버릴 수밖에 없습니다. 왜 이렇게 물자가 흔해졌으며 왜 이렇게 한 시간도 못 되어 버릴 포장들이 그렇게 거창해야 하는가? 어떨 때는 알맹이보다도 포장지가 더 거창하고 훌륭할 때가 많습니다.

이 쓰레기더미는 또 어디다 버려야 합니까? 공중이나 바다나 지상의 어느 한 곳에 버려야 하는데, 대기권 밖으로 쏘아 올리는 것은 너무 비싸고 바닷속은 너무 위험하여 이미 포기한 상태입니다. 땅 위도

NIMBY(Not In My Back Yard) 신드롬이라고 아무도 자기 집 뒤뜰에 버리는 것을 허락하지 않습니다. 거룻배는 쓰레기를 싣고 섬 주변만 돌며, 청소 트럭은 쓰레기를 싣고 도로만 달릴 수밖에 없게 되었습니다. 185개국이 모이는 유엔 환경개발 회의(UN/COD)는 오히려 사치스러운 일입니다. 프레온 가스와 화석 연료의 제한 등은 우리 피부에 와 닿지 않은 이야기입니다. 선진 7개국의 개도국(開途國)에 대한 경제원조 및 폐기물 처리를 위한 기술 이양 등을 놓고 열을 올리는 것도 중요하지만 우리나라에 당장 필요한 것은 쓰레기 우편물과 불필요한 포장을 줄이며 쓰레기의 분리수거를 습관화하는 국민운동입니다. 또한, 쓰레기 처리기술을 개발하여 쓰레기의 양을 줄이도록 이를 제도화하는 일입니다. 그러지 않으면 우리는 지구 온난화로 도서가 묻히고 오존층의 파괴로 모두 피부병 환자가 되기 전에 쓰레기더미에 묻혀 헤어나지 못할 것입니다.

국민의 의식이 바뀌어 아파트마다 쓰레기 분리수거 운동이 일어나고, 백화점에 갈 때마다 포장한 물건 안 사기 운동을 하고, 시장에 나갈 때마다 시장바구니 들고 다니기 운동을 해야 한다고 생각합니다. 우리가 폐기물을 땅에 버리기로 한다면, 재생하거나 태우거나 묻거나 이 중의 하나인데 우리는 이 중의 어느 하나에도 성실한 노력을 하지 않고 있습니다. 이웃 나라 일본은 89년에 벌써 폐기물의 40%를 재생해서 사용했으며 쓰레기 소각로도 1,899개나 되었다고 합니다. 이것은 부러운 일입니다. 신문을 보면 YS, DJ 등의 이름만 식상하게 매일 일면을 뒤덮는데 물자를 아끼고 버리는 일을 어떻게 해야 하겠다는 국가의 의지 표명과 행동강령이 있었으면 좋겠습니다. (1992.06.17)

나는 언제 쉬는가

Northrop Frye가 쓴 『The Educated Imagination』이라는 책에 보면 서두에 이런 말이 쓰여 있습니다. "만일 여러분이 남양의 어느 무인도 근처에서 파선을 당하여 무인고도에 도착했다고 하자. 처음에는 나와 아무 상관이 없는, 또 대화가 통하지 않는 객체인 자연을 보게 될 것이다. 그러나 얼마 있지 않아 그 세계를 알고 싶어하고 분석하고 싶은 지성의 충동을 받게 될 것이다. 또 얼마 있지 않아서 그것을 무서워하기도 하고 싫어하기도 하는 내면적 감정의 움직임을 느끼게 될 것이다. 나를 자연의 일부로 생각할 수도 있고 나를 자연과 대립한 위치에 놓을 수도 있지만 어떻든 전자를 기술하는 것은 과학적 용어가 되고 후자를 기술하는 것은 문학적 용어가 된다."라고 말하고 있습니다. 제가 여기서 말하고 싶은 것은 로빈슨 크루소처럼 자기와 친밀한 모든 것을 떠나 완전히 외딴 섬에서 하나님과 독대한 상태를 이야기하고 싶어서입니다. 내가 아무리 기억하려고 노력해도 떠오르지 않던 이름이 그 노력을 완전히 포기하고 있을 때 어느 순간 갑자기 떠오르는 것 같은, 또 안 풀리는 문제에 매달려 씨름하다가 자고 일어난 어느 날 새벽 갑자기 해답이 떠오르는 것 같은 신비스러운 체험을 우리는 가끔 하게 됩니다.

사실 우리는 너무 바빠서 늘 두뇌에 입력만 하고 있고 중앙처리장치(CPU)에서 하나님께서 자료 처리를 하는 시간을 주지 않고 있습니다. 저는 로빈슨 크루소처럼 완전히 외딴 섬에 있는 상태, 또는 일상생활로부터 완전히 단절되어 하나님께서 내 두뇌를 쓰시는 시간을 드릴 때 이때를 나는 쉬는 시간이라고 부릅니다. "엿새 동안 일하고 제칠 일에는 쉬라." 그러나 우리는 교통지옥으로 출근에 많은 시간을 낭비하면서도 새벽엔 건강을 위해 등산합니다. 점심을 먹고 잠깐 낮잠을 잘 수도 있지만, 바둑을 둡니다. 저녁에는 잡다한 모임이 많은데 그 모임이 하루라도 없으면 허전하여 기어 술자리를 만들든지 아니면 포커판을 벌입니다. 어쩌다 집에 빨리 돌아가면 TV를 봅니다. 주말에는 아예 등산이나 골프 등 스케줄을 짜 놓았고 공휴일에는 장거리 여행을 계획합니다. 정말 집에서 뒹굴뒹굴 놀면서 나와 상관없는 책이라도 읽으면 큰일이 날까요? 교정에서는 아침 일찍부터 스피커가 외쳐댑니다. 시간 중에도 학생들은 구호를 외치고 꽹과리와 북을 쳐댑니다. 한때는 새벽 6시부터 새마을 노래로 온 동민을 깨워 놓는 일이 있었는데 이런 나라는 대한민국밖에 없다고 했었습니다. 운동 경기와 관광과 식도락과 과소비에 모두가 들떠 있는 것 같이 느껴지는데 좀 쉴 수 없을까요? 성경에서는 쉬라고 했으며 나그네가 숨을 돌리게 하라고 했습니다. 출판된 책이 쌓여 팔리지 않아 책방이 문을 닫는다는 것은 슬픈 일입니다. 엿새 동안 일하고 칠 일째는 쉬면서 하나님이 우리 안에서 일하시게 했으면 좋겠습니다. (1992.6.24)

치마의 길이

산천초목이 푸르름과 짙은 그늘을 던지는 7월이 다가왔습니다. 7월은 싱싱하고 무럭무럭 자라는 젊은이를 상징하기도 합니다. 길거리에 나가 보면 올해 여름은 다른 해보다도 유난히 초미니스커트가 늘고 노슬리브에 훌렁한 옷차림으로 여성적인 선을 노출·과시하는 경향이 많아 한여름의 새로운 풍경들을 대하게 됩니다. 그런 탓인지 지난달에는 충남 대학에서 미니스커트 차림의 여학생에게 도서관 사용금지령을 내려 문제가 된 적도 있었습니다. 간편하고 시원하며 또 자기의 모습을 부끄럼 없이 내보이겠다는데, 그것이 개성 있고 대담한 자기표현이 아니고 무엇이냐는 주장도 있을 만합니다. 사실 도서관 출입을 금지한 그것은 너무 심한 처사가 아닌가 하는 생각도 듭니다. 그러나 남을 의식하지 않은 옷매무새와 노출 과다증은 어디까지 갈 것인지, 우리나라에도 프랑스 니스의 해변처럼 아예 벗고 누운 사람들이 즐비하게 생기고 요즘 유럽을 본떠 미국에도 여기저기 생겨나고 있다는 누드촌도 나타나게 될지, 앞날이 잘 예상되지 않습니다.

유럽처럼 아예 남성들이 노출증에 면역이 되어서 벌거벗은 여인을 보아도 어항 속을 헤엄쳐 다니는 금붕어 보듯 하면 좋겠지만 동양의 문화는 그렇지 못해서 교회 가듯이 멋을 내고 단정한 옷차림으로 나타나지 않으면 안방에서 만난 사람처럼 상대하려 드는 것 같습니다. 가뜩이나 인삼, 웅담, 뱀탕 등을 병적으로 좋아하는 남성들이 많은 나라에서의 과다노출은 성폭행의 촉진제도 될 가능성이 있다고 보입니다. 과음하고 택시에 탄 여인을 운전기사가 성폭행하고 살인했다는 기사는 종종 신문에 보도되고 있습니다. 백미러에 비친 모습에 야수 같은 충동을 일으켰던 모양입니다. 그러나 못된 몇몇 남성들 때문에 이 더위에 몸을 둘둘 감고 답답하게 살 수는 없는 일입니다. 대담하게 노출을 하고 동양의 전통적인 보수성에 도전해야겠지요. 그래서 모든 남성이 이에 면역이 되어 과다 노출한 여인들을 금붕어처럼 완상하거나 술 취한 여인을 불쌍하게 생각하게 되기까지 기다려야 할 것입니다. 문제는 그 시간이 지나기까지는 당사자가 아닐지라도 누군가가 이 엄청난 변화를 가져오는 대가를 치러야 한다는 일입니다. 수영복 차림으로 가끔 교정(校庭)을 산책하는 하와이 대학에서도 한 학생이 익명으로 대학신문에 다음과 같은 글을 기고했습니다. "여학생들이여, 제발 기말시험 기간만이라도 짧은 치마를 삼가줄 수는 없겠는가?" 아마 그 글을 쓴 학생은 분명 유학 온 동양 학생이었으리라고 생각합니다. 그렇게 애절한 글을 쓰다니. 다른 문화에 동화하기란 쉬운 일이 아닌 것 같습니다. (1992.07.01.)

건축위원장

이런 익살스러운 이야기가 있습니다. 어느 마을에서 한 손으로 으깨어 귤즙을 내는 시합이 있었습니다. 이곳에 역도 선수, 레슬링 선수 체조 선수 등 악력(握力)이 좋기로 내로라한 선수들이 다 모였는데 거기서 막상 특등을 한 사람을 고르고 보니 삐쩍 마른 한 노신사였습니다. 주최자가 너무 놀라서 그 사람이 무슨 운동을 하느냐고 물었더니 그가 대답하기를 자기는 교회의 돈을 걷는 재정 장로라고 했다는 것입니다. 세상 사람들이 보기를 교회는 몰강스럽게 교인들의 호주머니를 훑어 쓸어 간다는 이야기겠지요. 저는 이번에 모든 면에 맞지 않게 교회의 건축위원장이라는 직분을 맡았습니다. 처음에 저는 마련된 돈이 없으면 교육관을 짓지 말 일이지 남의 호주머니 것을 빼앗아 자기가 원하는 집을 짓는다는 것은 성경에서 말한 것처럼 남의 양 잡아다가 자기 친구 대접하는 것과 무엇이 다르겠냐는 생각을 얼핏 하였습니다. 그런데 우리나라에서 돈 모아 놓고 집 짓는 바보 보았느냐는 것이었습니다. 광주의 모 교회는 20억짜리 교육관을 건축하기로 작정하였답니다. 그래 한 교인은 이러다 교인 흩어지는 것 아니냐고 아슬아슬한 생각을 하고 있었는데 작정 헌금을 하는 첫날에 어떤 분이 10억을 선뜻 내놓았고 다른 분들이 덩달아 내곤 하더니 금방 목표액이 넘어 버렸다는 것이었습니다. 또 어떤 개척교회는 3억을 들여 교회를 짓기로 했는데 목사님이 자기 앞으로 있었던 재산을 팔아 1억을 내고 한 집사님이 1억을 냈더니 나머지는 점차 채워져 갔다는 것입니다. 교회 일은 걱정하지 말고 기도만 하면 된다고 말했습니다. 저는 이럴 때 신앙이 부족한 자신이 원망스러웠습니다. 이때 저에게는 갑자기 이런 생각이 떠올랐습니다. 나는 1억도 5,000만 원도 낼 수 없지만 내가 할 수 있는 최선을 다하고 기도하면 하나님께서는 오병이어(五餠二魚)의 기적을 일으켜 50배 100배 되는 값어치의 집을 지어주시는 것이 아닐까? 나머지는 생각하지 말자. 나는 남의 호주머니를 들여다보고 있는 것은 아니다. 모든 교인이 이런 생각을 하고 헌금을 한다면 우리 교회도 목표액 달성하기는 문제가 안 될 것 같았습니다. 드디어 그날이 왔습니다. 저는 떨리는 마음으로 기도를 하고 헌금 집례를 하였습니다. 결과는 목표액의 삼 분의 일이었습니다. 저는 명단들을 훑어봤습니다. 이분들이 나를 비롯해 지금까지 낸 금액의 두 배를 또 내줄 수 있을까? 그러나 거의 절망적이었습니다. 모두 최선을 다한 것 같았습니다. 그런데 망측스러운 것은 교인을 볼 때마다 낸 돈이 얼굴에 보이고 교인이 돈으로 보이는 것입니다. 또 더 짜면 즙이 나올까 하고 한 번 더 생각하게 하는 버릇이 생긴 일입니다. 건축위원장은 별일이 있어도 하는 것이 아니라는 생각이 듭니다. (1992.07.08.)

프로 사기꾼

최근 660억에 달하는 대형사기 사건이 우리를 놀라게 했습니다. 2만 명이 넘는 사립대학의 일 년 예산이 넘는 돈을 몇몇 사람이 사취했다는 것은 아무도 믿을 수 없는 일입니다. 그러므로 이는 권력형 비리다, 드러나지 않은 돈의 행방을 찾아 배후의 인물을 찾아내야 한다고들 말하고 있는 것 같습니다. 문제는 그런 큰돈을 사취하고 나서도 떳떳하게 그 돈으로 호화주택도 사고 땅도 사고 마치 정정당당하게 돈을 번 사람처럼 기업 운영도 해 왔다는 사실입니다. 이는 아마추어 사기꾼이 아니고 프로였기 때문에 그렇게 할 수 있었으며 무슨 막강한 배후가 있어서가 아니라고 누군가가 대답했다지만 프로가 되든 아마가 되든 그렇게 하고도 살 수 있는 사회 제도와 구조는 도대체 어떻게 된 나라이기 때문에 가능한 것인가? 또 일 년 내내 피땀을 흘리고 벌어도 영농비를 감당할 수 없는 농민이 수두룩합니다. 또 돈 몇천 원을 벌기 위해 아침 일찍부터 부둣가로 반짝 시장으로 부지런하게 뛰어다니는 행상들이 많습니다. 그런데 이 성실하고 정직하고 근면한 백성들과 상식 외의 사기꾼이 같이 살도록 방치된 나라는 어떤 종류에 속하는 나라인가? 나는 이 나라를 이끄는 지도자라는 분들에게 묻고 싶었습니다. 빛과 어둠은 공존할 수 없으며 공의로운 사회에서는 죄악이 공의 속에 꼬리를 감추고 살아 있을 수가 없습니다. 그런데 모든 사람의 의식 속에는 대형비리는 언제나 은폐로 끝나도록 시나리오가 되어 있다는 것입니다. 수사 비리가 그렇고, 민자당 교육원 매각사건 의혹이 그렇고……. 등등 아마 하나님이 오래 참는 분이 아니시고 노아의 홍수 후에 다시는 이런 홍수로 인류를 심판하지 않으시겠다고 약속하지 않으셨다면 다시 한번 심판의 빗자루를 들고 옳고 그른 것을 판단할 줄도 모르면서 권좌만 즐기고, 협상하고 타협하며 돈의 노예가 되어, 세상을 창조 이전의 혼돈으로 후퇴시키는 자들은 쓸어 버리시지 않았을까 하는 생각이 들기도 합니다.

TV에서 사극을 보면 느낄 수 있는 것처럼 예로부터 우리나라는 극도로 부패하지 않은 적이 한 번도 없었습니다. 그리고 지금도 계속 과거보다 더욱더 부패해가고 있다고 말합니다. 그러나 지금은 이 부패에 종지부를 찍고 지도자나 백성이 다 같이 "내 아들아 그들과 함께 길에 다니지 말라." 하는 솔로몬의 지혜 말씀을 들어야 할 때인 것 같습니다. (1992.07.22)

굴뚝과 시궁창

미국은 정말 소송을 좋아하는 나라인 것 같습니다. 지난 1983년에는 40년간 담배를 피웠던 할머니가 자기의 폐암은 담배 때문이었다고 연초회사를 상대로 고소해서 소송 중 1년 후 세상을 떴는데 그가 죽은 뒤 40만 불을 자녀에게 배상하라는 판결이 났습니다. 그러자 이번에는 연초회사에서 고등법원에 상소하여 모든 판결을 뒤집어 놓았을 뿐 아니라 이제는 1966년 이래 담뱃갑에 "흡연은 당신의 건강에 해로울지도 모릅니다."라는 말을 쓴 이상 담배 회사를 상대로 고소할 수 없다는 판결을 받았다고 합니다. 그러나 연초회사를 상대로 한 소송은 끊임없이 계속되었는데 얼마 전 대법원판결은 연초회사가 고객을 상대로 사기행위를 한 것이 분명하면 고소하고 배상을 받을 수 있다는 판례를 남겼습니다. 연초회사 측에서는 그런 증거를 대기란 운동화를 신고 에베레스트산을 오르는 것만큼 어려운 일이라고 좋아하고 있지만, 흡연 피해 쪽 변호사들은 흡연은 폐기종에 걸리는 확률이 10배이며 폐암에 걸릴 수 있는 확률이 7배나 되는 것으로 알려져 있는데 이것을 숨기고 살인적인 중독에 걸리게 하는 것은 사기이며 담뱃갑의 글을 읽지 않은 사람이 간접흡연으로 병에 걸리면 분명 소송감이 된다고 기염을 토하고 있습니다.

저는 경제기획원 조사통계국에서 펴낸 자료에서 남자의 흡연 인구 비율이 1989년 말로 75.4% 여성의 비율이 7.6%로 나와 있는 것을 보고 깜짝 놀랐습니다. 네 사람 중에서 세 사람의 남자는 담배를 피운다는 말인데 이것은 도저히 믿어지지 않았습니다. 통계에 의하면 1,600만에 육박하는 인구가 매년 만 원짜리 지폐 2조5천300장을 태우며 국민경제에 구멍을 내고 공기를 오염시킬 뿐 아니라 다른 사람의 폐에다 다 타지 않은 담배 연기를 집어넣어 폐결핵 환자가 되기 쉽게 하고 산소 부족으로 혈관을 수축시켜 고혈압이 되게 하며 뇌에도 산소 공급 부족으로 뇌 기능을 약화하고 있다는 것은 어처구니없는 일입니다. 중학생 5명이 부탄가스를 마시고 한 학생이 담배를 피우려고 불을 켰다가 폭발사고가 나 입원한 사건은 너무나 충격적인 일입니다. 보도된 바에 의하면 전 세계는 흡연 인구가 감소 일로에 있는데 일본과 한국만 증가하고 있으며 더구나 50세 이상 고령 인구의 흡연 인구 비율은 우리나라가 세계 일위라고 합니다. 금연을 위한 어떤 적극적인 운동이 일어나야 하겠습니다.

TV 탤런트들이 드라마 속에서 담배 덜 피우기 운동을 해서 청소년들을 자극하지 않았으면 좋겠습니다. 젊은 여성들은 “담배 피우는 남자와 입 맞추는 일은 굴뚝에 입 맞추는 것과 같다. 포옹하는 것은 시궁창에 코를 박아 넣는 그것과 같다.” 이런 구호라도 외치며 데이트를 거절하면 어떨까요? 전매청을 상대로 소송할 배짱이 없을 테니 아예 금연하고 성경처럼 경건에 이르는 훈련을 시작해 보는 것도 좋은 방법입니다. (1992.07.29)

교통질서

제 판단의 착오일지는 모르지만, 우리나라 사람들은 저를 비롯해 지도자에게 순종하고 복종하는 습관을 갖지 못하고 있는 것 같습니다. 어떤 지도자를 모셔도 자기보다는 판단이 못 미치고 부족하다고 생각하여 그 사람에게 순종하기보다는 내가 생각했던 대로, 때로는 반항적인 방법으로 일을 처리하려는 경향이 있는 것 같습니다. 미국 같이 부모를 섬기지 않은 나라에서도 어린애 때는 무슨 잘못이 있었을 때 "너는 벌로 일주일 동안 TV를 볼 수 없다."라고 말하면 그대로 순종하는 것을 보고 놀랐습니다. 미국 애들에게 수학을 가르치면 x+3=10이라는 방정식을 풀 때, 양변에서 3을 빼서 미지수 x만 남기도록 해야 한다고 가르치면 아무리 귀찮아도 x+3+(-3)=10+(-3) 이렇게 해서 x=7을 찾아냅니다. 이런 것을 볼 때 너무 고지식하고 미련하다는 생각을 하곤 했었습니다. "+3이 =표를 넘어가면 -3이 된다." 왜 이런 쉬운 법칙을 사용하지 않을까? 그러나 뒤에 가서 제가 깨달은 것은 우리는 합리적인 사고를 하지 않고 기계적으로 외워 문제를 풀고 점차 생각할 줄 모르는 기계가 되어 가고 있다는 것이었습니다.

요즘 차를 타고 다니면서 새삼스럽게 느끼는 것은 아파트 단지 안에서 차가 없을 때는 오는 차나 가는 차나 전혀 차선을 지키지 않으며 반칙차가 더 호통을 친다는 일입니다. 또 오토바이는 인도와 차도를 전혀 구별하지 않고, 중앙선도 때에 따라서는 무시하고 마구 다니고 있다는 사실입니다. 차가 없이 살 때 우리는 복잡한 거리를 사람 사이를 헤집고 걸어 다녔습니다. 그런데 지금 우리는 걸어 다니는 대신 한 사람이 차 한 대씩을 타고 아무 교통질서도 없이 차들 사이를 헤집고 다니는 것 같습니다. 그러나 경찰 아저씨는 저만큼 멀리에 숨어서 좌회전 잘 못하는 차량만 잡고 있어 이렇게 해서 교통질서가 어떻게 잡힐 것인지 짐작이 안 됩니다. 문제는 교통질서를 우직하게 지켜야겠다는 국민의 의식이 중요한데 어떻게 바로 잡힐지…. 경찰이 안 보이면 U턴을 하는 차들은 마치 돌고래가 재주를 부리는 것처럼 3, 4대가 한꺼번에 중앙선을 무시하고 돌게 마련이고 좌회전 차들은 차례를 기다리지 못하고 중앙선을 무시하고 중간에서 뛰어나와 달려나가고 있습니다. 부딪칠 염려가 없으니 괜찮다는 생각이겠지요.

우직하게 순종하고 법을 잘 지키는 국민이 되었으면 좋겠습니다. 접촉사고가 나면 뛰어가 다친 데가 없느냐고 먼저 생명을 중히 여기고 차를 실수로 주차장에서 찍었을 때는 찍은 곳에 자기 이름과 전화번호를 남겨 놓는 그런 문명 국민, 문명국가가 되었으면 좋겠습니다.

(1992.08.05.)

그의 나라와 그의 의를 구하라

염려하지 않고 세상을 살기는 어려운 일입니다. 우리는 끊임 없이 내일 일을 위해 염려합니다. 일자리가 생길까? 결혼 상대가 나타나지 않으면 어쩔 것인가? 언제까지 부모를 의지하고 살아야 할 것인가? 등등…. 그러나 무엇 하나 내 마음대로 할 수 있는 일은 없습니다. 내일은 내 권한 밖의 일이기 때문입니다. 염려와 믿음은 반대되는 개념입니다. 어떤 젊은이가 졸업 때가 되어 계속 직장 때문에 걱정하였습니다. 아버지가 직장은 걱정하지 말라고 말했지만, 아버지의 현 지위를 생각해 볼 때 어떤 직장을 구해 줄 수 있으리라고는 기대할 수가 없었습니다. 그는 아버지를 못 믿기 때문에 걱정을 떨쳐 버릴 수가 없었습니다. 어린애는 어머니를 보고 과자를 사달라고 떼를 쓰고 울지라도 낯선 사람이 와서 자기가 과자를 사줄 테니 따라가자고 하면, 따라가지 않습니다. 그것은 당장 과자를 사주지 않을지라도 어머니는 자기를 사랑하고 있다고 믿고 있기 때문입니다. 예수님은 바리새인의 세 가지 위선에 대해 경고하신 뒤 이 말씀을 하셨습니다. 그 세 가지 경고는 첫째 구제할 때 나팔을 불지 말라. 둘째 기도할 때 큰 거리 어귀에서 하지 말라. 셋째 금식할 때 슬픈 기색을 내지 말라는 경고였습니다. 그 뒤 너희를 위하여 보물을 땅에 쌓아두지 말라고 타일렀습니다. 이는 전능하신 하나님을 믿지 않고 내일 일을 염려하는 것이 되기 때문이었습니다. 오늘날 우리 교회는 구제와 선교에 매우 인색하지만 만일 구제를 할 때는 우리 교회가 단독으로 이런 일을 하고 있다는 것을 과시하고 싶어 하는 경향이 있습니다. 또 새벽 기도를 강조하고 유별나게 버스를 타고 기도원들을 찾아다니며 광적으로 고성으로 기도할 뿐만 아니라 예수님께서 그렇게 싫어하던 표적을 구하며 복 받기 위한 욕구 충족을 위한 기도를 하는 양상이 농후해 졌습니다. 또한, 육신의 정욕을 멀리하고 진리의 말씀을 바로 깨닫기 위한 금식이 오히려 신앙의 금메달을 향한 경쟁처럼 변해 가고 있습니다. 영혼의 안식을 주지 못하는 종교는 새로운 돌파구를 찾게 마련입니다. 세상을 위해 보물을 쌓지 말라고 하고 있는데 종교인이나 재벌들이나 세상을 위해 부를 축적하고 있는 꼴들이 너무 많아 표적을 구하는 신자들은 왜 하나님의 심판이 빨리 오지 않은 지 안달이 나 있습니다. 그래서 그날과 그때는 하나님밖에 알 수 없다는 말씀을 믿지 않고 욕구 충족의 기도로 환상을 보기 시작한 집단들이 생겨나기 시작했다고 생각됩니다.

요즘 시한부 종말론에 대한 국가의 일제 단속은 교계가 박수를 보낼 일이 아니고 이것은 교회가 성도들을 오도해서 자유에서 율법으로, 또 하나님의 자녀에서 바리새인으로, 말씀에서 표적으로 잘못 인도한 것이 아니냐고 반성할 일이라고 생각합니다. (1992.08.12.)

바르셀로나 체전

올림픽을 누가 체전이라고 부르기 시작했는지 모르지만 저는 이 단어가 가장 적절하고 알맞다고 생각되어 좋아합니다. 체육을 통한 축전이라고 해석하기보다는 저는 육체의 축전이라고 오히려 부르고 싶습니다. 체전은 우리가 육체를 가지고 사는 기쁨을 드러내는 환희의 장이며, 육체에 숨겨진 아름다움을 그려내는 예술의 장이며, 육체를 가지고 있는 인간의 한계에 도전하는 마당이라고 보이기 때문입니다. 이번 뮌헨 바르셀로나에서 열린 25회 체전은 172개 국가가 참석한 축전이었습니다. 체제가 무너져 산산조각이 난 독립국 연합팀, 공산국가인 쿠바팀, 끊임없는 내전으로 원수가 되어 있는 유고와 크로아티아 선수들, 새로 갈라진 체코와 슬로바키아팀 그리고 자기들을 짐승 취급하고 있다면서 그 백인들을 때려눕혀야 한다고 주장하는 코치를 가진 남아프리카의 선수들…. 그들이 바르셀로나에 모여 벌이는 축전은 무엇일까요? 우리는 1/10초를 다투는 트랙 경기나 수영경기 또는 엎치락뒤치락하는 모든 단체경기 또는 레슬링 경기 등에서 국가 간의 또는 인종 간의 분쟁을 보지 못합니다. 인간의 한계에 도전하여 그 경계선을 조금이라도 넓혀 보려는 아슬아슬한 그리고 피나는 노력뿐입니다. 예술작품은 그 자체에 값이 없습니다. 그것을 상품화하려고 상인배가 그것에 값을 매기는 것처럼 우리는 인간의 능력 그 자체에 진지하게 도전하고 있는 선수들에게 금메달과 은메달을 결부시켜 이 축전의 마당을 속되게 퇴색시키고 있지 않은지 모르겠습니다. 올림픽이 축전의 마당이 되는 것은 그곳에 현실과 다른 질서와 생명이 있기 때문입니다. 이 올림픽 선수촌의 모습이 인간들 본연의 모습이 아니었을까 하는 생각이 들기도 합니다. 이번 48kg급 레슬링 경기에는 김종신, 김일의 두 남북한 선수가 대결하게 되었습니다. 운명의 대결은 시작되었습니다. 그리고 김일의 승리로 승부는 끝났습니다. 그러나 뒤늦게 그가 금메달을 받게 된 것을 기뻐하며 북한에 돌아가면 우승 보너스로 아파트 한 채와 승용차를 받게 될 것이라고 기뻐했다는 인터뷰 기사를 읽고 퍽 우울해 졌습니다. 가난이 올림픽에 참가하는 목표를 바꾸어 놓고 있기 때문입니다. 벨기에에서는 88 올림픽에 참가한 수영 선수가 아무 메달도 받지 못하고 귀국했는데 국왕은 그들을 맞으며 익사하지 않고 돌아온 것은 경축할 만하다고 각자에게 메달 하나씩을 주었다고 합니다. 참으로 올림픽을 축전으로 승화시키는 여유 있는 국민이라는 생각이 들었습니다. 작은 우리나라가 종합순위 7위를 지킨 것은 너무나 대견하였습니다. 또한, 양궁, 배드민턴, 핸드볼, 특히 마라톤에서 56년 만에 처음으로 금메달을 받은 것이 너무 감격스러웠습니다. 그러나 우리나라도 앞으로는 "메달을 받고 너도 잘되고 국위를 떨쳐라." 이런 배후의 외침과 요구로 선수들을 메달 따 오는 기계로 전락시키지는 않도록 여유 있는 국민이 되었으면 합니다. (1992.08.19.)

피사의 사탑

피사의 사탑은 그 기울어져 있는 건물이 넘어지지 않는다는 것 때문에 세계의 기적 중의 하나로 알려져 있습니다. 그런데 이제는 8층 꼭대기 종루는 수직선으로부터 5m나 기울어져 더는 그 모습을 지탱하기가 어려운 모양입니다. 탑 높이는 약 56m, 탑의 외경은 48m로 3년 전(1989년)까지도 294계단으로 된 나선형 계단으로 7개의 다른 음을 내는 오래된 종이 있는 곳까지 관광객들이 갈 수 있었는데 이제는 24년 동안을 오직 이 사탑을 지키며 지냈던 사찰도 올라갈 수 없게 되었습니다. 이 탑은 지금부터 818년 전(1174년) 보나노 피사노에 의해서 건축이 시작되었는데 3층까지 짓자 지반이 가라앉아 90년 동안 건축이 중단되었다가 다른 조각가에 의하여 계승되고 드디어는 피렌체의 유명한 조각가 안드레아 피사노인 아들에 의하여 14세기 중엽에 완성되었다고 합니다. 818년이 된 이 건물을 그 모습대로 지키기 위해서 국제적인 지질학자들과 건축 학자들이 애를 쓰는 모습은 본받을만하고 아름다운 일로 부럽게 느껴집니다. 어떻게 눈에 뜨이지 않게 1층과 2층에 걸쳐 강철 끈을 둘러 한쪽으로 기울어진 건물에 균형을 잡아볼까? 혹 600t의 납을 북측 기울어지지 않은 쪽에 눌러 주어 14,000t이 조금 넘는 탑을 바로 잡아 볼 수 없을까? 또는 탑 전체 무게의 거의 반을 차지하는 8층 종탑을 떼어내면 어떨까? 온갖 생각을 다 해보고 있는 모양입니다. 그러나 그 어느 것도 감히 시도하기 어려운 것 같습니다. 넘어지는 것을 잡아보겠다고 시도하다 오히려 똑바로 서버린다면 기울어진 모습을 마음속에 간직한 채 넘어져 버리는 것이 낫다고 하는 사람도 있습니다. 종탑을 떼어낸다는 것은 피사의 사탑이 이제는 아니라는 견해도 있습니다. 또 그렇게 기울어져 서 있는 것 자체가 신비인데 그곳에는 무슨 알 수는 없는 구조적인 균형이 있는 게 아니겠는가? 따라서 손대는 것은 탑을 더욱 나쁘게 하는 것뿐이라는 의견도 있는 것 같습니다. 어떻든 9월에 완전한 계획이 서기 전까지는 이 탑을 중심으로 500m 이내에서는 결코 지하수를 품어 올리지 못하게 하여 탑 밑 지층에 변화를 주지 않기로 했다고 합니다.

5,000년이 넘는 역사를 가진 우리나라에 그래도 오래된 건축물로 자랑할 것이 있다면 사찰과 석탑들인데 요즘 사찰들을 중축하고 새로운 단청들을 칠하는 것을 보면 고색 찬란한 옛 모습을 오히려 지워가고 있습니다. 스가랴서가 말한 것처럼 젊은이들은 기뻐하고 즐거워할지 모르지만, 옛 모습을 아끼는 사람들은 대성통곡할 일입니다.

(1992.08.26.)

선진국 시설에 후진국 서비스

세상이 빨리 돌아가는 탓인지 요즘은 바쁘지 않은 사람이 별로 없는 것 같습니다. 어른은 어른대로 아이는 아이대로, 또 장사하는 사람이나 직장인이나 심지어 낚시질이나 골프 치는 사람도 물어보면 바쁘지 않다는 사람이 없습니다. 나 자신도 바쁘게 산다고 자처하는 편인데 그렇다고 자꾸 나빠지는 것 같은 치아를 그냥 두고 있을 수가 없어서 얼마 전에는 오전 중에 시간을 내어 꼭 스케일링해야겠다고 마음을 먹고 치과에 전화를 걸었습니다. 간호사가 상냥하게 전화를 받길래 몇 시부터 문을 여느냐고 물었더니 9시 반이라는 대답이었습니다. 병원에 도착한 그것은 9시 반이었는데 사람들이 벌써 꽤 나와 있는 편이었습니다. 12시까지야 끝나겠지 하고 접수를 하고 기다리고 있었습니다. 그러나 40분이 더 지나도 내 차례가 오지 않았습니다. 그뿐 아니라 내 뒤에 온 사람이 오히려 불러 들어가는 것이었습니다. 기가 차서 접수하는 간호사에게 따져 물었더니 스케일링 환자가 나와야 다음 스케일링 손님이 들어갈 수 있다는 것이었습니다. 몇 분씩이나 걸리느냐고 물었더니 40분이면 되기 때문에 곧 나올 때가 되었다는 대답이었습니다. 그럴 수 있겠다 싶어 자리에 앉으려고 하는데 아까부터 내 앞에서 주간지를 읽고 있던 부인이 나를 쳐다보며 다음은 자기 차례라는 것이었습니다. 당장 화를 내고 나와버릴까 생각했지만, 화를 낼 마땅한 이유가 없었고 또 다음에 온다고 40분 더 안 기다린다는 보장도 없고 해서 그냥 화를 삭이며 앉아있었습니다. 스케일링이 끝난 것은 거의 12시 반이 다 되어서였습니다. "당분간 이가 시릴지도 모르니 가시다 이 치약 사서 쓰세요." 하는 간호사의 말에 별로 기쁘지 않은 표정으로 돈을 던지다시피 주고 나왔습니다. 왜 의사만 바쁘고 손님은 바쁘지 않은가? 왜 이렇게 전화가 흔한 나라에서 이발소고 병원이고 예약제를 시행하지 않는 것일까?

병원 바로 밑에 약방이 있었기 때문에 그곳에 들려 처방해 준 치약을 달라고 말했습니다. 100g이었는데 8,000원이었습니다. 나는 무의식중에 왜 이렇게 비싸냐고 물었습니다. "약용이니까 그렇지요. 한 번 수술했다고 생각해 보세요. 8000원이 돈입니까?" 그녀는 고개를 돌린 채로 말했습니다. 나는 내 의지에 반해서 또 그 치약을 사 들고 나왔습니다. 주차장에 들러서 차를 끌고 나오면서 주차장도 없는 병원이 예약제도 없으면 바쁜 사람은 어떻게 하라는 것이냐 하며 나오는데 주차비를 6,400원 내라는 것이었습니다. 이곳은 가장 번화한 지역이고 따라서 주차비는 30분에 800원씩이라는 이야기였습니다. 유료 주차장이면 당연히 들어 오는 곳에 시간당 주차비를 게시해 놓는 것이 상식이 아니냐? 또 최대 주차비 징수 한도가 있어 몇 시간 이상이면 같은 요금이 적용된다든가 하는 규정이 있어야 할 게 아니냐고 따져 물었는데 그 사람은 무슨 말을 하는지 이해를 못 하는 것 같았습니다. 선진국 흉내는 다 냈는데 하는 꼴은 영락없는 후진국이잖아. 이런 말이 무의식중에 튀어나왔습니다. (1992.09.02.)

추석, 축제인가

하비 콕스는 축제는 평상시에 억압되고 간과되었던 감정을 표현시키는 사회적으로 허용된 기회라고 말하였는데 저는 그런 뜻에서 추석이란 그 기원이 다분히 축제적이었다고 말하고 싶습니다. 콕스는 축제의 본질적 요소로 고의적 과잉성, 축의적 긍정성, 그리고 대국성을 들었는데 햅쌀로 밥을 짓고, 술을 빚으며, 송편을 만들어 온 마을의 머슴까지 두루 먹을 수 있었다는 것은 그 당시로 봐서는 축제의 과잉성을 말하고도 남음이 있다고 생각됩니다. 시집살이하던 며느리가 엄한 시어머니의 허가를 받아 떡, 술, 닭, 및 달걀 꾸러미를 들고 시부모님을 만나러 근친(覲親)하러 간다든지 방 안에만 처박혀 있어야 했던 처녀들이 달밤에 나와 방방 뛰며 강강술래를 할 수 있다는 것은 평소보다 "지나친 짓"으로서의 과잉성이라고 부르지 않을 수 없습니다. 남자들은 소놀이굿, 거북놀이들을 했는데 두 사람이 멍석을 쓰고 앞 사람은 방망이 두 개를 들어 뿔로 삼고 뒷사람은 새끼줄을 늘어뜨려 꼬리로 삼아 농악대를 앞세우고 이집 저집 다니며 많은 술과 음식으로 대접을 받을 때 억압된 감정의 카타르시스야 또 얼마나 컸겠는가 하는 생각을 해 봅니다. 상머슴이 이날에는 대접을 받고 힘 있는 자는 줄다리기로 힘을 겨루고 씨름으로 선비들이 감히 넘겨다 보지 못하는 재주를 보인 것은 축제가 삶에 새로운 활기를 재충전시켜주는 축의적 긍정성이었다고 생각됩니다. 학동들은 훈장이 차례를 지내러 간 틈에 휴가를 얻어 마을끼리 가마싸움을 한다든지, 또는 원님 놀이를 하여 원님이 판관이 되어 민원처리를 익살스럽게 한다든가 하는 것은 일상생활과는 다른 축제가 가져오는 청량제였다고도 보입니다.

그러나 지금은 추석이 갖다 주는 축제적인 요소는 깡그리 사라져 가고 있다고 생각됩니다. 연휴가 무슨 뜻이 있는가? 근면·성실하게 또 고달프게 일하는 계층이 점점 없어져 가고 있기 때문입니다. 이미 5일밖에 일하지 않는 직장도 있고 막노동하는 노동자도 비 오면 내일 끼니를 걱정하는 일이 거의 없어져 가고 있습니다. 핵가족이 되어 부모를 섬기는 가정도 줄어졌으며 친정어머니를 뵙지 못해 눈물 흘리는 며느리도 없어졌습니다. 소놀이굿 거북놀이를 하며 농악대를 앞세우고 가면 맞아줄 지주계급도 없어져 버렸으며 닭싸움이나 씨름들은 이미 상업적 경기로 되어버렸습니다. 그런데 왜 추석 연휴는 있으며 고속도로는 주차장으로 변하여 많은 사람이 수난을 당하며 교통사고로 많은 사상자를 내야 하는가? 온 가족이 모처럼 한자리에 모여 차례를 드리고 성묘를 하는 고유의 풍속이 아직도 살아 있어 추석을 뜻있게 해주고 있기 때문이라고 생각됩니다. 그러나 이 아름다운 풍속도 얼마나 지속할지 모르겠습니다. 모 일간지에는 벌써 전국 골프장이 추석 연휴 동안 어떻게 개장하고 있는지 안내를 하고 있었습니다.

(1992.09.09.)

인간의 생명은 파리 목숨인가

잠언 22:17부터 24:22까지에는 지혜로운 자의 말씀 30개가 씌어 있는데 윗글은 그중 25번째의 지혜의 말씀입니다. 요즘 우리는 사망으로 끌려가는 자와 살육을 당하는 자들을 너무 많이 보고 있습니다. 케냐 북부에 있는 소말리아 사람들은 하루에 2,000명씩 굶주려 죽어가고 있습니다. 그 피골이 상접한 어린애들은 TV에서 볼 때 차마 눈을 뜨고 볼 수 없을 정도입니다. 또 유고 연방이었던 보스니아에 세르비아 사람들이 쳐들어가 수용소를 만들고 보스니아 내 이슬람계 주민에 대한 인종청소를 자행하고 있는 야만적인 행위는 분노를 자아내게 하고 있습니다. 여인들을 쇠고랑으로 묶어 놓고 윤간을 하는 행위라든지, 여인의 배가 불러오면 풀어 주어 세르비아 인종을 낳도록 한다든지, 말을 듣지 않는 사람을 무차별 살육한다든지 하는 일은 나치 치하도 아닌 이때 있을 수 없는 일입니다. 하나님이 각 사람의 행위대로 응보하시리라고 하셨는데 그렇게 되지 않으면 하나님의 공의는 볼 수 없게 되었다고 소리치고 싶은 심정입니다. 생명의 존엄성은 이제는 공허한 절규에 불과한 그것이 되었는가 하는 생각이 들었습니다.

저는 "침묵의 절규"라는 낙태에 관한 슬라이드를 보면서 우리 국민이 생명의 존엄성을 짓밟고 너무 많은 살인을 하고 있다는 생각을 하게 되었습니다. 시편에 보면 "내가 은밀한 데서 지음을 받고 땅의 깊은 곳에서 기이하게 지음을 받을 때 나의 형체가 주의 앞에 숨겨지지 못하였나이다. 내 형질이 이루어지기 전에 주의 눈이 보셨으며 나를 위하여 정한 날이 하루도 되기 전에 주의 책에 다 기록되었나이다"(시 139 : 15, 16)라고 되어 있는데 자궁 안에 있는 생명체를 기기를 삽입하여 으깨고 끌어내는 행위는 그 죽어가는 생명의 절규를 하나님께서 들으시고 응보하시리라는 생각이 들어 끔찍하였습니다. 우리나라는 매년 200만 건의 낙태가 자행된다고 하는데 이는 매년 대전 인구의 두 배를, 그리고 1분에 4명씩의 살인을 하는 셈이 됩니다. 그러나 수태한다고 다 낳기로 한다면 아마 올해에 태어난 어린이가 성년도 되기 전에 남한의 인구는 일억이 넘게 될 것입니다. 부시(Bush)는 낙태를 반대함으로 고전을 면치 못하고 있습니다. "낙태를 반대한다. 그러나 손녀가 낙태를 선택하면 그래도 손녀를 껴안아 주겠다." 그렇다면 낙태 찬성론자와 무엇이 다른가? 이런 예리한 질문 때문에 표를 잃을까 봐 전전긍긍하고 있습니다.

낙태를 법으로 금지할 수가 있을까? 종교가 이 낙태 문제를 해결할 수가 있을까? 세계는 법과 종교에 상관없이 문란한 성행위를 포용하고 인간은 하나님의 질서에 역행되는 폐역을 계속하여 지구의 종말을 재촉할 수밖에 없는가? 이런 생각이 요즘 며칠간 저를 우울하게 하였습니다. (1992.9.16.)

이 글은 1997년 1월부터 6월까지 매월 둘째 주 화요일에 대전일보에 실린 칼럼이다.

따로 놀기와 더불어 살기

가난한 사람은 더불어 살기를 원하고 부자는 따로 놀기를 원한다. 부자가 따로 놀기를 원하는 것은 더불어 사는 것이 귀찮고 손해나는 일이기 때문이다. 자연의 원리는 물이 위에서 아래로 흐르듯 있는 자가 없는 자에게 베풀기 마련이다. 그러나 부자는 애써 모은 것을 가난한 자에게 흩어 주기를 싫어한다. 이것은 비단 물질을 가진 자에 한정되지 않는다. 많이 배운 사람은 적게 배운 사람과 어울리기를 싫어한다. 대화가 통하지 아니하고 자기가 얻는 것이 없기 때문이다.

우리나라도 국민소득이 만 불이 넘게 되자 따로 놀기를 좋아하는 사람들이 많아진 것 같다. 각자의 공간에서 자기가 정한 게임 규정에 따라 따로 놀기를 원한다. 외채가 누적되어 국민경제는 땅으로 곤두박질을 하고 있다고 해도 내가 가지고 있는 돈을 내 마음대로 쓰는 것은 구애받고 싶지 않다는 것이 내가 정한 문법이다. '남을 위한다는 것은, 그가 무슨 일을 하든, 나에게 피해를 주지 않으면 상관하지 않는다'라고 게임규칙을 정하면 그것을 밀고 나간다. '진지하게 살자', '성실하게 일하자' 따위의 말은 지겨운 훈계다. 진리와 성실의 참뜻이 무엇인지 알 수도 없으면서 심각한 얼굴을 하고 사는 것은 우습지 않은가? 그저 대충대충 살면 되는 것을…. 이렇게 대충대충 세상을 살다 죽으면 된다는 가치관 아닌 가치관을 갖고 사는 사람이 부쩍 늘어나고 있는 것 같다.

'따로 놀기'의 문법과 개인 규칙은 편하고 좋은 쪽을 선택하여 천차만별로 만들어진 철저히 개인 위주의 가치관을 만들어 낸다. 이제는 한 가족을 묶어주는, 한 직장을 묶어주는, 한 민족을 묶어주는 원칙과 철학이 없다. 모두가 따로 논다. 요즘 영상매체와 컴퓨터는 더욱 사람들을 따로 놀기에 적절한 공간으로 이끌고 있다. 영화관으로 끌어내던 사람들을 안방으로 몰아넣는다. 얼마 전에는 TV의 연속극에서 '우리 둘만을 위한 크리스마스'라는 말을 들었는데 이는 따로 놀고 싶다는 강렬한 표현이기도 하다. "평화는 하나님께서 주신 것이므로 온 인류가 나누어 가져야 합니다"라고 말한 로마 교황의 성탄 메시지와는 너무나 대조된 착상이다. 우리 사회에 더불어 사는 노력은 없는가? 반상회를 비롯해서 더불어 사는 노력을 위한 모임들이 여기저기에 있다. 그러나 어찌 보면 개인이나 한 집단이 따로 살기에 편하도록 회의에서 발언하고 규칙을 만드는 것이 아닌가 싶다.

이북이 잠수함 침투사건에 사과를 표명하게 되자 다시 남북관계가 호전될 것으로 보인다. 그러나 통일에 대한 염원은 '따로 놀기'의 의식이 박혀 있는 한 성사되기가 어렵다고 생각된다. 이대로가 좋은데 꼭 통일해야 하는가? 가난한 이북 공산주의 동족들이 홍수처럼 쏟아져 내려오면 어떻게 할 것인가? 이런 피해의식에 쪼들려 있는 이상 참 화합과 통일은 요원하다. 우리는 더불어 살며 주는 훈련을 해야 한다. 귀한 것을 주는 것은 가슴 아픈 일이다. 버려진 사람들을 위해 평생을 바친 테레사 수녀의 수기에는 이런 이야기가 있다. 나병 환자인 한 부모가 그들 사이에서 태어난 아기를 사이에 눕히고 사흘 동안 데리고 있었는데 두 부부는 손을 아기에게 갖다 대려다가 다시 거두고, 아기에게 입을 맞추려다 다시 고개를 돌리곤 했는데 연약한 살은 나병에 전염되기 쉽기 때문이었다. 사흘이 지나면 어린 아기를 격리하는데 수녀들이 아기를 데려갈 때 부모는 문 밖으로 따라 나와 안 보이게 되기까지 바라보고 있었다고 한다. 테레사 수녀는 사랑하는 아기를 떼어 주는 아픔이 오죽했겠는가 하고 기록하고 있다. 귀한 것을 주는 것은 사랑의 힘밖에는 없다. 이 사회는 물질 만능주의, 개인주의, 공주병으로부터 해방되어 영성을 회복하고 고통을 동반하는 참사랑을 회복해서 더불어 사는 공동체를 이루어 나가야 한다. (1997.01.07.)

알맹이와 거품

“알맹이는 어디 있는가(Where is beef)?” 이것은 80년대 말 미국의 선거 유세 때 알맹이 없이 거품을 내뿜는 유세자(遊說者)를 풍자하기 위해 햄버거를 둘로 까놓고 그 안에 쇠고기가 보이지 않는다고 눈을 크게 하고 들여다보면서 하는 말이다. 그런데 급변하는 세상 속에서 우리는 알맹이는 놓쳐버리고 거품 위에 둥둥 떠다니는 느낌이 들 때가 많다. 즉, 원래의 목적은 상실하고 변신한 괴물들에 의해 떠밀려 다니고 있다는 이야기다.

벨 회사에 의하여 처음으로 개발된 전화기의 원 목적은 신속한 상호 통신을 통해 사업하는 이들을 돕기 위한 것이었다. 그러나 지금 전화사용의 대부분은 잡담과 데이트 등을 위해 쓰이고 있다. TV도 처음에는 통신업무를 위한 것이었다. 그러나 지금은 대중매체로 문화의 총아가 되고 있다. 또 그 자리를 유지하기 위해 어떻게 하면 시청률을 높이느냐 하는 일에 혈안이 되어 있다. 시청자들이 무엇을 좋아하느냐? 무엇을 방영하든 재미가 있어야 한다. 인기가 있어야 한다. 심각한 것은 질색이다. 단순한 오락물 또는 선정적이라야 한다. 그렇게 해서 탤런트들이 대거 등장하여 화면을 메운다. 그들은 영상매체의 우상이 되고 그들이 입는 의상과 용어와 생각이 새로운 문화를 만들어

가고 있다.

TV에서 초청하는 명사들은 상식적인 이야기로 시청자를 웃기고 있다. 그도 그럴 것이 시청자는 부담을 주는 심각한 이야기는 질색이기 때문이다. 많은 사람은 그들이 우리나라의 지성과 사상을 대변하고 있는 것처럼 거품 속에서 생각한다.

지금 유행하고 있는 인터넷이 처음 탄생할 때는 캘리포니아의 스탠퍼드 대학의 학자들이 보스턴에 있는 MIT의 소프트웨어를 이용하기 위해서였다. 그러나 30여 년이 흐른 지금은 인터넷은 학문의 정보를 교환하는 것보다는 시장 광고용으로 퇴락할 기세이다. 인터넷에서 물건을 주문하고 이 은행에서 저 은행으로 돈을 옮기고 기차표 예약 등을 하고 또 돈을 추가로 내면 개인 신상도 접근하여 들여다볼 수 있다. 앞으로 2000년이 되면 방안에 앉아서 옷감의 색상도 잘 따져 볼 수 있으며 가상 촉감 웹 사이트를 통해 만져볼 수도 있으며 카드로 구매결제도 가능하여 집으로 배달이 될 것이라고 한다. 그러나 가상공간에서 만졌던 것과 현실의 옷감은 달라서 사기를 당하는 소동도 있을 것이라고 한다. 우리가 TV 이상으로 컴퓨터와 오래 접촉하여 가상세계에서만 사는 세상이 오게 되면 그곳에 익숙해져서 현실 세계의 일을 말해 주어도 오히려 믿지 않을 때가 올지도 모른다.

요즘은 영어를 국민학교(초등학교) 때부터, 아니 유치원 때부터 가르치는 것을 경쟁하는 시대가 되었다. 왜 영어를 공부하는가? 지구가 좁아지고 세계화 시대가 도래하자 우리의 사상을 표현하고 남의 나라의 정보를 빨리 받아들이기 위해 우리나라 말 하나만으로는 부족해서 국제어인 영어가 필요한 것이다. 그런데 온 국민이 유치원부터 영어를 할 필요가 있는가? 속에 들어있는 것은 없는데 표현수단인 영어만 온 국민이 배우기 위해 평생을 보낸다면 너무나 웃지 못할 일이다.

요즘은 대학도 선전한다. 우리 대학에 입학하면 2년 이내에 영어와 컴퓨터를 마스터할 수 있게 해준다고 말하면 그 대학을 가장 훌륭한 대학으로 생각한다. 그러나 대학의 원래 목적은 '홍익인간' 즉 전문 지식의 전수와 함께 전인교육을 하는 곳이다. 그런데 왜 취직할 수 있는 도구만 가르치는 것을 선전하고 있는가?

요즘은 은행의 대형 대출 비리로 세상이 떠들썩하다. 원래 은행은 무엇을 하는 곳인가? 우리는 거품 위에 앉아서 그 알맹이를 볼 수 없다. 지금 우리가 정신을 차릴 것은 거품을 거두고 과연 알맹이들이 필요한 곳에 있는지 확인해 볼 일이다.

"알맹이는 어디 있는가?" (1997.02.11.)

가난한 쥐와 부자 쥐

심리학자 대니얼 골먼 박사는 감성 지능(EQ)에 관한 연구로 유명하다. 그는 인간의 두뇌는 살아가면서 지속적인 틀을 갖추게 되는데, 생후 6년간이 가장 활발하게 뇌 신경이 발달하는 시기라고 한다. 그에 의하면 신생아들은 향후 자신의 성숙한 두뇌가 가지게 될 것보다 훨씬 더 많은 신경회로를 갖고 태어나는데 이 신경망은 살아가는 동안 잘 안 쓰는 것은 '가지치기'라는 과정을 거쳐 점차 없어지고, 반대로 자주 활용되는 신경은 발달하며 회로끼리 강력하게 연결이 된다는 것이다. 따라서 유년기의 정신생활 환경이 중요하다는 이야기다. 그것을 보여주는 단적인 실험은 '부자 쥐와 가난한 쥐'의 실험이다. '부자 쥐'란 비교적 자유롭게 많은 놀이 기구들과 함께 살게 한 쥐를 말하고, '가난한 쥐'는 초라하고 놀잇거리가 없는 환경에서 자라게 한 쥐를 말한다. 몇 달 뒤 이 두 쥐를 살펴보면 '부자 쥐'는 신경망이 훨씬 복잡하게 발달해 있고 '가난한 쥐'는 상대적으로 엉성한 신경망을 가지고 있다는 것이다. 고양이와 원숭이의 실험에서 생후 몇 개월 동안 한쪽 눈을 가리고 있으면 시신경은 쇠퇴하고 시력을 회복할 수 없다고 한다. 놀라운 것은 사람은 성장하면서 새로운 신경망이 만들어지는 것이 아니고 태어날 때부터 다양하게 반응할 수 있는 모든 신경망을 인간은 이

미 가지고 있다는 사실이다. 적당한 '가지치기'는 적성에 맞게 인간의 재능을 계발시킬 수도 있다. 그러나 무자비한 '가지치기'는 인간을 괴물로 만들 수도 있다. 가끔 우리는 지금 '가난한 쥐'처럼 자녀들을 기르고 있는 것이 아닌가 하는 생각을 하게 된다. 과도한 일류병은 인간에게 기본적이고 필수적인 신경망을 '가지치기'하는 결과가 된다. 어린 애들이 밖에 나가면 놀아줄 친구가 없다고 한다. 모두 학원에 갔기 때문이다. 왜 피아노를 쳐야 하는지, 그림을 그려야 하는지, 영어를 배워야 하는지, 바둑을 두어야 하는지, 붓글씨를 써야 하는지 그들은 알지 못하고 빈곤한 환경 속에서 '가난한 쥐'처럼 커가고 있다. 덧붙여 부모들은 점차 인내심을 잃어가고 있다. 왜 음악 콩쿠르에 입상을 못 하느냐? 왜 미술전에 가작도 못 하느냐? 학원에 나가는데도 왜 성적이 안 오르느냐? 그래서 학원에서는 일등하는 학생을 기르기 위해 종이를 둘둘 말아 눈에 대고 그 안으로 들어오는 것만 보게 한다. 즉, 일등이 되는 것만 가르친다. 따라서 타고난 재능마저 '가지치기'를 하고 있다. 그렇다면 '가난한 쥐'처럼 자녀들을 훈련하고 있는 부모들은 어떤가? 그들은 오랜 군사 정권하에서 철저한 훈련을 받아 벌써 '가난한 쥐'처럼 '가지치기'가 되어 있다. 노동 관계법을 날치기 통과할 때 그 많은 여당 국회의원들은 '디데이 영시'를 운전기사와 마누라에게도 비밀로 하고 있다가 7분 동안에 법안을 통과시켜 버렸다. 이것은 뉴스위크지 등을 통해 전 세계에 알려진 사실이다. 어떻게 이런 길거리의 폭력단체 같은 작태가 국회의원에 의하여 일어날 수 있는가? '가난한 쥐'처럼 훈련받은 무리가 아니면 할 수 없는 일이다. 과거 독재정권에 항거하고 투쟁했던 분들이 문민 정권이 들어서자 입각해서 개혁에 앞장서기도 했다. 그러나 그들이 한결같이 하는 말은 밖에서 보는 것과 안에서 보는 상황이 다르다는 것이다. 결국, 애는 썼지만, 국민이 따라와 주지 않았다는 이야기다. '가난한 쥐'로 훈련받은 사람이 많은 한, 사회의 개혁은 어렵다. 누가 먼저 국민의 의식을 개혁할 것인가? 가정과 교육기관과 종교 단체를 의지할 수밖에 없다. 그러나 가정은 불륜으로 파괴되어가고 있다. 교육기관은 경쟁과 서열 매김에 밀려 기업가의 손에 넘어갈 위기에 놓여 있다. 종교 단체도 선지자적인 사명이 둔화하여 물량적인 쪽으로 눈이 어두워져 가고 있다. 무엇인가 소망이 보여야 한다. 농부가 씨를 뿌리고 정성껏 가꾸어 가을을 기다리듯 공의를 위해 인내하며 꾸준히 노력하는 모습이 어디선가에서 시작되어야 한다. (1997.03.11.)

스스로 정한 능력의 한계선

수년 전 하와이에서 있었던 기독교 지도자 수련회에서 스스로 정한 능력의 한계선(Self Imposed Line of Limitation)이란 용어를 듣게 되었다. 심리학에 이런 용어가 있는지 잘 알 수 없다. 그러나 그는 이 용어를 다음과 같이 설명하였다. 인간은 누구나 자신이 할 수 있다고 생각하는 능력의 한계를 스스로 정하고 그 능력의 한계선을 뛰어넘을 수 없다고 자기 최면을 하고 있다는 것이다. 예를 들면 "나는 대중 앞에서 강연할 수 없다", "나는 어떤 경쟁에서 이길 수 없다". 그렇게 한계선을 그어 놓으면 결코 그 한계선을 뛰어넘을 수 없다는 이야기다. 그러면서 코끼리를 예화로 들었다. 동물 조련사가 코끼리의 발에 쇠사슬을 둘러 작은 쇠막대에 연결하고 땅에 그 막대를 꽂아 놓으면 코끼리는 결코 도망갈 수 없다는 것이다. 자기는 쇠사슬로 묶여 있으므로 도망갈 수 없다고 생각하고 육중한 발을 들 생각을 않기 때문이라고 한다.

이 능력의 한계선을 어느 높이에 두느냐 하는 것은 한 인생의 장래를 좌우한다. 도전적인 사람은 누구나 이 한계선을 높이 책정하고 이 한계선에 도전한다. 너무 높을 때는 실패하고 좌절한 뒤 다시 도전하거나 높이를 조절한다. 이런 긴장의 순간은 인간에 삶의 의욕을 불어

넣는다. 사람은 각각 다른 재능을 가지고 태어난다. 따라서 분야에 따라 또는 재능에 따라 '능력의 한계선'이 높기도 하고 낮기도 하다. 그러나 국민 각자가 이 한계선에 정직하고 성실하게 도전하며 살아갈 때 그 나라의 전도는 밝다고 봐야 할 것이다. 그런데 우리는 국민의 의식구조 속에서 비관적인 자포자기 증후를 가끔 보게 된다. 다시 말하면 각자가 자기 나름의 능력의 한계선을 긋고 성실하게 도전하는 기쁨을 아예 포기해버린 것이 아닌가 하는 생각을 하게 된다. 그 첫째는 정치에 대한 실망인 것 같다. 정치권의 입김이 들어가지 않으면 아무것도 할 수 없다는 자기 최면이다. 과연 한 나라를 다스릴 수 있을 만한 판단력을 가지고 있는 사람이 정치하는 것인지, 일관된 정치 이념과 사상을 갖고 있지 않고 철새처럼 떠돌아다니거나 떼 지어 다니는 것이 정치인인지 판단하기가 어렵고 신뢰할 수 없는 것이다. 그런 정치인들의 입김 때문에 안하무인이 되는 자가 있고 죽는 자가 있는데 무슨 '능력의 한계선'을 긋고 공정 게임에 도전하겠다는 것이냐 하는 자포자기가 팽배해 있다. 이것은 우리 사회를 좀먹는 고질적인 질병이다. 둘째는 기업인들에 대한 불신이다. 정치 활동과 경제활동은 법질서 아래 있어야 한다. 그러나 본말이 전도되어 있다. 돈으로 정치적인 영향력을 사고, 법을 지키지 않는다. 급격하게 변하는 무한경쟁 시대에 산업구조를 바꾸고 신기술을 개발하며 경영혁신을 도모하기는커녕 법을 무시하고 끌어모은 돈으로 구렁이처럼 비대해진 몸을 사회에 무책임하게 던져 버린다. 이제는 새롭게 개발한 상품으로 경쟁하기를 포기해버리고 남의 상품 사들여서 구매심리를 충동하고 이윤만 챙기는 악덕 기업인이 늘고 있다. 갑자기 높아진 국민소득 때문에 욕구는 치솟고 몸에 차 한 대 값은 감고 다니며, 욕실을 집 한 채 값으로 치장하며, 억대가 넘는 차를 타고 다닌다. 이것 때문에 상대적 빈곤 속에 있는 대다수 국민은 돈이 없으면 아무것도 할 수 없다는 무력감에 빠져 있다. 셋째는 검찰에 대한 불신이다. 국민의 제보가 없어도 범죄행위는 찾아서 바로 잡고 처벌해야 할 곳이 검찰이다. 그런데 국민이 소리쳐도 "법적 증거가 없다", "처벌규정이 없다", "불필요한 국민의 오해다" 하고 있다가 국민의 목소리가 우레처럼 커지면 투명한 검찰의 의지를 보이기 위해 팀을 다시 짜서 재수사를 하겠다고 한다. 결국, 국민은 되는 것이 없다는 총체적인 무력감 속에 빠져 있다.

인간이 인간답게 사는 나라를 만들려면 국민 각자가 자기에게 맞는 능력의 한계선을 긋고 이에 도전하여 삶의 보람과 기쁨을 찾게 하는 일이다. 그러나 우리의 한계선은 밑바닥이다. 이런 무력감에서 헤어나서 꿈을 갖고 살기 위해서는 국가와 국민이 모두 각성하고 힘을 합해 노력해야 한다. (1997.04.08.)

명퇴와 조퇴가 없는 직장

세상이 어떻게 빨리 돌아가는지 모르겠다. 한 5년 전만 해도 컴퓨터에서 '한글 1.5'도 쓰고 있었다. 그러던 것이 2.0, 2.1, 2.5 이렇게 버전이 올라가더니 윈도용 3.0, 3.0b MS 워드 6.0, 그리고는 한글 프로 96, 이젠 오피스 97 신제품 발표회를 하고 있다. 지금은 한글 버전이 무엇인지도 모르겠다. 3.0으로 읽을 수 없으면 더 높은 버전임이 틀림없다. 이렇게 소프트웨어가 바뀌니 그것을 담을 그릇도 바뀌어서 지금은 586을 쓰지 않으면 골동품이나 보는 것처럼 생각한다. 우리 대학도 올해 들어서 펜티엄급으로 교체된 것만 해도 200대 가까이 될 것이다. 낡은 것은 버려야 한다. 연초에 286짜리 150여 대를 무료로 주겠다고 가져갈 사람을 찾았는데 모두 웃었다. 교회에서 학생들이 타자 연습용으로 갖다 놓고 쓰면 좋겠다고 생각했는데 요즘 학생들은 갖고 장난하기를 좋아하지 타자 연습을 하지 않는다고 한다.

옛날에는 수동식 타자기가 있었다. 정신없이 치고 있으면 줄 바꿀 때가 되었다고 '땡' 하는 종소리가 난다. 얼마나 친절한가? 그러나 지금의 컴퓨터는 비록 한글 1.5에 286 컴퓨터라 할지라도 종을 치지 않고 자동으로 줄을 바꾸어 준다. 바쁜 세상에 무슨 '땡'인가? 옛날엔 직장에서 여유 있게 근무하고 있으면 퇴직할 때가 되었다고 '땡'하고 종이 울린다. 그러면 퇴직하고 나갈 생각을 한다. 그런데 요즘은 정신없이 직장에서 일에 매달려 살고 있으면 '땡' 소리 없이 줄을 바꾸라고 한다. 그것이 '명퇴'와 '조퇴'이다. 아니 이것이 어째서 끝인가? 너무 황당하다. 이제 새롭게 변신하라고 요구한다.

50년 전만 해도 모두가 가축도 기르며 채소도 가꾸어 식탁에 오르는 반찬들은 집에서 가꾸어 먹었다. 밤이면 평상에 누워 모깃불도 피우고 달도 별도 쳐다보며 한가한 시간을 가질 수 있었다. 모두 자연과 함께 숨 쉬며 마음의 여유를 가질 수 있었다. 그런데 지금은 왜 이렇게 바쁜가? 비본질적인 것이 본질적인 것을 삼켜버렸기 때문이다. 농사를 짓고 공장에서 제품을 만드는 노동자들은 밀려나 버리고 생산품을 포장하는 사람, 포장 디자인을 하는 사람, 광고하는 사람, 판촉하는 사람, 이런 조직들을 체계적으로 움직이도록 사무를 보는 화이트칼라들이 선두에 나서서 고객이 만족하도록 무엇을 만들라 형식을 어떻게 바꾸라고 하며 사람답게 사는 것과는 아주 상관없는 짓들로 분주하게 만들고 있다. 왜 TV의 그 많은 오락물이 필요한가? 실용적인 옷 놔두고 왜 해마다 다른 패션의 옷이 필요한가? 인간의 욕망은 게걸스럽게 입을 벌린 무덤 같은 것이다. 누가 그것을 다 만족시킬 수가 있는가? 50년 전에는 필요 없던 비본질적인 것들이 앞장서서 활개를 치고 다닌다. 우리를 바쁘게 하는 것은 그것들이다. 노동도 기술도 두뇌도 모두 상품화하여 생명체는 없는 자동화된 기계에 인간을 맡겨버린 것도 그들이다. 살기 좋게 만든다고 인간들은 무덤을 파고 있다. 기술의 발달과 상승하는 욕구를 제어할 방도를 잃은 것이다. '명퇴'와 '조퇴'도 그 산물이다. 빠르게 변화하는 세계추세에 능동적으로 대처할 수 없을 만치 이미 비대해진 기업들은 저임금 고효율을 외치며 자기는 '조퇴' 못하면서 애꿎은 직원들만 '조퇴'시킨다. '조퇴'와 '명퇴'가 없는 직장은 없는가?

봉건 군주를 섬겨온 습성으로 회사를 생명처럼 아끼며 섬긴 일본 회사원들은 회사에서 밀려나면 삶의 목표를 잃어버리고 폐인처럼 된다고 한다. 그들을 '젖은 낙엽'이라고 불린다는데 그 이유는 현관에 눌어붙어 쓸어 낼 수가 없기 때문이라고 한다. 아내가 교양강좌를 들으러 가도 따라나서고, 쇼핑하러 가도 따라나선다던가? 남자의 체면이 이렇게 몰락할 수는 없다. 여성들은 '명퇴'와 '조퇴' 때문에 별로 고민하지 않는다. 직장이 없는 여성은 처음부터 가정을 돌보는 일, 교양강좌, 취미생활, 자원봉사 등을 택해서 우리가 사는 사회를 하나의 큰 직장으로 생각하고 있기 때문이다. 직장이 있던 여성들도 그만두는 것을 오히려 홀가분하게 생각한다. 그동안 소홀히 했던 본연의 자리로 돌아갈 수 있기 때문이다. 이제는 남성들도 각성해야 한다. 직장 때문에 밤을 새워야 하고, 술을 마셔야 하며, 바빠서 가정을 돌볼 수 없으며, 녹색운동이나 시민운동 등 봉사활동에 참여할 수 없어서는 안 되겠다. 시각을 바꾸어 우리의 직업을 자연에서 인간의 구실을 하는 것으로 새롭게 인식할 때가 되었다. (1997.05.13.)

정치나 경제 아닌 이야기

요즘은 온 나라가 대선 주자와 '정치' 및 '경제' 이야기로 들끓고 있다. 그래서 가끔 다른 이야기로 머리를 쉬고 싶은 생각이 든다. 지난 5월 초 3, 4, 6, 7, 10, 11일의 6일 동안에 걸쳐 있었던 컴퓨터와 인간의 서양 장기, 체스의 타이틀매치에 관한 이야기다. 생명을 가지고 세상에 살아보지 못하고, 또 생각할 수 없는 기계가 인간의 두뇌를 이길 수 있느냐 하는 것은 세계적인 관심사였다. 이것은 신의 창조물인 인간에게 기계가 던진 방자한 도전장이었기 때문이었다. 이 싸움에서 패하면 만물의 영장인 인간의 위신을 잃는 일도 되었다. 물론 시합 초기부터 이 시합의 승패는 인간의 인식능력과는 상관이 없다고 전제가 되어 있었다. 그러나 당일 뉴욕 맨해튼 35층에 있는 TV 스튜디오에는 입추의 여지가 없는 인파가 몰려들었고 게임 소식을 미리 알려고 www.chess.ibm.com이라는 웹 사이트에는 너무 많은 사람이 몰려 오래 기다려도 접속이 되지 않았다. 대형 컴퓨터의 이름은 딥블루(Deep Blue)였고 적수는 소련 태생, 34세의 카스파로프(Kasparov)였다.

권투 선수들처럼 두 적수를 비교하면 카스파로프는 신장 175센티, 체중 176파운드로 매초 3수를 앞서 볼 수 있으며, 85년 세계챔피언이 된 후 12년간을 계속 타이틀을 유지해 왔으며, 장기에 대해서는 가장 뛰어난 전략가였다. 한편 대형 컴퓨터 딥블루로 말하면 키가 195센티이며, 체중이 3,000파운드이고 매초 2억 수는 계산해 낼 수 있으며 1996년에 7살로서 세계챔피언이 되었고 벤저민이라는 바둑 고수와 다섯 사람의 기술자가 계속 프로그램을 보강해왔다. 사실 카스파로프는 지난해 2월에 이 딥블루와 시합을 해서 이긴 바 있다. 그래서 이 시합은 재도전이 되는 셈이다. 카스파로프는 그동안 컴퓨터와 시합을 해서 한 번도 진 일이 없었다. 시간 제약 때문에 진 일은 있었지만, 이번 시합은 6시간까지 계속할 수 있는 시합이었다. 첫 번째 시합은 기계의 실수를 비웃으면서 간단히 카스파로프가 이겼다. 그러나 2차전은 달랐다. 20수부터 국면이 바뀌고 36수 째에는 결정적인 수로 카스파로프를 이겼는데 기계가 신수(神數)를 둔 셈이다. 3, 4, 5회전을 비겼다. 비기면 0.5씩 나누어 갖게 되었으므로 두 사람(실제는 사람과 기계)은 2.5씩으로 타이가 되었다. 11일 결승전은 흥분의 절정이었다. 그러나 이 시합은 19수 만에 결정적으로 기계의 승리를 확고하게 했다.

이것은 과학의 인간에 대한 승리인가? 카스파로프는 이것은 인간에 대한 승리가 아니고 자기 한 사람을 이기기 위해 자기의 수를 연구하고 분석해서 프로그램을 짜놓은 기계의 승리라고 말했다. 다만 오만한 인간들이 이것을 과학의 승리라고 신을 조롱하고 싶은 것뿐이다. 과학은 변태적인 욕망으로 입 벌린 무덤처럼 인간을 파멸로 유인하고 있다. 아스팔트는 먼지가 안 나서 좋다. 그러나 지구는 서서히 아스팔트로 덮여 가서 이제는 흙을 돈으로 사야 하는 시대가 오고 있다. 흙은 우리의 고향이다. 흙냄새를 맡지 못해 메말라 가는 동식물이 얼마나 많은가? 인간도 연어처럼 귀소본능이 있다. 이북에서 태어난 사람은 꿈에서라도 이북 땅의 흙을 만져보고 싶어한다. 21세기에 인간이 가까운 유성에서 영원히 살 수 있게 된다고 해도 인간은 그곳에서 살 수 없을 것이다. 과학은 인간을 지구로부터 떼어놓을 수가 없다. 고층 아파트에서 화초가 자랄 수 없는 것처럼 인간은 우리에게 생명을 준 지구에서 격리될 수 없다. 우리 몸은 70%가 물로 되어 있다. 그런데 과학을 인간을 위해 만들어 놓은 공장과 약품으로 물을 죽이고 있다. 정수해서 사 먹으면 된다고 생각한다. 그러나 죽어가는 고기와 짐승들은 어떻게 할 것인가? 인간은 호흡해야 한다. 그러나 과학은 문명의 이기가 뿜어내는 오염으로 공기를 탁하게 하고 있다. 공기 청정기로 공기를 맑게 할 수 있다고 한다. 그러나 오존층의 파괴로 발생하는 피부병과 죽어가는 가로수는 어떻게 할 것인가? 태양은 우리에게 에너지를 공급해주는 생명의 근원이다. 그래서 해가 지면 우리는 두렵고 허전해진다. 휘황찬란한 전깃불과 요란한 음악과 광적인 몸부림으로 어둠을 극복할 수가 있는가?

인간은 생명의 근원을 떠나서는 살 수 없으며 연어가 자기가 자란 곳을 찾지 않고는 산란을 할 수 없는 것처럼 인간은 생명의 근원과 단절되어서는 정신적인 방황을 계속할 수밖에 없다. 모르모트(기니피그)는 산소가 부족하면 다른 동물에 앞서 죽는다. 우리에게는 시대에 앞서 괴로워하는 시인이나 소설가는 없는가? 철학자와 사상가는 없는가? 예술가는 없는가? 정치인은 없는가? 창조된 본연의 모습, 조화가 깨지지 않은 본연의 모습으로 돌아가려는 몸부림만이 인간을 구할 수가 있다. (1997.06.10.)

이 글은 2015년부터 현재까지 한국 장로신문에 실린 칼럼 일부이다.

기도할 수밖에 없는 여성 대통령

계사년 일 년은 우리가 동아시아에서 최초로, 그리고 유일하게 여성 대통령을 모시고 지내게 된 흥분되고 긴장된 해였다고 생각된다. 여성이 지정학적으로 외침(外侵)이 심하던, 그리고 세계에서 유일하게 분단된 한반도의 대통령이 된 것이다.

대선 마지막 해 12월에 들어 3번에 걸쳐 초청대상 후보자 TV 토론회가 있었는데 그때만 하더라도 박 후보는 토론에서 밀리는 것이 아닌가 하고 시청자를 긴장하게 했다. 통진당의 이정희 후보가 "나는 박근혜를 떨어뜨리기 위해 이곳에 나왔다."라고 말하며 박 후보의 약점을 씹어댔기 때문이다. 그러나 개표 결과는 108만여 표 (51.6% 대 48%) 차이로 박근혜 후보의 승리로 끝났다. 통진당의 이 후보가 보수 세력을 결속시킨 효녀 역할을 했다고 말하기도 하였다.

올해 초 2월 박 대통령 임기가 시작되면서 필자는 세계의 피겨여왕 김연아가 아이스링크에 오른 때처럼 조마조마하였다. 과연 이번에도 트리플 점프를 실수 없이 완벽하게 해내고 우승할 수 있을까 하고 손에 땀을 쥐던 때처럼. 그러나 우리의 여성 대통령은 취임 후 첫 번째 미국 방문에서 미 상하원 합동 연설 때 유창한 영어로 여러 번 기립 박수까지 받았을 뿐 아니라 연이은 한중 정상회담, G20 러시아 정상

회담, 인도네시아 APEC 정상회의 등에서 모두 통역 없이 연설하며 부끄럽지 않게 우리나라의 위상을 높이고 돌아왔다. 그래서 여성을 뽑은 것이 실수가 아니고 자랑스러운 일이었다고 생각할 정도였다.

문화일보는 박근혜 정책 중 외교정책을 가장 잘한 것으로 보도하였다(27.9%). 그러나 그분이 가장 못 한 것으로는 인사정책(1.1%)을 들었다. 이는 성추행 사건으로 국제적 망신을 불러온 윤 대변인을 필두로 '나 홀로 수첩 인사'를 계속하고 있다는 것이다. 최근에는 그의 실책이 연이어 보도되고 있다. 노령자 기초연금공약 수정, 국정원을 비롯한 국가기관의 선거 개입, 이산가족 상봉 무산 등이다. 급기야는 천주교의 정의구현사제단은 불법 선거 규탄과 '대통령 사퇴 촉구 미사'까지 드리게 되었다.

이 여론에 밀려 대통령 지지율은 떨어지고 있으나 현재도 50~60%로 임기 1년째 3, 4분기 전임 대통령(노무현 22~29, 이명박 24~32)에 비하면 월등하게 높은 편이다. 필자는 이런 지지율과는 상관없이 일단 대통령으로 당선되면 대선에 패배한 자라도 그를 축하하고 그에게 힘을 모아 주는 것이 성숙한 민주주의 국가 구성원이 취할 정석이라고 생각한다.

더구나 한 나라의 상징인 대통령을 비하해서 사퇴를 요구하거나 대표성에 손상을 입히는 것은 있을 수 없는 일이다. 독도를 자기 나라라고 주장하는 일본과 일방적인 방공식별구역을 선포하는 중국과, '청와대 불바다'설로 위협하는 북한에 맞서야 할 이 나라의 대통령을, 우리 국민이 타도하여 국민의 전폭적인 지지를 받지 못하는 대통령으로 매도할 수는 없는 일이다.

우리가 모처럼 세운 여성 대통령이 이렇게 상처뿐인 영광을 안고 몰락해서야 되겠는가? 물론 그분에 대한 부정적인 여론도 많다. '자기가 국민의 지지를 받고 있다고 너무 오만방자하다. 자기의 판단이 맞으니 원칙과 정직에 충실하겠다고 대화와 소통 없는 〈불통〉을 고집한다. 전 박정희 대통령의 향수에 젖은 사람들을 등에 업고 옛 유신의 흉내를 내려 한다.'

그래서 더욱 기도해야 한다. 아이스링크에 국제 선수를 올려놓은 심정으로 순간순간 실수하지 않기를 바라며 기도해야 한다. 그를 위해 기도한다는 것은 6·25의 폐허와 IMF를 극복하고 일어선 이 나라의 장래를 위한 것이기 때문이다. (2013.12.14.)

변곡점과 사순절

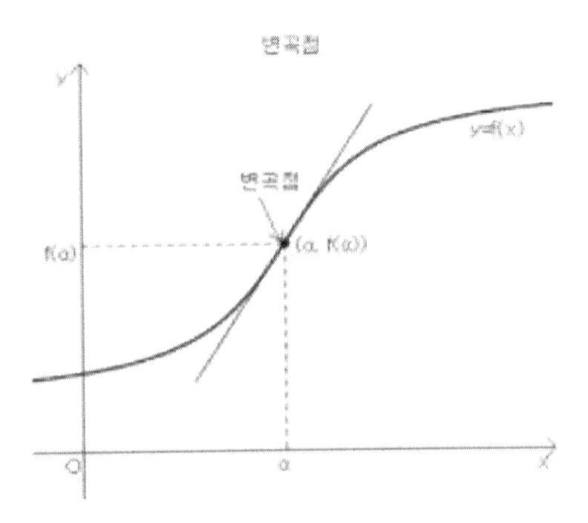

일차 방정식을 그래프로 그리면 직선이 된다. 이차 방정식은 오목하거나 불룩한 그래프, 삼차 방정식은 오목하고 볼록한 것이 연속된 곡선이 된다. 이때 오목한 선을 따라가다가 볼록한 그래프로 옮겨가는 경계점이 있는데 이 점을 변곡점이라고 한다.

논리학에는 대머리 논법이 있다. '머리카락이 100개밖에 없으면 대머리다.'라고 하자. 그럼 101이면? '대머리다.' 102이면? '대머리다.' 이렇게 올라가면 계속 대머리이며 대머리에서 대머리 아닌 것으로 되는 머리카락의 개수를 찾을 수 없다. 개별적으로는 맞지만, 종합적으로는 맞지 않은 대머리 오류다. 즉 변곡점을 찾을 수 없다.

우리나라처럼 사계절이 분명한 나라에서는 겨울에서 봄으로 옮겨가는 변곡점도 찾을 수 있을 것 같은데 이것도 대머리 논법의 오류처럼 그 날짜를 찾기는 어렵다. 친환경적 삶을 살던 옛날에는 들녘에 아지랑이가 피어오르고 하늘에서는 종달새가 지저귀며 목덜미에 훈훈한 봄기운이 느껴지고 들뜬 처녀가 오색 댕기를 치렁대며 들로 나물 캐러 나가면 봄이라고 느껴졌었는데 요즘은 건물의 숲속에서 시끄러운 교통 소음을 들으며 황사에 시달리느라 봄을 느낄 수가 없다. 그러나 '어둠'에서 '밝음'으로 옮겨지는 변곡점은 아마 해가 떠오르는 시각으로 한다면 가능할 것 같다.

기독교에는 사순절이 있다. 예수님이 무덤에 묻혔다가 부활한 날 전 사십 일을 정하여 부활절을 준비하며 기다리는 절기이다. 이 세상은 아담이 타락하여 지상으로 쫓겨나 그 후손들이 사는 죄인들의 세상이다. 그리고 사탄은 그 죄인들을 다스리는 왕이다. 죄인들은 그들 스스로가 죄인이라는 것도 모르고 어둠 속에 살고 있으므로 하나님은 이들을 측은히 여기시고 구원하기 위해 그의 아들 예수를 이 세상으로 보내셨다. 신이 인간의 몸을 입고 내려오신 것이다. 사탄은 자기 왕국을 보호하기 위해 "네가 하나님의 아들이면 여기서 뛰어내리라.", "네가 너를 구하여 십자가에서 내려오라."라는 등 온갖 유혹으로 예수가 인간이기를 포기하고 신성을 들어낼 것을 종용했지만 그는 인간의 구원 사역을 완성하기 위해 죽어 무덤에 묻히기까지 하나님께 순종하였다. 신이 죽는다는 것은 있을 수 없는 일이다. 그러나 빛으로 오신 예수는 끝까지 인간으로 어둠의 권세인 죽음 속에 묻히게 된 것이다.

한때 사탄은 승리한 것 같았으나 그 어둠의 권세는 예수의 부활과 함께 물러나게 되었다. 부활의 아침 그는 사망 권세를 이기고 무덤에서 일어나 부활하셨다. 이것이 예수가 십자가에 죽고 하나님께서 예수가 하나님의 아들인 것을 확증하기 위해 그를 부활시켰다고 성경은 말하고 있다.

나는 이 부활의 새벽을 어둠에서 빛으로 나아가는 변곡점이라 부르고 싶다. 이날이 어둠이 물러나고 밝음이 시작되는 점이다. 죄를 회개하고 예수님께 나아가는 빛의 자녀들이 어둠을 물리치게 되면 이 흑암의 세상에서는 육체의 정욕은 사라지고, 안목으로 말미암아 생기는 온갖 유혹도 물러나며, 명예와 권력을 탐해서 생기는 모든 죄악도 사라지게 될 것이다.

기독교인들은 사순절 기간 사탄인 원수를 다 이기고 무덤에서 살아날 예수를 고대하며 지난다. 그러나 부활은 변곡점이 될지라도 그것은 어둠을 물리치는 시작에 불과하다. 우리에게 이 사순절은 예수님이 재림하여 사탄의 세력을 심판하는 마지막 날도 "주 예수여, 어서 오십시오."라고 말하며 기다리는 절기가 되어야 한다. (2015.03.21.)

신년유감(新年有感)

올해는 을미(乙未)년으로 푸른 양의 해다. 이 해에 우리 기독교인은 참 목자의 음성을 듣고 순종의 삶을 사는 양이 될지, 방향을 잃고 각기 제 길로 가는 부화뇌동(附和雷同)하는 양 같이 될지 먼저 자신의 미래를 거울로 비쳐 본다. 신·불신을 막론하고 새해를 맞을 때는 야누스의 얼굴처럼 희망과 불안의 두 얼굴을 갖게 된다. 어떤 세상이 우리에게 열릴 것인가? 세상은 더 살기가 좋아질까, 아니면 더 극악무도해질까? 남북 간에는 화친의 무드가 열릴 것인가, 불통과 대결 무드로 치닫게 될 것인가? 교회는 교회답게 될 것인가, 더욱 추악해져 추락할 것인가? 정치는 권력을 휘두르는 무대가 될 것인가, 남을 무너뜨리고 백성은 안중에 없는 이전투구의 장이 될 것인가? 불확실한 미래는 과연 희망의 새해인가, 절망의 새해인가?

현인(賢人)에게 물으면 "둘 다 맞다."라고 대답할 것이다.

세상은 날로 극악무도한 사회적 범죄가 해를 거듭할수록 늘어나며, 북한은 불바다 위협으로 남북협상을 요구할 것이며, 교회는 무속신앙의 범주를 벗지 못하여 결국 돈과 권력으로 무너지며, 정치인은, 국민은 안중에 없고 자기 안위와 득세의 꿈을 못 버릴 것이기 때문에 암울한 미래가 될 것이 분명하다. 그래서 절망적이다. 그러나 세상에는 남을 돕고 자기를 희생하는 많은 숨은 미담의 주인공들이 넘치고, 조건 없이 북한을 돕고 대화의 손길을 뻗는 NGO들과 정부의 통일 노력이 있으며, 교회에는 우리 안에 있는 예수 그리스도의 능력이 마귀의 능력을 이길 수 있다고 믿고 교회의 갱신을 외치는 많은 젊은 목사들이 있으며, 부패한 정치인들을 위해 기도하는 선량한 많은 국민의 염원이 있다. 그래서 미래는 희망적이다.

기독교인으로서 새해에 교회는 어떻게 변해야 할 것인가를 생각한다. 필립 얀시는 기독교 신앙에 접근하는 두 부류의 사람들을 구별하면서 전기 기독교인들(pre-Christians)과 후기 기독교인들(post-Christians)로 나누었는데 전기 기독교인들은 예수를 마음을 열고 받아들이며 교회에 전혀 적대감을 느끼지 않는데 후기 기독교인들은 교회에 반감을 갖고 교회에서 받은 상처를 기억하며 부정적으로 교회를 보는 사람들이라고 말했다. 지금 우리나라는 7, 80년대만 하더라도 전기 기독교인에 속했던 사람들이 이제는 모두 후기 기독교인들이 되어버렸다. 그래서 예수를 영접하게 하기가 힘들 때가 되었다. 처녀와 과부에게 구혼할 때 과부는 세속적인 사랑을 너무 많이 체험해서 처녀에게 구혼하기보다 힘든 것이나 마찬가지다. 지금은 '예수 천당, 불신 지옥, 무병장수, 부귀영화' 등의 말을 통한 회유나 위협은 통하지 않은 시대가 되었다. 또 축호전도(逐戶傳道), 노방전도 등의 식상한 방법도 오히려 예수 영접을 더 멀리하게 하는 것뿐이다. 우리가 해야 할 것은 십자가에 돌아가신 예수의 살이 자신의 살이며 예수의 피가 자신의 몸에 흐르고 있는 피라는 것을 먼저 깨닫고 우리를 돌아보는 일이다. 그래서 우리 안에 사시는 예수님의 능력은 후기 그리스도인을 노리는 마귀의 능력을 능히 멸할 수 있다는 것을 믿는 일이다. 이것이 교회를 교회답게 회복하기 위한 우리들의 새해 결단이 되어야겠다는 생각을 한다. 먼저 "내가 세상의 소금이다. 내가 세상의 빛이다."라는 자의식을 가지고 세상 사람들이 우리의 행실을 보고 주님께 영광을 돌리게 해야 한다. 이렇게 남에게 사랑을 보여주는 믿음이 무너져가는 교회를 회복하는 유일한 길이다. (2015.01.24.)

목사를 칭찬하지 말라

"칭찬은 고래도 춤추게 한다."라는 말이 있다. 이것은 칭찬에 인색한 사람들을 향해서 하는 말이다. 고래가 춤을 추면 좋은 것일까? 춤을 추어서 칭찬하는 것인지, 칭찬해서 춤을 추는 것인지 모르지만 바다를 자유롭게 헤엄치고 다녀야 하는 고래가 춤을 춘다는 것은 고래를 인위적으로 조작하는 인간의 못된 취미다. 그런데 목사를 칭찬하면 목사도 고래처럼 우쭐해져서 춤을 춘단다. 그래서 마귀가 지극히 높은 산에 가서 천하만국의 영광을 보여 줄 때처럼 영광에 취하여 춤을 춘다. 어떤 교회의 강대상 위 책 받침대 위에는 '청중에게 그리스도를 보게 하라.'라는 글귀가 씌어 있었다고 한다. 강대상 위에 서면 칭찬을 받기 쉽고 그렇게 되면 목사의 사명을 망각하게 되기 때문에 그의 설교는 목사를 보지 말고 청중에게 그리스도를 보게 하라는 말이다. 예수님이 오 천명을 먹이는 표적을 행했을 때 그는 군중들이 와서 자기를 억지로 붙들어 임금으로 삼으려는 줄 알고 그들을 해산시키고 제자들도 바다를 건너 멀리 보낸 뒤 자기는 기도하러 올라가셨다. 십자가에 죽어서 백성을 구원해야 한다는 사명을 다짐하기 위해서였다. 맹목적으로 목사를 칭찬하는 데 따른 위험성은 첫째로 목사는 자기 본래의 사명을 망각하게 된다. 강대상에서 성경의 말씀을 바르게 풀어 가르쳐 주는 것만이 목사의 사명이 아니다. 말씀은 인터넷이나 TV를 통해서도 많이 듣는다. 그러나 그 말씀을 어떻게 행하며 사느냐 하는 것이 문제다. 양들은 그렇게 사는 목자를 보고 따르고 싶어 한다. 영문 밖에서 가난한 자를 찾아가고 병든 자를 방문하며 저는 자를 고쳐 뛰게 하는 생명력을 넣어주는 목자를 원하고 있다. 직장에서 힘들여 일하며 새벽 기도, 주일예배, 수요예배, 금요예배, 구역예배, 노방전도, 주일학교 봉사 등에 일일이 참석하지 못해 죄의식에 헤매고 있는 신도들을 만나 그들에게서 멍에를 벗겨 주어야 한다. 섬김을 받는 자가 아니라 섬기는 자의 모습을 보여야 한다. 인도의 마하트마 간디는 어떤 어머니가 자가 아들이 단 과자를 너무 많이 먹어서 이 버릇을 고쳐 달라고 말했다. 간디 선생님의 말씀이면 듣겠다고 했기 때문이다. 간디는 보름 뒤에 다시 오라고 했다. 그리고 그때 아들에게 단 과자를 먹는 것을 끊으라고 했다고 한다. 왜 보름 전에는 안 되었는가? 그는 자기가 단 과자를 먹고 있었기 때문에 그것을 끊고 가르치기 위해서였다고 한다. 우리에게는 그렇게 본이 되는 목자는 없는 것일까?

둘째로 칭찬받는 목사는 한국 교회를 망치는 주범이요 자신도 화를 받을 것이기 때문이다. 간디는 "나는 당신들의 예수를 좋아하지만, 당신들의 기독교인은 당신들의 예수와는 너무 달라서 싫어한다."라고 말했는데 예수를 닮은 기독교인을 양육하지 못한 첫째 원인은 목사에게 있다고 봐야 한다. 목사는 흔히 당연히 칭찬을 받고 모든 교인은 자기의 목회를 도와야 한다고 생각한다. 그래서 주일학교 교사, 성경공부 지도자, 교회 봉사자들은 자기가 목회하는 액세서리라고 생각해서 그들과 함께 동역하는 청지기 의식이 없다. 지금 교회 밖에는 무임 목사가 수천 명이 있다. 그들은 교회가 없는데도 칭찬받는 목사가 되려고 기다리고 있다. 그 자리에 서기만 하면 대접받고 살 수 있기 때문이다. '선지 학교'라고 신학교에서는 목사 되는 것을 가르치고 목사 자격을 갖추어 졸업시키지만, 그들에게 예수 닮은 삶을 사는 것을 가르쳐서 내보내지는 않는 모양이다. 예수 닮은 삶을 사는 것을 가르쳤다면 세속적인 직업을 가지고 어느 교회든 나가서 교회 주일학교 교사도 되고 성경공부 인도자도 되고 또 봉사도 기꺼이 맡아 해서 많은 교인을 예수 앞으로 인도하였을 것이다. 예수님께서는 마태복음에서 8가지 복을 선포하셨는데 누가복음 6장의 평지 설교에서는 4가지 복과 4가지 화를 선포하셨는데 예수님을 따르기 위해 모든 것을 포기했던 제자들에게 내리는 4가지 복과 그를 따르기 위해 어떤 것도 포기하지 않았던 자에게 내린 4가지 화다. 그 마지막 화는 다음과 같다. "모든 사람이 너희를 칭찬하면 화가 있도다."

예수를 따르는 사람은 미워하며, 멀리하고, 욕하고, 그를 버리는 것이 보통인데 예수를 따르지 않아서 그는 칭찬을 받고 있으므로 화가 있다고 선언하신 것이다. (2015.10.31.)

내 교회는 늙었는가

나이가 들면 고향을 찾아가고 싶어 한다고 한다. 그런데 내 고향 교회는 내가 장로 장립을 받은 미국 댈러스의 빛내리교회다. 늘 포근한 느낌이 드는 곳이기 때문이다. 이번에도 정립 받은 지 34년 만에 또 찾게 되었다. 그런데 이 교회도 내 나이만큼 늙은 것이 아닌가 하는 생각을 하게 되었다. 교회 창립 41년이 되었으니 늙어가고 있다고 생각할 수도 있다. 그보다도 내가 나이 들어 보인다고 말하는 것은 이 교회의 교인들은 한국인 1세의 나이 든 분들이 많고 예배 때 찬송가가 옛날 늘 부르던 흔한 찬송이었고 예배의 형식이 변함이 없었으며, 사도신경도 옛날 버전 그대로였다. 새로운 것은 외우기가 힘들다고 해서 한 번 바꾼 것을 다시 옛날 버전으로 바꾸었다고 한다. 수구적이고 보수적인 것이 편안하기는 하지만 늘 좋은 것만은 아니다. 특히 미국에 이민해 와 사는 사람들은 이제는 한국인 1세보다는 1.5세와 2세대가 많아졌는데 이민 교회가 이민 1세대가 주류를 이루고 있을 수만은 없는 일이다. 늙으면 변화를 싫어하고 안일과 기득권의 향유를 좋아하게 된다. 당회원 선출을 보자. 당회원이 되어 일해야 하는데 누군가에게 일을 맡겨 놓고 편히 교회를 왔다 갔다 하려고 한다. 그래서 지망자가 없고 못된 사람만 자리를 탐하는데, 그들은 선출이 되지 않아

적은 당회원 수로 너무 힘들다. 노인들은 개혁적인 젊은이들이 당회원이 되는 것을 싫어해서 선출하지 않기 때문이다. 이렇게 평안한 교회생활을 즐기는 신 바리새인이 생겨 자기도 일하지 않고 다른 사람이 일하는 것도 방해하게 된다. 결국, 몇몇 소수의 지도자만이 힘에 겹도록 일을 하다가 지치게 된다. 이것이 늙은 교회의 특징이다. 이런 모습을 이번에 내 교회에서 보는 것 같아 싫었다.

그런데 첫 예배를 드린 뒤 나는 생각이 달라졌다. 목사님이 숫자와 교회 부흥에만 애쓰는 나머지 세속에 영합하는 프로그램과 CCM에만 치중하는 교회를 닮아가는 것이 아니라 "하나님을 기쁘시게 하는 교회, 사람을 행복하게 하는 교회"라는 표어를 내걸고 새 교인 영입에만 혈안이 되지 않고 지금 출석하는 교인을 위한 영성을 귀하게 생각하고 그들을 참 그리스도의 제자가 되게 하는 데 열심인 것을 보게 되었기 때문이다. 전 주말에는 결식아동 후원을 위한 바자회를 했단다. 이것은 FMSC(Feed My Starving Children; 굶주린 내 어린애를 먹이라)라는 선교단체와 협력하는 일이었다. FMSC는 1987년 미국 미네소타주의 한 실업가가 "내 굶주린 어린애들을 보면 네가 먹이라"는 하나님의 음성을 듣고 설립한 선교단체인데 지금은 미국 각지에 산재해 있다. 주로 음식을 포장해서 갖다 주는 것인데 $0.25 정도로 만들 수 있는 일인분 음식을 Manna Pack Rice라는 작은 봉지에 싸서 현지에 보내는 일이다. 이 교회에서는 그 선교단체의 스케줄에 따라 9월에 전문인이 오면 10만 봉지($25,000.00)를 그들의 지시에 따라 전 교인이 봉사자가 되어 포장해서 만들어 보내기로 하고 우선 그 경비를 마련하는 바자회를 한 것이라고 한다.

감명 깊었던 것은 목사님을 비롯한 사역자들이 모두 이 바자회에 동참하기 위해 구두 닦기를 했다는 것이다. 교역자들이 허리를 굽히고 교인들이 내민 먼지 묻은 구두를 닦는다는 것은 상상할 수 없는 겸손이다. 어떤 교인은 헌 구두 한 자루를 담아서 닦아 달라고 맡겼는데 흰 봉투에 쪽지가 들어있었는데 자기가 일주일간 일해 번 돈 전액을 담았다면서 결식아동들에게 보내 달라고 했다는 것이다. 그 돈이면 새 구두도 얼마든지 살 수 있는데 자기는 헌 구두를 아껴 쓰며 일주일 번 돈을 결식아동에게 바친 것에 목사도 감격했다고 말하기도 했다. 또 어떤 분은 오랫동안 모은 고장 난 청소기 20여 개를 모두 수리해서 바자회에 내놓고 그걸 사 쓰라고 권고했다는 것이다. 5,000명을 먹이고 남은 음식을 거둔 예수님의 마음을 닮은 일이다. 목사님의 낮은 자세의 봉사가 얼마나 많은 사람을 성령의 감동으로 하나님의 일에 동참하게 하였는가? 이것은 교회가 젊어지고 있다는 징조이다. 그렇다면 이 교회는 늙은 것인가 젊은 것인가? 예수님은 말씀과 이석뿐 아니라 "나를 따르라", "와 보라"는 등의 예수님 말씀을 행동으로 본을 보인 것이다.

이제 내 고향 교회가 더욱 새 생명을 얻고 거듭나 다시 젊어지는 길은 이민 1.5세나 2세대들에게 길을 내주는 일이다. 지금은 내 세대가 아니라 아들과 손자들의 세대이다. 물론 지금도 영어 사역의 예배가 없는 것은 아니다. 그러나 더욱 노력해서 그들이 이 교회의 지도자가 되게 하고 지금은 내 주장과 안일을 양보하고 그들이 불편을 느끼지 않고 교회 생활을 하도록 하고 그들이 지도력을 발휘하도록 협력하고 돕는 일을 해야 한다. (2016.05.21)

가을을 찾아

사계절이 분명한 우리나라는 9, 10, 11월을 가을이라 부른다. 지금은 8월이며 입추(7일), 말복(16일)이 지났기 때문에 벌써 우리는 가을의 문턱에 섰다고 봐야 한다. 그런데 연일 푹푹 찌는 가마솥더위가 20일도 넘게 계속되어 가을의 흔적은 눈을 씻고 봐도 찾을 수가 없다. 기후변화를 원망하며 열대야로 잠을 설친 사람들은 가정용 전기요금 누진제로 에어컨을 켜지도 못하고 바라보고만 있어야 하냐고 외쳐댄다. 이 짜증 난 계절에 끓는 가마솥처럼 요란한 것은 재벌과 고관들의 재정적 비리, 사드 배치의 반대 데모, 대선 구도를 짜는 눈치작전들, 리우올림픽에 구기 종목의 탈락으로 울분을 터트리는 열기 등이 더욱 가을을 멀리 몰아내고 있는 것 같다. 가을은 오기나 하는 것일까? 계절 속에 가을이 있기나 하는지 확인해 봐야 하는 것이 아닐까?

기상청은 이 현상은 지구 온난화 때문일 것이라고 말한다. 태양열로 지구가 뜨거워질 때 지구표면에서 대기층으로 방출되는 복사에너지를 흡수해서 지표면으로 다시 배출하는 온실효과를 일으키는 온실가스 때문이라고 한다. 이들 주범은 이산화탄소나 메탄가스 등으로 국가 경제의 원동력이 되는 산업활동에서 불가피하게 배출되는 가스들이다. 그러나 그것 때문에 지구의 온도는 매년 상승하고 빙하가 녹고,

해수면의 상승과 온도 상승으로 어류들의 폐사, 곡물 수확 격감, 지구의 사막화, 기근 등 지각변동이 일어나고 있다고 한다. 1988년 유엔 산하에 기후변화에 대한 정부 간 협의체(IPCC)를 세계기상기구와 유엔 환경계획이 공동으로 설립하였으며 1992년에는 리우에서 국제적으로 대대적인 유엔 환경개발 회의를 개최하여 172개국 대표와 108개 정상이 환경보전을 위한 행동지침을 채택하였다. 이어 1997년에는 일본 교토에서 온실가스 감축 목표에 관한 의정서를 채택하고 2002년 이를 발효시켰지만, 국가 간 이해관계로 그 결과는 미미하다.

실제로 지난 100년간 북극의 그린란드는 빙하가 녹아내려 해수면이 23cm나 상승했으며 나무숲들이 생겨 산양과 채소를 기르고 있다고 한다. 바다에서는 이상기온으로 올라온 고기들을 많이 잡아내고 있으며 새롭게 드러난 육지에서는 희귀 광물들을 캐내어 호황을 누리고 있다고 한다. 인간들은 하나님께서 만들어 놓으시고 인간에게 맡겨 주신 자연을 마구 파괴해서 내 마음대로 하나님의 계획을 바꾸고 있다. 인간들은 연안 부근의 생태계를 크게 변화시켜 해양 생물의 연쇄적인 멸종도 가져오고 있다. 과학자들은 이 지구는 6억 년 동안 다섯 번 발생한 생물들의 대멸종이 있었는데 머지않아 여섯 번째의 대멸종이 있을 것이며 그것은 인간이 될 것이라고 말하고 있다. 지구는 60억 인구를 안고 있는데 자원은 고갈되고 대지는 사막화되어가는 중이어서 이제 지구는 인류를 더는 포용할 능력을 넘어섰다는 것이다. 어떤 동물은 자기 종의 멸종을 막기 위해 한정된 서식지에 수효가 넘치면 본능적으로 한 곳에 달려가 집단 자살을 한다고 한다. 그러나 인간은 아무리 인구가 늘어 포화상태가 되어도 집단 자살은 하지 않고 인류

멸종의 걱정은 안 하는 동물이다. 오히려 남의 것을 빼앗아서라도 더 가지려는 습성이 있다. 영국의 물리학자 스티븐 호킹 박사는 인류는 1,000년 이내에 다른 행성을 찾아 이주하지 않으면 환경오염, 전쟁, 소행성 충돌 등으로 멸종되고 말 것이라고 예언했다고 한다. 1,000년이 아니더라도 만일 인류가 핵무기 소유국가가 되려고 경쟁하고 또 이성을 잃고 핵무기를 잘 못 사용하게 되면 그전에라도 멸망할 수 있을 것이다.

우리는 열사병이 걸리는 과수원의 뙤약볕에 나가 일하면서도 하나님께서 이 뜨거운 햇볕을 주신 것은 가을에 풍성한 수확을 주시기 위한 것이라고 믿고 감사한다고 교회에서 공동기도한 장로를 기억해야 한다. 그의 과수원이라고 피해가 없었다고 누가 말할 수 있겠는가? 어떤 교회 40년사 내용 중에 있는 한 장로의 인터뷰에서 자기는 교회 건축위원장을 할 수 없다고 도망쳤는데 하나님께서 교회는 "네가 아니고 내가 짓는 것이다"라고 하신 말씀을 듣고 순종했다는 장로의 기사도 기억할만하다.

자기 지역구 주민들에게 자기가 어떻게 의정활동을 잘하고 있는지 SNS로 늘 홍보하며 자기 능력을 과시하는 국회의원들이 많은데 이들이 더 높은 분의 뜻에 순종하며 자연을 아끼고 돌보는 사람들로 변한다면 가을하늘처럼 맑은 나라가 될 것이다. 지각변동도 없어지고 우리가 걱정하며 가을을 찾으려고 애쓰지 않아도 천고마비(天高馬肥)의 청명한 가을은 풍성한 열매를 약속하며 우리 앞에 찾아올 것이다. (2016.08.27.)

위대한 대한민국

대한민국은 위대한 나라다. 세계 제2차대전 후 국권을 회복하고 피폐한 잿더미와 같던 땅에서 이렇게 빨리 경제 대국이 되었을 뿐 아니라 완전한 자유 민주국가를 이룬 나라는 지구상에 없다. 당시 후진국, 개발 도상 국가라고 일컫던 나라들이 우리를 부러워하고 벤치마킹하려 하고 있다. 세계 5대 공업국, 7대 수출국, 8대 무역국, G20의 경제 대국, 인구 5,000만이 넘는 나라에서 국민소득이 $20,000이 넘는 나라 순위는 7번째라고 한다. 6·25 전쟁을 겪고 IMF 위기를 나라 사랑하는 일념으로 이겨낸 국민이다. 삼성, LG TV의 세계 점유율은 70%, 외화 보유고 세계 7위, 반도체 일등국이라고 알려져 있다. 미국 뉴욕의 트럼프 타워도 대우건설의 기술력으로 만들어졌다니 자랑스럽지 않을 수 없다.

그런데 지금 우리나라의 정치 상황은 바닥을 치고 최순실 게이트로 세계에 부끄러워서 얼굴을 들 수 없게 되었다. 이것이 성숙한 민주국가의 모습인가? 대통령은 국가의 원수이며 외국에 대해 국가를 대표하는 상징적 존재인데 초등학교의 반장만도 못하게 되어버렸다. 이렇게 권위가 실추되어서 어떻게 외교권, 국군 통수권, 공무원 임명권을 행사할 수 있겠는가? 최순실 게이트의 몸통은 박근혜 대통령이기 때문에 그분은 하야해야 하고, 국민에게 석고대죄하고, 국군 통수권도 내놓아야 한다고 정치인들은 말한다. 이선으로 후퇴하라. 하야하라. 아니면 탄핵하자고 한다. 그는 불통이고 독대를 하지 않고, 식사도 혼자 하며 주술에 빠져 악령에 빙의(憑依)된 최순실의 꼭두각시가 되어 시장 아줌마의 말을 따라 국정을 혼란하게 하고 있다고 말한다. 그러나 지금은 최순실이 문제가 아니고 그 몸통이 표적이다. 그를 어떻게 해서든지 제거할 기세다. 그러나 초등학교 반장 갈아치우듯 그렇게 할 수 없다. 그분이 대통령직에 있는 한 내란 또는 외환의 죄를 범한 경우가 아니면 형사상 소추를 할 수 없기 때문이다.

목적을 달성하기 위해 촛불집회에 호소한다. 군중은 이성이 없다. 군중 집회는 참가자들의 이성적인 판단과 마땅히 져야 할 각자의 책임을 삼켜버리는 무덤일 뿐이다. 당리당략과 대선 후보로서의 입지를 굳히기 위한 추잡한 무리의 저급한 생각들도 그 속에 묻혀 버린다. 군중의 외침은 가치관이 하향 평준화된 인민재판의 아우성이며 힘의 정치이고 민주주의 국가에서 들을 수 있는 소리가 아니다. 그들은 대통령이 국가를 대표하는 상징임을 인식하지 못한다. 여성 대통령의 사생활을 파헤치고, 역대 대통령이 극복하지 못하고 쓰러졌던 권력 남용의 유혹에 빠진 것을 낱낱이 세상에 들추어내어 그분을 대중 앞에 세우고 죄인으로 처단하기를 원한다. 이 모든 내용은 세계 각국 신문의 일면 기사가 되고 실시간 방송으로 방영된다. 대한민국은 우리나라를 부러워하고 코리언 드림을 꿈꾸던 사람에게 산산이 찢긴 걸레 같은 나체가 된다.

최순실 일당을 찾아낸 것은 특종이다. 다행으로 생각하며 그 환부를 도려내고 대통령의 임기를 인내하며 기다려주는 성숙한 정치인의 모습을 보여 줄 수는 없는가? 왜 우리나라는 대통령마다 임기 말에 부끄러운 모습으로 대통령직을 떠나야 하는가? 국민의 힘을 배경으로 외국 정상들과 당당히 협상하여 남은 임기 동안 위대한 대한민국을 세계에 보여주며 떠나게 할 수는 없는가? 이것이 성숙한 민주시민으로 정권을 이양하고 이양받는 아름다운 모습이다.

이제는 쓰나미가 시작되어 나라의 운명을 가늠할 수 없게 되었다. 너무 가속화되어 지금은 아무도 핸들을 틀 수가 없다. 초등학교 반장에게는 나라를 맡길 수 없으며 정치는 군중들이 외침으로 동참하겠다고 한다. 외교권과 국군 통수권도 줄 수 없다며 무주공산이 되었다. 이 홍수 속에 우리나라의 안보는 어떻게 되는가?

오! 위대한 대한민국이여! 침묵한 국민이 이룬 너를 큰소리치는 백치가 망치고 있다. 나라를 이끌고 가는 위정자들에게 바라는 것은 인내하며 대한민국을 세계의 조롱거리가 되지 않게 하는 일이다. (2016.11.26.)

산타들의 행군과 정유년

성탄 전야는 기독교인뿐만 아니라 전 국민의 축제 날이다. 기독교인들은 4주 동안 예수님이 오심을 기다리는 대림절(待臨節)을 지키며 오래전부터 예언되어온 예수의 탄생을 감사하며 기뻐하는 기간이다. 노역(勞役)의 때가 끝나고 우리의 죄악이 사함을 받는 평화의 왕국이 임하기를 간절히 기원하는 기간이기도 하다. 그런데 언제부터인지 성탄일은 온 인류의 축제 기간이 되었다. 광장마다 대형 크리스마스트리가 휘황찬란하게 장식되고 거리에는 크리스마스 캐럴이 상혼(商魂)들을 부추기게 되었다. “참 반가운 성도여 다 이리 와서…”, “…노엘 노엘 노엘 노엘 이스라엘 왕이 나셨네.” 등 다 기독교인들의 찬양 가사다. 그러나 백화점에 쇼핑을 나온 군중들은 그 노래와 분위기가 흥겨울 뿐이다. 거기다 산타클로스가 흰 태를 두른 빨간 모자와 빨간 옷을 입고 상가에 나타나 어린애들을 맞는다. 이것은 어찌 보면 군중의 조롱을 받고 찔리고, 상하고, 채찍에 맞으며, 피 흘려 그들의 구속(救贖)을 위해 십자가에 돌아가신 예수에 대한 모독이다. 크리스마스는 우리에게 거듭난 삶을 주실 예수를 깊이 생각하며 맞는 ‘고요한 밤’이 어울리기 때문이다.

이번 성탄 전야의 촛불집회에는 인터넷을 통해 자원한 300명의 ‘청년 산타' 봉사자들이 참여했다. 그들은 촛불집회에 어른들을 따라 나온 어린이들에게 사탕, 동화책, 카드 등 선물을 나누어 주며 "하얀 크리스마스"를 소원하는 대신 "하야(下野) 크리스마스"를 외치고 "어린이들에게는 선물을, 박근혜에게는 수갑을."을 외쳤다. 산타클로스는 성탄 전야에 어린이들이 만나고 싶은 동경의 할아버지이다. 자고 나면 머리맡에 깜짝 놀라는 하나님의 선물을 나누어 주는 할아버지기 때문이다. 그런데 그 할아버지가 대통령에게 수갑을 채우는 사람이라면 어린 동심에 큰 상처를 주는 일이다. 어떤 '청년 산타' 봉사대원은 크리스마스이브에 술잔 기울이는 것보다 커플이 데이트 겸 만나서 즐기는 것이 보람 있을 것 같아 서로 스마트 폰으로 연락하여 먼 데서 KTX로 올라와 집회에 동참했다고 한다.

이 집회는 어떻게 시작되었는가? "대통령은 즉시 하야하라", "국민 앞에 석고대죄하라.", "국군 통수권도 내놓아라." 이렇게 무정부 상태를 도출하는 요구로 시작되었다. 그러다가 대통령 때문에 우리가 못살게 되었다는 것을 깨달은 군중들이 트랙터를 끌고 '하야 박근혜'라는 표지판을 앞세워 상경했다. 그들은 쌀값 인상도 동시에 외쳤다. 또 파업 중인 노조원은 머리띠를 한 채 노사협정안도 가지고 동참했다. 방향이 빗나가 폭동이 될까 걱정한 시민들은 쓰레기 봉지를 들고나와 길거리에서 쓰레기를 줍고 다녔다. 요즘 촛불집회는 SNS를 통해 자원해서 나온 무리라 한다. 그러나 그들은 다 분노하고 있다. 국정농단의 각가지 소식들은 독재 정권하에서만 있을 만한 블랙리스트의 소식을 전한다. 그러지 않아도 돈 있는 자의 갑질과 권력자의 횡포로 불공평한 세상이 싫어진 군중들이 밖으로 나오지 않을 수 없다. 나라 꼴이

민주주의의 발전이 아니고 1970년대 독재정권으로의 회귀다. 그래서 촛불집회를 일루의 희망처럼, 4·19 혁명이나, 5.18 광주 민주화운동처럼 성스럽게 생각하게 되었다. 입법부나, 사법부나, 행정부를 향해 '촛불집회의 민심'을 배신하면 안 된다고 외치기도 한다. 정말 이 촛불집회의 민심을 의인화(擬人化)해서 이 난국을 이끌어갈 한목소리를 내는 주인공으로 생각할 수가 있을까? 그렇다면 데이트 겸 참여하여 애들에게 한 손에는 수갑을 그리고 한 손에는 선물을 가지고 나누어주는 장난스러운 '청년 산타'들의 행진은 이 성스러운 집회를 모독하는 것이 된다. 외신인 CNN도 이 산타들의 촛불집회에의 등장을 재미있게 생각한 것 같다. 〈남한 대통령 탄핵을 향해 돌진하는 산타들〉이라는 타이틀로 사진을 올리고 있다. 집회를 한 컷의 만화처럼 생각하는 것이리라.

아무리 자진해서 참여한 촛불집회라 할지라도 이것은 국민의 분노에 찬 목소리일 뿐이다. 이제는 이 다양한 분노의 목소리를 듣고 이성과 합리적인 사고로 헌정질서를 회복할 때다. 성경에 베드로는 자기가 예수를 위하여 목숨까지 버리겠다고 호언장담했다가 예수를 세 번이나 배신한 것을 생각하고 통곡하니 닭이 세 번째 울었다는 글이 나오는데 우리도 이 정유년 '닭'의 해를 맞아 우리가 뽑은 국회의원님들께서 멍청하지 않다면 어떻게 하면 이 어지러운 세태를 수습할 수 있을지 지혜를 짜내 줄 것이라 믿는다. 특검이 법적인 전문지식으로 우리나라의 환부를 잘 진단하고 도려내어 생명을 살리는 수술을 해줄 것이라 믿는다. 대통령이 불통으로 눈치와 아부만 할 줄 아는 비선(秘線)들을 데리고 민주주의를 수십 년 뒤로 역행한 것을 깨닫게 되기를 소망한다. 우리 국민이 이 정유년에는 가정과 교회와 사회의 조직 곳곳에서 소통의 민주주의를 역행하는 독소를 제거하지 못하고 독재를 찬양하며 실천하며 살아오고 있는 것을 회개하고 과감하게 이 모든 삶을 개혁할 수 있게 되기를 소망한다. (2017.01.07.)

봄이 오는 소리

봄이 오는 소리는 생기가 우리 몸에 들어오는 소리다. 얼어붙은 강이 녹고, 파충류가 겨울잠에서 깨어나며, 죽은 듯 자고 있던 가지에 새 생명의 봉우리가 돋는 소리다. 꽁꽁 언 겨울을 보내는 소리다. 사실 입춘이 지나면 봄의 소리는 어김없이 환한 새 옷을 입고 부활의 아침처럼 화사한 웃음으로 세상을 바꾸어 놓는 소리로 우리에게 다가온다.

이 해에도 광양에서는 3월 11일부터 19일까지 매화 축제를 개최하려고 준비하고 있다. 그런데 시국을 생각할 때 마음이 무겁다. 우리는 지금 더 위대한 대한민국을 만들어보겠다고 큰 수술을 받고 있기 때문이다. 우리는 자유 민주주의를 더 잘해 보겠다고 대통령 탄핵이라는 너무 큰 수술을 시작하였다. 정당·정책이 아니고 인물 중심으로 헤쳐모이는 정당이라도 이제는 제법 민주주의가 성숙해 간다고 생각했는데 대통령 임기 말이 되자 현 통치권자는 불통이고, 독재적이며, 국정을 농락했기 때문에 수술해야 하겠다고 촛불집회를 시작한 것이다. 수술동의서도 받지 않고 시작한 위험한 수술인데 암이 많이 전이되어 비선 실세를 절제하고, 정경유착의 고리를 끊으려고 대기업을 깊숙이 수술하다 나라의 경제가 위태롭게 되었다. 김영란법은 좋은 취지의 법이었는데 그것 때문에 못 살겠다고 울상이다. 이제는 이 나라가 이런 대수술에서 소생할 수 있을지 걱정될 뿐이다. 수술 대기실에서 우리 조국을 소생케 해주시라고 집도한 의사들을 위해 기도할 수밖에 없게 되었다.

성경의 에스겔서에 의하면 하나님은 바벨론에 잡혀간 이스라엘의 회복을 위해 선지자 에스겔을 골짜기 가운데 마른 뼈가 가득한 곳에 세우고 말씀하셨다. "인자야 이 뼈들이 능히 살 수 있겠느냐?" 그것은 어림도 없는 소리였다. 어떻게 마른 뼈들이 살아날 수 있겠는가? 그는 "여호와여 주께서 아시나이다."라고 대답했다. 다시 하나님께서 말씀하셨다. "너는 이 모든 뼈에게 대언하여 이르라…. 주 여호와께서 이같이 말씀하시기를 내가 생기를 들어가게 하리니 너희가 살아나리라." 에스겔은 어떻게 그렇게 터무니없는 대언을 할 수 있었을까? 지금 우리를 개성공단으로 데리고 가서 세우고 하나님께서 "이 개성공단이 다시 살아날 수 있겠느냐?"고 물으면 어떻게 답하겠는가? 말도 안 된다고 대답하지 않겠는가? 도저히 있을 수 없는 일이다. 하나님께서만 아실 것이라고 대답했을 때 "네가 그렇게 대언하라."고 말한다면 선지자 에스겔이라도 도망쳐 버렸을 것이다. 이북이 어떤 나라인가? 세계에서 악명 높은 독재국가다. 자기에게 충성한 주요 간부를 무자비하게 사형, 숙청하고, 자기의 이복형을 말레이시아 공항에서 독살했다는 혐의를 받고 있으며, 미·일 회담이 끝날 때 고체연료를 사용한 북극성 2형 미사일을 쏘아 올린 위협적인 존재다. 일본은 이런 이북을 용납할 수 없다고 말하자 미국도 일본에 100% 찬동한다고 이북을 위협했지만, 미국을 다시 위대한 미국으로 만들겠다고 선언한 트럼프나, 독도를 자기 땅이라고 주장하는 일본의 아베신조가 한국을 걱정해서 그런 선언을 했겠는가? 전쟁의 직접 위협은 우리나라를 향하고 있다. 도라산에 가면 개성공단을 향해 20㎞는 들리는 고성능스피커로 지금도 150대의 통근버스가 주차하고 있는 옛날 개성공단(5.4㎞)을 향해 남쪽 노래를 들려주고 있다고 한다. "…너에게로 또다시 돌아오기까지/ 왜 이리 힘들었을까?" 그럼 그쪽은 방해 음성을 보내온다고 한다.

세상이 요란하고 시끄러운 소리가 난무하다. 그러나 우리는 생명을 죽이는 소리가 아니라 생명을 살리는 소리를 들어야 한다. 세계에서 유일하게 분단된 이 나라에서 당장 사드 배치를 해 달라고 호소한다고 우리나라가 평안해지는 것이 아니다. 위기의 백척간두에서 정권욕을 버리고 생명을 살리는 봄의 소리를 듣고 수술 중인 우리나라가 온전히 회복될 수 있도록 기도해야 한다. (2017.02.25.)

생명의 동아줄은 예수

대한민국이여! 당신은 지금 어디에 서 있습니까? 국기(國旗)도 잊어버리고, 건국일도 잊어버리고, 영문 국호도 잊어버리고 지금 국제미아가 되어 있는 것이 아닙니까? 길을 찾으려면 세계지도를 펴고 현재 당신이 서 있는 위치부터 확인해 보십시오. 당신은 지금 '30~50클럽'의 문턱에 서 있습니다. 미국, 영국, 독일, 프랑스, 이탈리아, 일본 다음에 가는 일곱째 강국의 국가 서열에 서 있다는 말입니다(현재 GNI 27,500불). 옛날 대국에 조공을 바치던 소국이 아닙니다. 거기다 3수까지 해오며 평창올림픽을 유치해서 세계적인 평화의 축제를 하게 되었습니다. 이제 여기서 어디로 가야 할까요?

먼저 주변 지구를 둘러보십시오. 우리가 몸담은 이 지구는 몸살을 앓고 있습니다. 지구의 온난화로 빙하의 해빙, 해수면의 상승, 기후변화로 홍수, 가뭄… 거기에 지구의 사막화는 가속되고 있습니다. 심한 지각변동으로 여기저기서 지진이 일어나고 있습니다. 산업화, 공업화로 인간들이 온실가스 배출을 자제하지 않기 때문에 생긴 인재(人災)지만 지구의 종말을 보기 전에는 인간들은 기후변화에 관한 의전서와 협약들을 잘 지킬 것 같지 않습니다.

가공할 핵을 보유하고 있는 나라들이 늘고 있습니다. 핵탄두에 실린 핵폭탄이 일본 히로시마에 투하된 20kt급만 되어도 반경 1.2㎞ 이내 모든 사람이 사망한다고 합니다. 인구가 밀집된 서울에는 10kt급 핵폭탄만 떨어져도 최소 34만 명의 사상자가 생길 것이라고 합니다. 이런 가공할 무기를 발사대에 올려놓고, 책상 위에 발사 단추를 놓고 핵을 가졌다고 자랑하는 나라의 수령이 어느 지점에 투하해야 불리한 국제여론을 최소화할 수 있을 것인가를 생각하며 투하 장소를 물색하고 있을지도 모른다는 상상을 하면 소름이 끼치는 일입니다. 핵확산 조약(NPT)으로 핵의 비확산, 핵무기 군비축소, 핵기술의 평화적 사용을 규정하고 있지만, 인도, 파키스탄, 이스라엘, 쿠바 등은 미가입국들이며 북한은 가입했다 탈퇴한 나라입니다. 세계는 핵 위협에서 안전할 수 없습니다.

이렇게 전쟁의 위협은 코앞에 있는데 우리는 지구 종말을 향해 질주하고 있습니다. 피땀으로 쌓아 올린 경제 대국의 어깨 위에 올라탄 행정팀으로부터 법조인, 정치인 할 것 없이 적폐청산의 큰 목소리로 초인이 되어 온 나라를 호령하고 있습니다. 지성도, 이성도, 책임감도, 역사의식도 없는 잡다한 집단이기주의 군중의 목소리는 더 큰 쓰나미를 이루고 당신을 파멸로 이끌고 있습니다.

대한민국이여! 당신은 이 쓰나미를 벗어나 폭포수를 거슬러 올라가는 연어의 생명력을 회복하고 싶은 꿈은 없으십니까?

혹 혼돈(chaos)에서 질서의 우주(cosmos)를 창조한 하나님에 대해 들어본 적이 있습니까? 그분은 엔트로피의 증가에 역행해서 비가역을 가역으로 바꾸어 질서의 우주를 창조하신 분입니다. 그분은 자기 형상대로 인간을 남자와 여자로 창조하셨습니다. 인간의 인권은 우리가 법으로 만든 것이 아니고 그분이 주신 것입니다. 예수는 그분의 아들로 하나님인데 인간이 되어 세상으로 내려왔습니다. 인간을 낙원으로 초청하기 위해 많은 가르침을 주었는데 인간들은 신을 죽였습니다. 그런데 다시 살아나서 인간들에게 자기 나라의 백성이 되라고 권고합니다.

내가 미쳤다고요? 말이 되느냐고요? 예수를 믿으십시오. 그러면 그의 가르침과 이 모든 이적을 다 믿게 될 것입니다. 시간이 사라지고 순간이 영원이 되는 세계입니다. 인간의 한계상황은 이성이 아니고 믿음으로서만 초월할 수 있습니다. 믿는 자에게는 이 모든 것은 설명이 필요 없고, 안 믿는 자에게는 아무리 설명해도 이해되지 않는 그런 세계가 있습니다. 그 세계는 원수를 사랑하며 죄지은 자는 일곱 번을 일흔 번까지 용서하는 지상낙원입니다. 모든 소유욕을 버리고 참 존재가 되십시오. 대한민국이여! 생명의 동아줄은 예수입니다. (2018.02.10.)

하나님은 노인에게 뭐라고 말씀하시는가

요즘 우리나라의 정치 상황을 보면 풍전등화처럼 불안하다. 원래 한반도는 지정학적으로 화약고처럼 불안한 위치에 놓여 있다. 거대한 공산주의/사회주의 국가의 남단에 있는 작은 반도다. 유일하게 자유민주주의 국가로 번영을 누리고 있다는 것 자체가 기적이다. 지혜로운 외교 없이는 살아남을 수 없는 나라가 지금은 중국, 러시아, 북한의 으름장에 위협을 받으며 가까운 일본이나 우리의 우방이던 미국에서도 우리는 외면당하고 있다. 사면초가가 되었다. 이때 치아는 무너지고, 시각과 청각은 약해지고, 기억도 깜박거리는 노인들은 나라를 위해 무엇을 할 수 있을까? 젊은 시절의 힘은 다 사라지고 백발만 남아 있다. 고려 시대의 고려장이 사실 있었다면 그 제도를 법제화해서 내가 죽더라도 내 자녀들이 힘겹지 않게 사는 사회를 만들어주고 싶다.

통계에 의하면 우리나라의 생산연령인구(15~64세)는 3,759만 명인데 노령 인구(65세 이상)는 769만 명(20.44%)이라고 한다. 한 자녀를 낳아서 기르기도 힘든데 다섯 사람당 한 명꼴로 노인을 부양하고 살려면 젊은이들은 등골이 휘어질 것이다. 그런데 노인정에서는 수시로 노인들을 불러 점심을 대접하고 버스로 관광을 시키고 있다. 우리나라의 노인 복지는 세계적으로 유례가 없을 만큼 훌륭해서 한국은 노인 천국으로 알려져 있다. 대한노인회에는 16개 시·도 연합회가 있고 244개 시·군 지회가 있으며, 그 밑에 65,000개 정도의 경로당을 가지고 있다. 이 경로당을 매월 보건복지부나 시·도자치행정부에서 적지 않은 활동비와 쌀도 지원해 주고 있어 경로당은 놀러 다니지 않을 수 없다. 거기다 선거철이 되면 경로사상을 고취해서 뭔가 더 도와줄 것은 없을까 해서 나라에서는 선심 쓰기에 바쁘다. 목욕, 이발, 이용 등 쿠폰을 나누어주기도 하고, 고령자의 임시 일용직으로 급식 도우미, 교통 주차 질서 계도, 청소부, 잔디 깎기, 대형 건물 소등 직 등으로 고용률도 높이고, 적지 않게 용돈도 벌게 하고 있다.

이런 때 하나님은 우리 노인들에게 무슨 말씀을 해주고 있는지 기도하며 알고 싶어진다. 잠언 16:31에는 '백발은 영화의 면류관이며 의로운 삶에서 얻어지는 것'이라고 말하고 있다. 백발은 거저 얻어지는 것이 아니다. 더 많은 경험, 더 많은 지혜, 더 많은 미래의 비전을 꿈꾸면 사는 삶이 쌓아서 백발을 얻게 된 것이다. 노인은 일제의 학성을 견디고, 해방의 기쁨을 누리고, 자유민주국가를 세우고, 6·25 참사를 겪고, 단시일에 최빈국에서 최강국가로 발전한 모든 양상을 몸으로 체험한 산증인이다. 백발의 면류관을 주신 이는 하나님이시다. 그렇다면 지금까지 건강하게 지켜주신 것을 감사하며 시편 기자처럼 백발이 될 때도 주의 능력을 장래의 모든 후손에게 전해야 하지 않을까(시 71:18)? 그런데 나는 노인들이 손자들이 사 준 아이폰에 이어폰을 꽂고 문자를 주고받는 데 어린애들처럼 정신이 없는 것을 본다. 남의 말을 전달하고, 가짜뉴스와 관제 뉴스를 퍼 나르며 자기의 주체적인 사상은 없다. 물리학에서는 위치 에너지가 있다. 높은 곳에 있는 물은 낮은 곳에 있는 물보다 위치 에너지가 크다. 따라서 물은 자연 낮은 곳으로 흐른다. 어떤 젊은이가 자기 마을 길을 산책하다가 갑자기 내리는 소나기를 피해 한 집 처마 밑으로 피했다. 마침 그때 노인 한 사람도 비를 피해 들어왔다. 그때 노인은 그 마을의 아주 옛날이야기를 들려주었다. 젊은이가 처음 듣는 이야기였다. 젊은이는 큰 감명을 받았다. 노인들은 어른답고, 본이 되고, 배울 것이 있고…. 그래서 지혜나 도덕성에서 위치 에너지가 젊은이보다 커야 한다.

하나님께서 노인들에게 주신 말씀은 한 해가 지날 때마다 노인들은 과거가 부끄러워질 만큼 더 지혜롭게 되고, 더 감사하게 되고, 용서하지 못했던 과거의 편협함이 후회될 만큼 아량이 더 넓어지고, 작은 선심에 흔들리지 않고 공의(公義)로운 삶을 살아야 한다는 것이 아닐까?

(2019.08.31.)

무엇이 소음인가

미국의 통계학자 네이트 실버는 2012년 치러진 미국 대통령 선거결과를 정확하게 예측했다고 알려졌다. 그는 자기 저서 『신호와 소음』에 베이지안(Bayesian) 통계 방법을 통해 잘못된 정보(소음)를 거르고 진리인 정보(신호)를 어떻게 찾을 것인지에 대해 쓰고 있다. 그 책은 방대하고 너무 어려워 나는 다 이해하기는 어렵지만, 요즘처럼 정보가 넘치는 빅 데이터 시대에 외치는 소리가 심할 때는 소음 속에서 신호를 식별하는 작업을 한 이 책이 귀하다고 생각된다.

요즘 서초동 집회와 광화문 집회 군중들의 함성은 신호일까? 소음일까?

나는 초등학교 6학년 때 8·15광복을 맞았다. 그때 일본은 동아시아를 대동아공영권(大東亞共榮圈)으로 만든다고 세계 제2차대전을 대동아전쟁(大東亞戰爭)이라고 불렀다. 당시 우리가 접하는 정보는 관제이거나 일방적인 세뇌였다. 일본이 이기고 있다는 것이었다. 우리는 학교공부보다는 모심기, 벼 베기, 송진을 따와서 송탄유 만들기 등 근로봉사에 동원되었으며, 마을에서 젊은이가 군대에 뽑혀 가면 일장기를 들고 역에 나가 군가를 부르며 환송했다. 학교의 종마저 철물로 몰수되어 수업의 시작과 끝은 주번 학생이 복도를 딱딱이를 치며 알리고 다

냈다. 그래서 히로시마에 원자탄이 투하되고 일본 천황이 항복 선언을 방송했는데도 나는 그것을 믿지 않았다. 결국, 나는 소음에 묻혀 신호를 식별하지 못한 것이다. 어린 우리는 해외에서 애국 투사들이 국권 회복을 위해 피 흘려 순국하는 신호를 보지 못했다.

5년 후 6·25 전쟁 때 북한군은 무기를 앞세워 남한을 쳐들어 왔다. 대한민국 정부는 부산으로 피난하고 통치의 공백 지대였던 땅에 북한 정보공작대원들은 각 기관을 점령하고 마을마다 순회하며 사상교육을 했다. 소작인과 핍박을 받았다는 농민들이 들고일어나 지주와 소위 무위도식한다는 부호들을 광장에 끌어내어 인민재판을 하였다. 그저 죽이라고 아우성을 치면 총살하거나 몽둥이로 때려죽였다. 사법, 행정은 아무 소용이 없고 다만 군중의 목소리가 국민의 생각을 대변하는 것이었다. 9·28 수복 후 한 지주의 아들은 피난에서 돌아와 가족 시신만 수거하는데 수레가 셋이나 필요했다. 나는 그때부터 광장에서 외치는 목소리는 신호를 식별하는 것을 방해하는 소음이라고 생각하게 되었다.

지금은 인터넷을 통해 정보의 홍수가 넘쳐나는 빅 데이터 시대가 되었다. 이 속에서 네이트 실버처럼 통계의 지식도 없고 그것을 이용하여 신호에 접근해 가는 능력도 없는 우리는 어떻게 해야 하는가?

네이트 실버는 그의 저서에서 선거결과의 예측, 야구게임 예측, 기상, 지진 예측, 경제, 도박 예측 등 소음을 하나씩 제거하여 옳은 방향의 신호를 감지했다. 그러나 지금 우리에게 그보다 더 절실한 것은 우리가 지금 옳은 방향으로 나아가고 있느냐 하는 것이다. 인간은 주관적이고 탐욕스러운 존재다. 그들은 자기의 주관과 이념, 또는 대통령의 대국민 선거공약 등을 내세워 바벨탑을 쌓고 이렇게 하면 온 국민이 평등하고 평화로운 나라를 만들 수 있다고 주장할 수 있다. 그러나 하나님은 지금도 이 바벨탑을 세운 백성들을 흩어버리실 것이다. 왜? 8·15광복의 순간을 생각해 보라. 6·25 대혼란을 겪은 뒤 현재의 자유민주주의 대한민국이 세계에 어깨를 겨누고 우뚝 선 지금을 생각해 보라. 각계각층의 지도자들이 대중이 내는 소음을 하나씩 하나씩 제거하고 신호를 보고 그 신호를 따랐기 때문이다. 혼돈 가운데 질서를 찾아 이 세상을 창조하고 보시기에 아름답다고 말한 하나님이 인간에게 계시하신 그 신호를 본 것이다.

흔히 백성들이 거리에 나와 외치고 호소하는 것은 정부의 비호를 받지 못하거나 올바른 재판을 받지 못해 억울한 사람들이 행하는 일이다. 그러나 요즘 서초 광장에 나오는 사람들은 이 프레임에 갇혀 있지 않다. 어느 단체든 자기 소속 단체에 불이익이 있으면 거리에 나온다. 목소리가 크고 집회 인원이 많으면 그것이 국민의 소리라고 말한다. 그리고 국민의 소리에 따라 나라는 다스려져야 한다고 제왕이 되려 한다. 올바른 비전과 이를 이룰 바른 방법을 알면 우리는 살 수 있다. 무엇이 소음인가 분별하자. 그리고 하나님께서 계시하신 신호를 보자. (2019.10.19.)

코로나 19와 그리스도인

기독교는 대한민국을 지금의 자유 민주주의 국가로 세계에 우뚝 서게 만든 밑거름이었다. 첫째는 계급타파였다. 일하지 않고 종들을 거느리고 살던 양반들이 무너진 것은 기독교 정신을 가진 지도자가 농지개혁으로 땅을 농민들에게 나누어 주어, 소작인도 지주가 되게 해준 탓이다. 둘째는 이름도 안 가지고 안방에 갇힌 여자들을 세상으로 끌어내어 글을 가르치고 자유를 알게 하여 남녀평등을 이룬 탓이다. 지금 세계는 우리나라를 어떻게 기억하고 있는가? 수혜국에서 원조국으로 바뀐 나라, 최단기간에 IMF를 극복한 나라, IT 강국, 문맹자가 없고 교육열이 최상인 나라, 삼성, 현대 같은 기업을 배출한 나라로 기억하고 있다. 그 기저에는 공산 독재를 혐오하고 자유 민주주의를 택한 기독교 정신을 가진 지도자들 때문이다.

그런 공헌의 주체, 기독교 교회는 지금 코로나 19 바이러스의 급격한 확산으로 재난을 당하고 있다. 지난 3월 1일부터 서울의 대형교회는 물론이고 지방의 중소형 교회도 공적 예배를 중단하고 온라인으로 혹은 가정예배로 이를 대신하고 있는 형편이다. 온라인 예배로 가장 큰 타격을 받은 곳은 교회가 아니라 교인들이다. 교회에서 새벽기도, 철야기도, 중보기도 등으로 기도하는 훈련을 받던 교인들이 교회를 못 가니 어쩔 줄을 모른다. 물을 떠난 고기처럼 퍼덕거린다. 그들은 세상에서는 신앙생활을 할 줄 모르는 사람들이다.

우리나라에 평신도 연합회가 생긴 것은 1969년이었다. 그때는 각 지 교회에 평신도회가 조직되지 못했을 때였다. 그런데 평신도회를 조직하는 데 앞장서서 반대하는 분은 교회 목사였다. "내가 제사장인데 평신도들이 자기들이 제사장이라니 말이 되느냐?"라는 것이었다. 평신도회의 기치는 "너희는 택하신 족속이요 왕 같은 제사장"(고전 2:9)이었기 때문이다. 먼저 목사부터 설득해야 했다. "주일에 목사님은 세상에 나가 제사장 노릇을 해야 하는 평신도들의 지휘관입니다. 따라서 주일은 모인 교회, 나머지 6일은 흩어진 교회입니다." 6일 동안 평신도들은 세상인, 가정, 직장 그리고 일터에 나가 예수처럼 사는 모습을 보임으로 주님의 사랑을 전하는 제사장이 되어야 한다고 역설했다. 이렇게 만들어진 평신도회가 지금은 총회에 상납금이나 바치는 무력한 단체가 되었다. 총회에서는 각 지 교회에 일 년에 한 번씩 남선교회(여전도회) 주일을 배정하여 헌금을 걷는 기회를 주고 있다. 결국, 평신도회는 헌금을 걷어 상회에 상납하는 화석화된 조직만 남은 것 같다. 남선교 전국연합회라는 몸통만 살아 활동한다. 오순절에 주님의 뜻을 따라 성령을 받고 세계에 흩어져(디아스포라) 천국을 선포하게 하는 주님의 뜻에 반하여 다시 성도들은 교회에 갇히고 교회를 떠나면 아무것도 할 수 없는 능력 없는 성도들이 되는 것 같다.

교회를 잃은 교인들은 아파트에서 피아노를 치며 구역원을 모아 예배를 드리고, 통성기도 하는데 주변 주민으로부터 욕만 먹는다고 한다.

코로나 19는 하나의 재앙이다. 하나님의 계획에는 우연은 없다. 교회를 향하신 하나님의 뜻은 무엇일까? 교인들을 교회 안으로 끌어들여 무력화하지 말고 세상으로 내보내라는 강력한 음성을 듣는다. 바울이 안디옥에서 일 년간 무리를 가르치니 그들이 비로소 '그리스도인'이라 일컬음을 받게 되었다(행 11:26). 목회자들은 교인들을 말씀으로 인도하는 초등교사에 불과하다. 교인들 스스로가 말씀에서 주의 음성을 들으면(그리스도인이 되면) 능력을 받고 세상으로 나가 사명을 다하게 되어 있다. 교회 안에 묶어 놓아 말 잘 듣는 가금(家禽)의 무리를 만들고, 이들이 밖에 나가서는 나래를 펴 보지도 못하고 패잔병이 된다면 그 책임은 누가 질 것인가. 최후의 심판 때 주님이 가르친 제자들에게 회개(會計)하자고 하면 할 말이 없을 것이다. 이 난국은 기독교인에게 흩어진 교회로 사는 하나님의 백성을 만드는 기간인지도 모른다. 재난 지구에 3억여 원을 기부한 교회, 수련원, 수양관을 진료소로 제공하는 교회도 있다. 의료진, 간호사들의 자원봉사, 그들에게 숙소를 제공하는 기업체, 갖가지 미담이 나오고 있다. 이 미담의 주인공 8·90%는 기독교인이라는 말을 들었으면 얼마나 좋을까? (2020.03.14.)

코로나 19가 교회에 주는 교훈

코로나바이러스 확진자는 세계적으로 140만 명을 넘고 있다. 세계 제2차대전 이후의 가장 큰 재앙이라고 한다. 이 바이러스는 빈부, 귀천, 남녀 할 것 없이 침투하고 인종, 이념, 국가, 언어의 높은 장벽도 가리지 않는다. 오직 이 병균에 감염되지 않기 위해서는 모이지 않고 흩어지는 일이다. 우리나라의 초대 이승만 대통령은 1948년 대한민국을 건국하면서 "뭉치면 살고 흩어지면 죽는다"라고 반공을 국시로 나라를 지켜왔다. 한국전쟁이 있었지만, 한국은 UN에서 인정한 국가였기 때문에 하나님의 도우심으로 UN군의 지원을 받아 자유대한민국을 지켜 왔다. 동아시아의 남단 작은 나라가 거대한 사회주의 국가들을 머리에 이고 자유 민주주의 국가로 세계 경제 대국 10위권으로 올라섰다는 것은 기적이다. 그런데 하나님은 지금은 왜 코로나로 백성들을 흩어놓으시려는가? 하나님께서 홍수로 세상을 심판하신 후 노아의 자손은 번성했다. 그들이 흩어짐을 면하려고 높은 바벨탑을 쌓기 시작하자 하나님께서는 그때도 언어를 혼잡게 하여 그들을 흩어놓았다. 그들이 교만해져서 창조주를 배반하고 다시 죄악 속에 빠져들지 않게 하시기 위해서였다. 그것이 하나님에게는 선이요 인간에게는 재앙이었다. 지금 기독교인들에게 주는 이 코로나의 재앙은 하나님이 어떤 선을 이루시려는 것일까?

지금은 예수님의 고난을 묵상하는 사순절 기간이다. 예수님은 왜 고난을 받으셨는가? 그는 메시아를 고대하고 있는 유대인에게 자기는 하나님의 아들(나와 아버지는 하나이다. 나를 본 자는 하나님을 보았다)이라고 주장했기 때문이다. 율법을 어기고 안식일에 병자를 고쳤기 때문이다. 십자가의 고난을 받고 돌아가시면서 그는 "다 이루었다(요 19:30)."라고 하나님께서 맡기신 사명 즉, 그의 영혼을 우리 인간의 죄를 위한 대속물(代贖物)로 쏟아붓는 일을 다 이루셨다. 부활하고 오순절에 우리에게 오셨을 때 이제는 우리 믿는 무리에게 사명을 주셨다. 주의 말씀에 따라 마가의 다락방에 모였던 제자들이 하늘로부터 급하고 강한 소리가 나자 다 성령의 충만함을 받고 각기 다른 방언으로 말하기 시작했다. 그때도 주님은 그들을 열방에 흩어놓으셨다. 이제 마음속에 예수 그리스도의 DNA를 가지고 열방에 흩어져 믿음의 역사와 사랑의 수고와 소망의 인내로 주의 증인 되라는 사명을 주신 것이다.

코로나로 교회는 망했다고 한탄하면 안 된다. "내 집은 만민이 기도하는 집"이라고 하나님께서 말한 교회는 텅텅 비어 가고 있다고 한탄하지 말자. 교회의 중심은 예배와 설교인데 설교하는 자는 있는데 예배드리는 회중은 없다고 슬퍼하지 말자. 병자가 맨 먼저 찾는 곳, 굶주린 자가 자비를 외쳐 구하는 곳이 교회인데 한국전쟁 때도 닫지 않은 교회를 왜 닫으라고 하느냐고 당국을 원망하지 말자.

교회가 만일 건물이었다면 텅텅 빈 교회는 문을 닫아야 한다. 교회가 만일 초신자를 모아 선물을 나누어주는 행사장이었다면 그렇게 모으는 일을 못 하면 망해야 한다. 그러나 교회(ekklesia:불러냄을 받은 사람들의 모임)는 예수 그리스도를 하나님의 아들로 믿는 신자들의 공동체이다. 예수님을 머리로, 그리스도의 터 위에 세워진 그리스도의 지체(肢體)들 모임이다. 이들은 하나님의 성전(고전 3:16)으로 주님의 손과 발이 되어 자신이 있는 곳에서 거룩함을 드러내며 그리스도의 사랑을 드러내는 무리들이다. 이들을 흩어놓은 건 재앙이 아니고 하나님의 선이다.

만일 이 세계적인 공황 속에 예수님이 오셨다면 어떻게 하셨을까? 생명을 살리고 가난한 자를 찾아가셨을 것이다. 그분의 지체가 교회이다. 교회는 코로나의 고난을 극복하고 그분을 본받아야 한다. 그분을 닮는 것이 하나님께 영광을 돌리는 일이다. 그것이 바로 교회이다.

(2020.04.15.)

비대면 예배

요즘 온 국민이 수해와 태풍과 코로나 19 때문에 큰 수난 중에 있다. 한때 코로나 19 확진자의 급증으로 국가가 선언한 사회적 거리 두기 2.5단계가 되었다가 그나마 2단계로 완화된 것은 다행이나, 교회는 지금도 비대면 예배를 드리고 있다. 신앙인의 생명이 예배인데 모여서 예배하지 못함은 가슴 아픈 현실이다. 예배당 앞 좌석에는 신자들은 하나도 안 보이고 동영상을 찍는 기사만 중앙에 덩그러니 앉아있다. 신앙공동체의 모여 있는 신자들의 모습은 볼 수 없고 흩어진 모습으로 세상에 있다. 찬양 대원은 나와서 찬양하지 못하고 체임버의 현악기와 피아노가 찬양대의 합창을 대신한다.

> 여호와는 나의 목자시니 내가 부족함이 없으리로다/ 나로하여금 푸른 초장에 눕게 하시며 /… /진실로 선함과 인자하심이…

'진실로'라는 찬양대의 우렁찬 목소리가 들리는 듯한데 소리는 없고 자막이 뜬다. 재앙이 아니고 평화를 선언하시는 하나님의 위로는 느낄 수가 없다.

다음은 기도 순서다. 광야에서 허공을 향해 세례 요한이 외치는 소리 같다.

…수해와 태풍과 코로나 19로 무너진 일터와 가정을 위해 기도합니다. 그들은 하나님을 원망하고, 나라를 원망하고, 드디어는 코로나의 온상이 교회라고 기독교인을 향해 돌을 던지며 욕하고 있습니다. 살길을 잃은 그들이 무슨 말을 못 하겠습니까? 우리가 돌을 맞겠습니다. 그러나 그들이 넘어지나 아주 엎드러지지 않게, 주여! 그들의 일터를 지키소서.

목사님의 설교가 시작된다.

…예배가 회복되기를 간절히 기원합니다. 무엇이 예배의 회복입니까? 내가 하나님 앞에 서는 것입니다. 불꽃이 나오는 떨기나무 앞에 신을 벗고 선 모세처럼 내가 서서 하나님의 음성을 듣는 것입니다. 내가 직접 하나님의 음성을 듣고 내게 주신 사명을 받고 세상에 나가 주께서 나를 통해 행하시는 이적을 보는 것입니다. 가정으로 나가 가정예배를 드리십시오. 가정은 장소만을 말하는 것이 아닙니다, 내가 세상에 나가 하나님의 말씀을 따라 예배자의 삶을 사는 현장이 가정입니다. 이렇게 해서 하나님의 나라를 확장하십시오. 코로나는 교회(ecclesia)를 말살할 수 없습니다. …

교회는 국가와 국민의 지탄(指彈) 대상이 아니다. 구한말에는 교회가 의료사업으로 질병과 미신을 타파하고, 학교를 세워 문맹 퇴치, 계급타파, 여성해방에 앞장섰다. 일제강점기에도 독립지도자들의 온상이 되었다. 교회를 세워 금연, 금주, 새벽기도 등을 통해 가난을 극복하고 부지런한 국민이 되게 하였다. 이번 코로나에 헌신 봉사한 의사와 간호사, 자원봉사자 중에도 많은 기독교인이 참여했음을 본다. 구제금으로 동참한 교회들도 많았다.

또한, 기독교 공동체는 예수 안에서 꿈을 가진 모임이다. 미국의 흑인 지도자 마틴루터 킹 목사는 1963년 8월 워싱턴에서 있었던 인종차별 반대 집회에서 '나에게는 꿈이 있다'라는 유명한 연설을 하였다. 부정과 억압의 열기로 찌는 듯한 미시시피주조차도 언젠가는 자유와 정의의 오아시스로 바뀔 것이라는 꿈을 나는 가지고 있다고 외쳤는데 이것이 바로 하나님의 마음이며 지금도 우리나라 앞날을 위한 기독교인의 꿈이다. 나라도 꿈이 없으면 멸망한다. 그런데 교회가 코로나 사회적 거리 두기를 철저히 지키면서 비대면 예배를 드리고 있는 모습은 도수장(屠獸場)으로 끌려가는 어린 양이 털 깎는 자 앞에서 잠잠한 모습처럼 보여 안타깝다. 오늘 교회는 위에 있는 권세들에게 복종한다. 그러나 때가 이르면 하나님이 새 일을 시작하실 것을 굳게 믿는다. (2020.10.07.)